夫婿找上門

3

完

文創風 444

微雨燕 著

目錄

第二十六章

很快，馬車到了京城東邊的美人湖畔——是京城人士常來的好地方。

正值春日，柳條吐綠，草長鶯飛，恰是出外踏青的好時節。

秀娘一家的第一站，便是決定先來這裡賞賞景、踏踏春，等玩得餓了，再回城吃飯。

馬車繞著美人湖走了半圈，一家四口都下了馬車，學著其他人將隨身帶來的氈布鋪在地上，再取出幾份精緻的小點心，燃起紅泥小火爐。一邊喝著茶，一邊品著點心，一邊看著湖邊絡繹不絕踏春的人們、湖面上來來往往的畫舫，聽著絲絲嫋嫋的弦樂之聲，真是難得的安逸。

已經多久沒有享受過這麼靜謐美好的時光了？

秀娘閉上眼，全副身心都不由沈浸在這暖春三月之中。

兩個孩子也早按捺不住，雙雙起身你追我趕，歡快的笑聲引來不少人回眸。當看到這其樂融融的一家三口，他們也都含笑點頭，回頭繼續欣賞美景。

然而就在這個時候，忽聽一聲大叫——

「天！這匹馬驚了！大家快跑！」

秀娘猛地一驚，睜開眼睛就看到一輛馬車偏離軌道，直直朝他們這邊飛衝過來，而且眨眼的工夫就已經逼近跟前。

「靈兒、毓兒！」秀娘第一反應就是去找孩子們。

但兩個小娃娃因為鬧得太歡，早已經跑得老遠。看到這邊的情形，他們都嚇傻了，四條小腿都直直站在那裡，竟是不能挪動半分。而在她身後，急促的馬蹄聲早已近在耳邊，秀娘幾乎都能聽到馬匹因為瘋狂而發出的急促呼吸聲。

其他人的驚呼聲彷彿遠在天邊，她慢慢抬起眼，看到那匹自己一個時辰前才在余大將軍府裡見過的柔順馬兒，現在就跟見到仇人一般橫衝直撞而來，她腦海裡突然蹦出一個念頭來——蕙蓉郡主！一定是她！她竟然要置自己於死地嗎？

「小心！」

又一聲幾乎刺破耳膜的呼聲在耳畔響起，就在秀娘以為自己要被馬蹄給活活踩死的時候，一隻有力的臂膀猛地攬上她的腰，帶著她連連退後好幾步，驚險躲過馬蹄的踐踏。

然而事情還沒有結束。

秀娘連忙抓緊這隻拯救自己性命的大掌。

「你快去救孩子！這匹馬就要踩到他們了！」

不用她吩咐，溪哥已經往孩子那邊飛撲過去。只是因為一手已經攬住秀娘，另一手也不過堪堪抓住距離自己最近的靈兒。至於更遠處的毓兒——

「毓兒！」眼睜睜看著發瘋的馬兒朝自己的孩子飛馳而去，秀娘只覺渾身的血液都衝到了頭頂，所有的氣也都提到嗓子眼，她艱難地發出一聲極其尖銳的尖叫。

瘋馬肆虐不過是轉眼的工夫，但對秀娘來說卻彷彿有一輩子那麼漫長。

眼睜睜看著那匹馬從毓兒方才站立的地方疾馳而過，往下一個地方去了，秀娘雙腿一軟，眼前一黑，卻要咬緊牙關不允許自己昏過去。

「毓兒，我的毓兒……你放手，讓我去找我的毓兒！」

「秀娘，妳別這樣。毓兒沒事，毓兒沒事。」溪哥緊緊摟著她大叫。

沒事？怎麼可能沒事？她眼睜睜看著那匹瘋馬朝她的毓兒跑過去了。她的毓兒還那麼小，本身反應又有點遲鈍，這樣的情形下怎麼可能逃得過？秀娘絕望地想。

「是真的！他被人救了！」溪哥在她耳邊大喊。「妳看，就在那裡，他不還好好的嗎？」

真的嗎？

聽著他一遍又一遍地強調，秀娘才勉強打起精神，發現她的毓兒果真活生生地站在自己跟前。

「娘！」小小的孩子嬌聲喚著，大大的雙眼中還帶著一抹驚悸。

「毓兒！」秀娘眼眶一酸，連忙一把抱住孩子，眼淚潸然而下。

「娘……」靈兒慢慢走過來，秀娘趕緊也擁住她，母子三人抱頭痛哭。

溪哥看著他們三個哭成一團，心裡也酸酸的，多想將他們一起擁進懷裡。只是眼前他還有更要緊的事情做。

「多謝你。」看著跟前一身狼狽，卻分毫不減翩翩氣度的少年，他真誠道謝。

少年不過十六、七歲，生得唇紅齒白，面目清俊。面對溪哥的道謝，他只是隨意擺擺手。

「沒關係，舉手之勞而已。」

「但不管怎麼說，你救了我兒子是事實。」溪哥沈聲道。「救命之恩無以為報，我叫余言之，現在暫住在南邊余大將軍府上。你要是有事，可以隨時過去，要是我不在，就找孟誠，他會代你傳話。只要不是殺人放火、作奸犯科、大奸大惡之事，我一定如你所願！」

「你就是余小將軍？」聽他自報家門，方才還淺笑搖頭的少年忽地睜圓了雙眼。「那麼孟誠孟軍師就是你的軍師對不對？」

溪哥點頭。「正是。」

「真是太好了！」少年興奮地直拍手。

「一直聽聞余小將軍和孟軍師大名，卻從沒有機會得見。卻沒想到今天稀裡糊塗的，我們竟然在這兒碰上了，這難道就是老天爺對我見義勇為的獎賞嗎？那這份獎賞實在是太恰到好處了，我十分喜歡！」

看樣子，這少年是大歷朝千千萬萬被他英勇事蹟迷倒的少年之一。

溪哥頷首。「不管怎麼說，今天是你救了我兒子的性命，我必須報答你。」

「你兒子？可是，我似乎聽說你……」少年眉頭一皺，欲言又止。

這個時候，忽然又聽到後方不遠處傳來一聲響亮的巴掌聲！

「賤人，妳敢打我？」

是蕙蓉郡主的聲音！溪哥心猛地一跳，暫時顧不得這位少年，趕緊回頭去看，卻不承想出現在眼前的一幕再次刷新他的認知。

啪！

又一個讓人聽得都想捂臉叫疼的巴掌搧過去，秀娘冷冷看著這個滿身戾氣的少女，打得麻木到發疼的雙手死死抱住自己的一雙兒女。

「賤人？賤人叫誰？」

「賤人叫妳！」

「呵，原來妳也知道妳自己是個賤人？」秀娘冷笑。「我李秀娘活了幾十年，見過的賤人無數，但像妳這樣小小年紀卻心思如此惡毒的人還是第一個！看來妳爹是真沒教過妳。既然如此，那就讓我來教教妳怎麼做人！」

「妳……妳找死！」蕙蓉郡主兩邊臉頰都被搧得通紅，眼中的恨意跟毒蛇芯子似的直往外冒。

「來人，給我把這三個鄉巴佬綁了，我要活活抽死他們！」

「余言之！」話音才落，秀娘立即扯著嗓子大喊。

冷冷回頭，她看向傻愣在那裡的溪哥。「你老婆孩子都要被人打死了，你還不趕緊來幫忙？」

溪哥立刻走過來，一把將秀娘母子三個護在身後。

蕙蓉郡主一怔，眼中立刻又淚光氾濫。「言之哥哥，是這個女人先打我的！他們都看到了！」

「那也是妳縱馬傷人在先。」溪哥沈聲道。

「我沒有！」蕙蓉郡主忙不迭搖頭，哭得好無辜好可憐。「我也不知道這匹馬怎麼回事，好端端的就發瘋了。我一開始也嚇了一大跳，要不是春芳及時拉了我一把，我這條命都快沒了！然後阿四趕緊把韁繩給解了，誰知這馬就衝了出去，我也是看到馬朝他們這邊過來，心裡愧疚，所以特地過來看看。可誰知道……誰知道我才過來，她二話不說抓住我就打。」

說著話，她的眼淚嘩啦啦直往下掉，真真像個受了極大冤屈的小姑娘。

四周的人見狀，原本還因為她縱馬傷人而心有怨怒的人便都釋懷了，反而對得理不饒人的秀娘指指點點起來。

蕙蓉郡主見狀，立刻對秀娘得意一笑，趕緊又低下頭，繼續可憐兮兮地抽抽噎噎。

被這許多人圍攻，秀娘只是冷冷一笑，卻不為自己辯駁，而是目光深深地看著溪哥。

溪哥心裡複雜得很，他原本以為蕙蓉郡主不喜歡秀娘，純粹只是因為不喜歡罷了。小丫頭情竇初開，會向對自己好的人傾心相許也是正常，再等兩年，待她長大了，就知道自己最初自以為的深情有多可笑。而只要自己認定秀娘，也讓她認清這個事實，這丫頭遲早會接受現實。

可是現在他才發現——原來自己的想法是多麼荒謬可笑。這丫頭何止是不喜歡秀娘，她簡直就是把她給恨進骨子裡去了，她恨不得他們母子三個都去死！

直到現在，都已經被他們當場捉住，她卻還振振有詞，妄圖矇混過關不說，竟然還想往秀娘身上扣屎盆子！當初那個雖有些刁蠻、但依然純真可愛的小丫頭到哪裡去了？

而那邊，蕙蓉郡主哭了半天，眼看溪哥遲遲沒有反應，她便以為他還是更站在自己這邊，頓時心裡更加得意，又哽咽著說起話。「嫂子，我知道妳不喜歡我。因為我和言之哥哥一起長大，感情深厚，而妳不過是一個村婦，什麼禮儀教化都不懂，到了京城，妳見到這麼多人事物，一時反應不過來。而我一開始又因為妳村婦的身分對妳頗有些不敬，妳就在心裡恨上了我。

「因此，妳都不讓言之哥哥和我見面，連話都不讓說。就像今天出來踏春，妳也不許言之哥哥帶上我，這些我都認了，誰叫妳是言之哥哥的救命恩人呢？言之哥哥心甘情願照料你們母子三個一輩子，我自然也選擇慢慢接受你們、敬重你們，可為什麼妳心裡一直記著我一開始對妳的不敬，直到現在都不肯原諒我？」

嘖嘖，說到最後，她倒成了苦主。秀娘這個差點沒命的人反倒成了倒打一耙的無恥之人！

看吧，這就是你說的沒什麼惡意的小姑娘、你一直寵著讓著的小妹妹！

秀娘冷冷一笑，斜眼看著溪哥。

溪哥也被蕙蓉郡主這番不要臉的話給弄得忍不住憤怒了。

「蘭兒，妳夠了！」他沈聲呵斥。「今天是怎麼回事，妳心知肚明。妳嫂子也沒妳說得那麼不堪，妳不許再這樣說她！」

「言之哥哥！」蕙蓉郡主眼睛一眨，眼淚滾滾落下。「難道咱們多年的感情也比不上你和這個女人的半年嗎？我知道，她救過你一命，但當初如果沒有我爹從沙場上把你救回來，你又如何能被她救、又如何能和她結為夫妻？而現在，你竟然為了這個女人凶我？我爹要是知道了，他一定會傷心死的！」

很好。賣完可憐，又把自己親爹這個最有力的擋箭牌給搬出來，而且在第一時間就報出了余大將軍的救命之恩。

救命之恩大如天，再加上四、五年的提拔栽培之恩……余大將軍對溪哥而言，不是親生父親卻比親生父親更親。這也是為什麼溪哥對余大將軍言聽計從，並對余大將軍這個獨女疼寵有加的原因。

蕙蓉郡主也是深知這一點，所以不等溪哥說出更有衝擊力的話，就把這個給甩了出來。

果然，聽到余大將軍的名字，溪哥又被噎住了。

「蘭兒，妳……」皺緊眉頭，他眼中滿是不可置信。

蕙蓉郡主吸吸鼻子，又悄悄對秀娘送去一個志在必得的眼神。

秀娘嘴角輕扯。

「余言之，這個女人如果你沒辦法解決，那就滾一邊去，我來！」

她不是沒有手段，只是懶得和這個丫頭多計較。而且……明明是他惹來的是非，憑什麼要讓她來勞心勞力？這事本來就該這臭男人來一手解決！

溪哥後背又猛地一僵。

「不用。」他道，聲音已然低沈了許多。

蕙蓉郡主一聽，心裡突然升起一股不好的預感。

隨後，就見溪哥信步走上來，一把奪過她手中的鞭子，長臂一揚，狠狠在自己胳膊上抽了一鞭子。

蕙蓉郡主臉兒一白。「言之哥哥！」

溪哥彷彿沒有聽到，又往自己身上抽了一鞭子。

末了，他把鞭子一扔。「她打了妳兩巴掌，現在我還妳兩鞭子，夠不夠？如果不夠的話，妳說，多少下，我再打！」

「言之哥哥！」蕙蓉郡主不可置信地捂住嘴。「我不是這個意思！我要打的是……」

「她是我的妻，我的妻子所做的一切都是經過我授意的。所以妳如果真要算帳的話，直接來找我這個罪魁禍首就行了！妳也說了，她只是一個村婦，村婦知道些什麼？妳貴為皇上頒過金冊的郡主，又何必和一名村婦一般見識？」

「我……我不是和她一般見識，實在她太讓人討厭！」蕙蓉郡主咬牙道。

若說一開始她被溪哥自虐的舉動嚇到的話。那麼接下來溪哥的話，就無異於又往她正燃燒著嫉恨之火的心頭澆上一桶熱騰騰的油。

這個女人越是被他疼愛保護，她就越是不讓她好過！要知道，這份呵護原本應該是屬於自己的！

「咦，方才郡主您不是還說已經接受這位嫂嫂，並在努力和她相處的嗎？怎麼現在又說人討厭了？出爾反爾，這可不是高高在上的您該做的事。」忽地，一道清亮的聲音從旁響起。溪哥回頭看去，是方才那位少年。

而見到這名少年，四周圍觀的人群卻是激動了起來——

「是李公子！今年會試第二的李公子！」

「哦，就是那位和父親一起參試，然後父子雙雙上榜的李公子？」

「可不是嗎？他才十七歲，年紀輕輕就如此優秀。日後前途必定不可限量啊！」

聽到這些話，秀娘、溪哥連同蕙蓉郡主都被嚇了一跳。

因為一直在京外的原因，他們並未過多關注今年的科舉。不過在一路過來的時候，他們也聽人提起過，今年參加會試的有一對父子，二人皆才華橫溢，並一起下場考試，從鄉試開始就一直獨霸前兩名。而這次會試，他們也在全國諸多舉子之中殺出一條血路，再次霸占了前兩名。

因為父親年紀更大、見識更廣、對事情的看法更獨到老練，所以第一名自然是父親無疑。但他一個才剛滿十七歲的少年，小小年紀就能考中第二，這已經很是不凡了。

這麼轟動的大事，自然第一時間就傳開了去。秀娘無意間聽了些許，暗地裡，也悄悄給毓兒說過這個故事，並以此激勵小傢伙好好學習，不要偷懶。

原本三月十五就要進行的殿試，因為皇帝的龍體微恙而後推了一個月，所以現在最後的名次還沒確定。但有這等名聲在前，想必他的位置脫不開三甲去。

對於少年的傳聞，蕙蓉郡主聽聞得更多。這位少年雖然才華橫溢，卻出身貧寒，要不是有人資助，他們怕是連上京趕考的資格都沒有。所以知道是這個人，她立刻眉梢一挑，很不客氣地道：「這是本郡主的家務事，你插什麼嘴？」

「大庭廣眾之下發生的事，即便是家務事也不可能任由你們自己三言兩語解決，更何況……」少年撣了撣黏在身上的青草。「在下不幸也被牽連其中，還希望蕙蓉郡主您能給個滿意答覆。」

說白了，不就是要錢嗎？

看他穿得一身寒酸，蕙蓉郡主翻了個白眼。

「十兩銀子賠給你，夠了吧？」

「難道在郡主眼裡，妳的馬傷了人，一句道歉的話都不說，只隨手扔出來一錠銀子就能解決問題了？」少年淺淺笑問。

蕙蓉郡主立刻沈下臉。「你什麼意思？想讓本郡主對你道歉？」

「不只是對在下，還有這位大姊，以及所有被馬嚇到的人。」少年不急不慢地道。「畢竟這是郡主您府上的馬，你們監管不力嚇到了人，就是你們不對。妳身為主人，賠禮道歉都是理所應當。」

他這話有理有據，而且態度怡然，沒有半點強迫的意思，再加上是出自一位文采斐然的翩翩公子之口，其他人也點頭，紛紛附和。

真要她賠禮？還道歉？

蕙蓉郡主氣得臉都青了。

「一百兩，這總夠了吧？」她輕蔑地看著這個笑得雲淡風輕的少年，突然覺得這個人簡直和秀娘一樣可恨。

「郡主您在說什麼呢？在下可沒和您坐地起價。」

少年搖搖頭，裝模作樣地抬起右手擺了擺。

「對了，說起來，在下所有的文章都是靠右手寫出來的。只是今天似乎右手傷得不輕呢，這要是以後都不能再寫字了，可該如何是好？」

他在威脅她？

蕙蓉郡主恨恨地咬牙。「一千兩，你總該滿足了吧？有這一千兩，足夠你一輩子白吃白喝享受至死了！」

如果不是看在他現在在京城小有名氣的分上，她連理都懶得理他。一個名不見經傳的臭小子，就因為會寫幾筆文章，就得瑟得跟什麼似的。但他也不看看她是誰，她爹是誰！他要是再不見好就收，她就回去跟爹爹說，讓爹爹來收拾他！

心裡這麼一想，她出口的話就更不客氣了。

「蕙蓉郡主！」此話一出，少年猛地沈下臉。「妳是在羞辱在下嗎？」

蕙蓉郡主一怔。少年已經走上前來，雙目圓瞪，一手直直指著她的鼻子，義憤填膺地大罵：「在下有手有腳，飽讀詩書，一直盼望為國效力。如今眼看希望就在眼前，在下也早摩拳擦掌，就等得到機會便竭盡全力為百姓效勞。而妳，傷了在下引以為傲的右手卻不認錯，反而還一再用金銀羞辱在下，妳以為在下和妳一樣，眼睛裡看到的只有錢嗎？還是妳覺得，在下不配為國效力，只配混吃等死、庸碌無為一輩子？」

這話說到最後，言詞已經是極為嚴厲了。

蕙蓉郡主再驕縱，也知道自己絕對不能點頭。不然，自己少不得要擔上一個藐視朝廷的罪名。可是，自己方才都已經把話說到這個地步了，想改口也是不行。那該怎麼辦？

她咬咬牙，趕緊悄悄在自己胳膊上掐了一把，成功擠出兩滴眼淚。

「李公子，我……我錯了！」淚眼矇矓地看著少年，她哭啼啼行了個禮。「對不起，是我一時情急說錯了話，請你原諒我！」

每次只要她一流淚，無論溪哥還是孟誠等人都會立刻打住，並反過來溫言軟語地安撫她，直到逗得她破涕為笑才甘休。

她原本以為自己使出這個殺手鐧，少年肯定也會如此。但很顯然，她錯了。

「蕙蓉郡主妳真知道自己錯了？那麼敢問，妳錯在哪裡？」

蕙蓉郡主一滯。

「我……我不該叫人不看好馬，嚇到你。」這話她說得咬牙切齒，心裡只恨秀娘和她的兩個小崽子怎麼就沒被踩死呢？要是他們死了，那些人的注意力肯定都會轉移到死人身上，誰還會來和她計較這些？可是偏偏現在……

其實她根本就不認為自己有錯！再說了，這不是什麼事都沒發生嗎？虛驚一場罷了，有什麼大不了的？偏偏就是這幾個人非要上綱上線，煩死了！

「不不不。」聽到這話，少年連忙擺手，一本正經地糾正。「郡主妳的馬可不止嚇到了在下一個，這裡不少人都被嚇壞了呢！」說著，他特地往四周指了一圈，其中自然包括秀娘母子。

這個人怎麼這麼多事！

蕙蓉郡主咬死他的心都有了，可是當著這麼多的人，她只能委委屈屈地行禮認錯。當然，方向是對著旁人，秀娘母子只是稍帶而過。

她寧願對素不相識的人認錯，也絕對不會對這幾個鄉巴佬低頭，絕不！

好不容易賠禮道歉完畢，她只覺得自己滿腹委屈無處發洩。想她活到這麼大，還從沒這麼憋屈過。

李秀娘，這些都是妳害我的！她偷偷又在心裡記了一筆。

察覺到她眼中一閃而逝的恨意，秀娘差點就想翻白眼。這個丫頭，魯莽、衝動、小心眼、矯情，唯一的優點就是還有點小聰明，可要不是因為有個做大將軍的爹，光她做的這些事，早已經被人打死不知道多少次了。而到現在，蕙蓉郡主還沒認知到自己的錯誤，反而繼續把責任往她頭上推？

好！反正在這個丫頭心裡，自己的形象已經差得不能再差了，自己也就沒必要再守著那層被戳得稀爛的窗戶紙隨便她折騰。

秀娘大大方方走上前一步。

「郡主知錯能改，善莫大焉。其實這事說大不大，說小也不小，不過幸虧大家都沒有受到多少實質的傷害。現在既然您都主動認錯了，我自然也就不怪您了。靈兒、毓兒，你們也趕緊來跟郡主說，你們不生她的氣了！」

「郡主，我們不生妳的氣了。」靈兒和毓兒乖巧地齊聲道。

看著這母子三個在自己跟前裝模作樣，蕙蓉郡主撲過去活撕了他們的心都有了！

她明明是在對別人道歉，他們三個站出來幹什麼？生怕別人不知道你們是苦主是不是？她早就說了，這幾個人奸猾得很，但言之哥哥為什麼就是看不出來。

呵，說她奸猾？那她就奸猾給她看！

秀娘馬上也做出一副畏畏縮縮的樣子，小心翼翼撿起地上的鞭子遞過去。「郡主，剛才我也有不對。我看到孩子差點被馬踢到，當時腦子都矇了，滿心裡眼裡都想著那一幕。然後又看到您急忙趕來，一時氣急，就……對不起，是我的錯。我一個村婦，不懂規矩，以下犯上得罪了您。打了您的巴掌，我知道自己罪孽深重。其他法子也無法彌補，那就照您剛才說的，抽我幾鞭子吧！只是孩子還小，您就放過他們好嗎？」

裝委屈裝柔弱，誰不會？姊就來給妳裝一個！

其他人一見如此，心中也多出幾分理解。

「當娘的人，孩子就是她的心肝肉。眼看孩子差點被馬蹄踏到，換我我也會瘋。」

「可不是嗎？她這麼做也是情理之中。雖說那兩巴掌是打得狠了些，但歸根究柢還是郡主有錯在先。再說了，郡主過來後可是一句認錯的話都沒說，被打了後，直接就說要把他們捆起來打！」

「沒錯。在下也聽到了，她說的是：『把這三個鄉巴佬綁了，我要活活抽死他們！』嘖嘖，好重的戾氣，不知道的還以為是她被這位大姊殺了親生父母呢！」少年清亮的聲音再度響起，秀娘抬頭看過去，少年立刻對她擠擠眼。

秀娘眼神一閃，腦海裡似乎閃過一幅畫面。然而畫面太過陳舊，閃得也太快了些。她都沒來得及抓住，就已經消失無蹤。

在少年的刻意引領下，其他人也都回憶起蕙蓉郡主一開始的反應，撻伐的話語跟潮水一般湧了過來。

其實說來說去，也不過是說她太過驕橫，明明自己做錯了事卻不知悔改，還差點要對苦主下狠手。

秀娘靜靜聽著這些人的你一言我一語，唇角勾起一抹冷笑——這些人啊，就是這樣，沒有自己的思想，老是被別人牽著鼻子走。剛才還為了蕙蓉郡主指責自己呢，結果一轉眼，又開始幫自己說話了！

不過，看在現在他們暫時是站在自己這邊的，她就不多說什麼了。

這邊她是輕鬆暢快得很，對面的蕙蓉郡主卻快氣炸了！

沒想到了最後，自己精心設計的一切卻突然開始走偏，到現在竟然變成所有人集體討伐自己！

這些人不想活了嗎？他們知不知道她是誰，又知不知道她爹是誰？

按照她往常的脾氣，她早已經一鞭子甩過去了。但剛想動手，又對上秀娘似笑非笑的眼神，她手一僵，終於聰明了一回沒有再亂動。

但也正因為如此，蕙蓉郡主更覺得自己委屈得不行，又羞又氣，她忙又求救般地看向溪哥，聲音是前所未有的嬌軟可憐。「言之哥哥……」

然而此時的溪哥正抱著毓兒，雙目瞬也不瞬地看著秀娘。聽到她的叫喚，他只是後背微微顫了一下，卻再也沒有其他動作。這就表示，他還是決定站在自己妻兒身邊，也就是和她站在對立面！

蕙蓉郡主這次是真的傷心了。

「余言之，我恨你、我恨你！我這輩子都不會再原諒你！」她淚如雨下，大聲叫著轉身跑開。

聽到她這麼說，溪哥眉心一擰，拳頭悄悄在身側握緊。

「心疼了？」秀娘小聲問。

溪哥連忙搖頭。「沒有。」

秀娘唇角扯扯，並不相信他的話。

這個時候，那名少年又插話進來。「咦，不知余小將軍你做了什麼對不起蕙蓉郡主的事，讓她一輩子都不肯原諒你？如果真有的話，你還是趕緊去向她解釋一番，認個錯吧！」

溪哥再度回頭，深沈的雙目和少年滿含笑意的眸子對上。明明他笑得十分開懷爽朗，但不知道怎麼回事，溪哥就是覺得，這少年似乎和一開始那個單純敬仰自己的少年不一樣了，他看自己的眼神，似乎帶上了一絲嘲諷和鄙夷？

為什麼？

偏偏這個時候，秀娘又在他耳邊用只有兩個人聽得到的音量說道：「看看，連個十幾歲的少年都比你有膽量。」
溪哥心猛地一沈，張張嘴想說什麼，卻見秀娘已經轉向少年那邊。
「謝謝你。」她真誠道謝。
「沒事、沒事，我也不過是為自己討個說法而已。」少年連忙擺手，露出兩顆小虎牙，顯得十分俏皮可愛，和方才面對蕙蓉郡主時那從容不迫中透出幾分咄咄逼人的模樣大相徑庭。
秀娘眼前又是一閃，似乎又有一幅模糊的畫面在眼前一掃而過。
萍水相逢的陌生人，總歸沒多少話可說，接受了她的謝意，少年就告辭離開了。
「秀娘……」這個時候，溪哥又悄悄蹭了過來，手裡還一左一右牽著兩個孩子。
秀娘立時收起笑臉。「這春是沒法踏了，回家吧！」
溪哥不敢不答應，連忙帶著他們三個上了馬車，一路往大將軍府趕回去。但在半路上，溪哥還是下去買了不少精緻的小食遞進馬車裡去，秀娘都冷哼著接了。
待回到大將軍府，余大將軍已經等在那裡了。
「言之，今天的事……」
看到對自己恩重如山的義父腆著一張老臉，滿眼愧疚地看著自己，溪哥的心情越發沈重了。
「義父，今天的事情，蘭兒應該都已經告訴您了吧？」
「說了。我知道一切都是她不對，這孩子被我慣壞了，脾氣越來越大，現在居然都敢做出這等傷天害理的事，實在是罪不可恕！但這孩子以前不是這樣的，她從小就聰明善良，連隻小貓都不捨得傷害，這個你是知道的，所以我懷疑有人在背後教唆她，今天一查，果然發現是這樣！」余大將軍噼哩啪啦地說完，一招手。「把人給我帶上來。」

幾個小廝立刻押著一個三十來歲的婦人以及一個丫鬟打扮的人過來了。

「言之，就是這兩個人，都是她們教唆蘭兒，現在我已經把人給找出來了，現在就交給你，隨你處置。至於蘭兒，我會好好教訓她，再也不許她這樣做了！」余大將軍信誓旦旦地道。

溪哥看看兩個跪倒在地連呼冤枉的人，唇角勾起一抹諷刺的笑。

「義父您是個明白人。縱馬行凶，隨意傷人性命，這事放在軍營裡，必定是斬首示眾的下場。可為什麼到了您這裡，就成了高高舉起、輕輕放下了？誠然，這兩個刁奴是該死，但罪魁禍首呢？如果她真沒有這樣的心思，那麼不管是誰教唆她都不會聽進去，但她真這麼做了，那就說明……」

余大將軍身形一晃，身形瞬間矮了下去，彷彿老了十歲。

「我……我知道，蘭兒這孩子的脾氣是越來越壞了，今天這事的責任也多半都要歸到她身上。可是，不管怎麼說，她也是我的孩子，你義母留給我唯一的女兒。我有心想要好好教訓她，可一想到你義母，我就……」他抹抹眼角的淚花。「不過這次你放心，她都已經做出這樣的事了，我一定不能輕饒了她，只是言之，你就看在義父的面子上，再給她一次機會好不好？這孩子以前真不是這樣的，她只是被人教唆壞了！」

年邁的義父流著淚，幾乎就要跪倒在自己跟前。這樣的情形出現在眼前，溪哥胸口也堵得慌。

「義父。」他低聲喚道。

余大將軍連忙抬起頭。「言之，你想說什麼？說吧！」

「今天這事，我實在是無法原諒她。」溪哥沈聲道。

余大將軍身體又一僵，滿臉的絕望令人不忍心去看。

「但是——」頓一頓，溪哥又道。「看在您的面子上，這次我不會去找她的麻煩。只是從今以後，我和她的那點兄妹情分就沒了，明天我們就搬去我的將軍府，這個地方……就留給您和蘭兒吧！大家隔得遠點，或許還有和睦相處的可能。」

「言之……」余大將軍聞言，霎時老淚縱橫。「是義父對不起你。」

「這些話您就不要再說了，您對我的養育提拔之恩，我此生沒齒難忘。但是，終歸您是您，蘭兒是蘭兒。我已經對她盡夠了身為兄長的職責，但從今以後，我就要專心回護我的妻兒了。這件事，希望您記在心裡。」

他的意思就是說，今天他是看在余大將軍的面子上，對蕙蓉郡主最後一次的退讓。以後，如果那個死丫頭再敢亂來，他一定不會客氣。

余大將軍聽得心頭一顫，卻也感激涕零。

「我知道了，這話我一定記在心裡，我也一定會好生教導那丫頭，不許她再去找你們的麻煩。」

「但願吧！」溪哥輕吁口氣，拉上秀娘就走。

「言之，這兩個人……」余大將軍指指地上的兩個奴婢。

溪哥頭也不回。「這是義父您府上的奴婢，要怎麼處置全聽您的，我還是不多加指摘了。」

聞言，余大將軍不禁閉上眼，兩滴渾濁的眼淚順著眼角滾落。

他知道，今天開始，自己和這個義子之間的關係劈出一道巨大的裂痕，以後都再也彌補不起來了。

第二十七章

自從余大將軍出現後，秀娘母子三個就乖乖站在他身後，直到被溪哥給拉回暫住的院子，他們都一直沒有吭一聲。

進了房間，溪哥冷聲吩咐：「靈兒、毓兒回房休息去。」

「好！」兩個小傢伙一看情況不對，趕緊手拉著手轉身就跑。

等孩子走了，溪哥滿臉的冰霜立即融化殆盡，滿臉的小心翼翼簡直讓人不敢相信，這就是那個方才還敢和自己敬重的義父講條件的人。

「秀娘，我……」看著一臉平靜的秀娘，他慢慢開口。

想認錯，但認錯的話卻怎麼都吐不出口，想和她說點別的吧，他卻發現自己根本就不知道該說點什麼才好。

哎，要是孟誠在就好了，那傢伙腦子裡鬼主意最多，肯定知道在這樣的情形下該怎麼辦。但重點是他不在啊！那可怎麼辦？還是得自己想！

看著他一臉糾結、欲言又止的模樣，秀娘終於忍不住，噗哧一聲笑了。

溪哥立刻雙眼大亮。「秀娘，妳不生我的氣了？」

「你這混蛋，銀樣鑞槍頭！」秀娘佯裝恨恨地咬牙，在他額頭上狠狠戳了一把。

額頭上有點疼，但溪哥心裡卻格外開心，順勢就捉住秀娘的柔荑。「妳肯和我說話，是不是就不生氣了？」

「我倒是想生你的氣！」秀娘狠狠白他一眼。「誰叫你這人是非不分，那麼緊要關頭還想要護著那死丫頭的面子，卻把自己媳婦孩子給丟到一邊。但再想想，余大將軍對你恩重如山，你要是真當眾責罵她了，那才要被人罵忘恩負義。要是再被有心人給傳到皇上耳裡，你前些年的努力就都白費了。再想想你方才的表現還不錯，至少還知道和他們劃清界線，這樣也就還勉強能接受了。」

這話說完，不等溪哥說話，她連忙又道：「不過，即便心裡明白，但我還是很不高興！你對那丫頭實在是太慣著了，你對靈兒、毓兒都沒有這樣過！」

「那不是因為，自己的孩子得好好教嗎？要是他們也變成蘭兒這樣，那可怎麼行！」溪哥連忙搖頭。

「原來你也知道呀！」秀娘輕哼。

溪哥乾笑。「我承認，以前我對那丫頭的確是太縱容了些。但妳放心，今天就是最後一次了，以後我絕對不會再任她為所欲為了。」

「但願你說的是實話吧！」秀娘輕吁口氣。

這人她還不知道嗎？就是太重情，也太重義了。別看現在他嘴上說得信誓旦旦，但等真正到了那個時候，這對父女再一起哭一哭、求一求，誰知道他又會不會心軟？

「我可以對天發誓！」溪哥忙道。

「得了吧！」秀娘沒好氣地低嗤。「有這個心思讓神明來監督你，還不如你自己好好表現。對了，不是說明天搬家嗎？那你還不趕緊去收拾？」

「好，我這就去。」一聽這話，溪哥就知道她釋懷了，頓時壓在自己心頭的一顆大石頭被移開了，他長吁口氣，忙不迭去收拾箱籠。

其實他們幾個也才回來京城不到一個月，四個人的行李加起來也沒多少。簡單收拾了一個下午，東西就全部收拾妥當了。

第二天一早，溪哥就將箱籠都放在租來的馬車上，帶著秀娘一道去向余大將軍辭行。

余大將軍應該一夜未眠。他坐在太師椅上，本就老皺的臉上，眼中血絲密布，一臉疲倦。原本才五十出頭的人看起來卻跟七老八十一般。

看著穿著初入京城時那身樸素衣裳的秀娘夫妻倆，他臉上浮現一絲痛楚。

「既然都收拾好了，那你們就走吧！到了新地方，要是缺了什麼，只管叫人回來要，我已經吩咐管家了，他會拿給你們。還有……有空的話，回來看看我這個老頭子。」

「是，孩兒遵命。」溪哥鄭重跪地行禮。

秀娘也連忙拉著兩個孩子跪下，對老人家磕了三個響頭。

雖然對他教養女兒的方式不敢苟同，但不管怎麼說，他對溪哥所做的一切還是令她感激不已，所以，這三個響頭是他該得的。

余大將軍看著恭恭敬敬對自己磕頭行禮的秀娘，眼神格外複雜。「妳……以後就和言之一起好好過日子吧！蘭兒還小，之前她做的那些妳別往心裡去。」

「嗯，我知道了。」秀娘溫馴地頷首。

余大將軍揮揮手。「可以了，你們走吧！」

秀娘便和溪哥雙雙起身，帶著孩子們出去了。

「對了。」走到門口，溪哥像是想到什麼，忽地回頭說道。「義父，關於您昨天說蘭兒被人教唆的事情，我晚上仔細想了想，覺得只有兩個奴婢的話，她們不至於就能說動蘭兒做出這等事來。而且那匹瘋馬我也叫人去看過了，馬是早就被人動了手腳，可見是有人早就設計好這一切。可以的話，您還是好好查查那兩個奴婢都和哪些人有來往，千萬別讓蘭兒做了別人的替死鬼。」

余大將軍神色一凜，猛地站起來。「你說真的？」

溪哥正色回答。「謝三最擅辨馬，昨天我就是讓他去檢查的。您有什麼問題可以直接去問他。」

說罷，他再拱手行個禮，就和秀娘母子退出去了。

等馬車駛出大將軍府，溪哥才看向秀娘問：「這種事，妳為什麼不自己和義父說？義父……本身就對妳有些偏見，如果他知道這件事是妳發現的，他一定會對妳改觀。」

「算了吧！只要他的女兒一天不對你死心，他就一天不會對我消除偏見。而我也不欠他什麼，還不至於為了討好一個不相干的人，就用自己的熱臉去貼他的冷屁股。」秀娘淡然道。

溪哥默默握住她的手。「謝謝妳。」

秀娘撇唇。「你也不用太感激我，我只是想讓你盡快還完他們的恩情，早點和他們撇清關係。」

「我知道，我會的。」溪哥忙道。

「但願吧！」秀娘長吁口氣，便將頭轉向了窗外。

溪哥的府邸距離大將軍府不遠，馬車走了差不多一盞茶的工夫就到了。一家四口下了馬車，還沒來得及參觀這明顯比大將軍府寒酸了許多的新家，就看到一個人噌噌噌跑到他們跟前，抱怨的話更是連珠炮似的往外發。「怎麼搞的？不是說一早就搬家的嗎，怎麼搞到現在才來？我都在這裡等了半天，不知道春寒料峭，會凍死人嗎？」

「孟誠？」見到這個人，溪哥明顯一愣。「你怎麼來了？」

「你都走了，我還留在那個地方幹什麼？」孟誠不爽地看他。「我說你還真是越來越沒心沒肺了，當初丟下我一個人就往南邊去了，現在又一聲不吭地搬家。你說，是不是我自己沒找過來，你就打算把我一個人扔在那邊了？」

「那邊地方大，又有奴僕伺候，比這邊好多了。」溪哥小聲道。

「那又怎麼樣？當初咱們可是說好的，不管是生是死，永遠都要在一起。之前你是情有可原，我就不說什麼了，可是這一次，你竟然還想一個人偷溜！你說，你是不是厭煩我了，想始亂終棄啊？啊啊啊？」

眼看他越說越離譜，溪哥猛地將臉一沈。「你再胡說八道，我就真不讓你進門了。」

孟誠趕緊閉嘴，這才後知後覺對秀娘討好地一笑。「嫂子，剛才的話妳別往心裡去，我隨口胡說的。」

你也知道會讓人想多啊？

秀娘淺笑。「沒事。你來得正好，我原本還在考慮，上哪兒請先生來教孩子唸書呢！現在既然有你，這筆銀子就省下了。」

我的天！

孟誠頓時無語問蒼天。他怎麼忘了，這個女人惹不得呢？現在好了，自己又給自己找了一件麻煩事。不過……他眼珠子一轉，馬上又有了主意。

「讓我教靈兒、毓兒讀書沒問題，反正我閒著也是閒著。只是這一日三餐你們得給我包了！還有，回來後這麼長時間，我始終覺得吃進嘴裡的菜不對胃口，還是嫂子妳之前種的那些更好吃，不如妳再種一點？」

「好啊！你只要記得每天抽空過來幫忙幹點活。」秀娘隨口就道。

孟誠現在一頭撞死的心都有了。

看著秀娘一臉淺淺淡淡的笑，他幾乎可以肯定，她肯定早已做好這樣的打算，而自己剛才的提議分明就是羊入虎口，正好又被她逮住機會，讓自己去做苦力！

可憐自己這個軍師啊，明明應該是運籌帷幄之中，決勝千里之外。多少人說起自己的名號也是讚嘆不已。而這個女人呢？她就像不知道自己身分似的，想盡辦法把自己使勁地操，什麼髒活累活苦活，只要抓住了，就讓他去做！這年頭，這麼凶殘的女人怎麼還會有人要？

咳咳，想到這裡，他悄悄看了眼溪哥。只見溪哥一臉淡然的模樣，他突然想起來，似乎被操得最狠的是他？在月牙村的時候，他才是把所有髒、累、差的活兒都做盡了。

好吧，這麼想，他就覺得這樣的事情也能勉強接受了。

哎！他在心裡長嘆口氣。似乎，自己也是個受虐體質？這對虐的承受程度是越來越高了，甚至只要一想到溪哥會和自己一起受虐，他就莫名開始心動了，這是怎麼回事？

正想著，背後的大門突然打開，四張熟悉的面孔一一出現。

「恭迎小將軍，恭迎夫人回府！」四個丫鬟一字排開，齊齊福身叫道。

溪哥和秀娘雙雙沈下臉。「你們怎麼來了？」

「大將軍說，奴婢等既然已經被送來伺候小將軍和夫人了，那麼以後就是小將軍和夫人的人了。不管您二位走到哪兒，我們就必須跟到哪兒。」春環柔聲說著，雙手奉上一只檀木小匣子。「這裡頭是奴婢四個人的賣身契，還請夫人收好。」

秀娘和溪哥對視一眼，兩人一同嘆了口氣。秀娘便將賣身契收下了。

既然余大將軍都已經把人送來了，那麼肯定是退不回去了。既然如此，就把人留下好了，反正多了四張嘴也不是養不起。

這個將軍府只有大將軍府的三分之一大小，但地方也不算小，秀娘一家四口加上孟誠住綽綽有餘，只是因為搬得急，裡頭不少地方都還沒收拾出來。

第一天的時間，在春環等四個丫頭的努力下，他們的住處先整理出來了。又前前後後忙了將近十天，這幢宅子才大概有了個模樣。因為需要添置的東西太多，秀娘便決定把後院空置的花園給開闢出來，上街去買點種子。

溪哥已經回了吏部覆命，皇帝叫他去管理守衛整個京城安危的龍虎軍。從此他每天都是早出晚歸，孟誠也有自己的事情要做，每天能抽出一、兩個時辰教導孩子就很不容易了。所以現在就只有他們母子三個去了。

兩個小傢伙一聽說要上街，都高興得不行。上次的出行計劃因為蕙蓉郡主的破壞而沒有盡興，這一次，他們自然不肯放過。秀娘也對兩個孩子心有愧疚，也特地先帶著他們去四處吃吃玩玩。

母子三個在京城的大街小巷裡走了半天，雙手都提滿東西。秀娘累得直喘氣，心裡後悔不已。早知道這兩個小傢伙這麼能折騰，她就該等溪哥旬休的時候讓他一起來，有他這個移動的人形支架在，自己可以省多少事！

這個時候，忽聽前頭噼哩啪啦一陣鞭炮響。

「諸位父老鄉親，小店今日開業，日後就要承蒙諸位關照了。我們東家說了，開業大吉，今天入我們燕蘭樓吃飯的客人，飯錢只收一半。」一個掌櫃打扮的人口沫橫飛地大聲說著，隨後就叫人拿來一塊大大的板子，上頭密密麻麻寫著樓裡的菜色，後面明確標注了價錢。

唯恐有人不識字，還有一個一臉機靈的小廝在一旁一道道唸出來。

秀娘側耳聽著，發現這些菜色的價錢都不貴，要是再打個五折，那可真是實惠得可以了。再加上從酒樓裡傳出來陣陣誘人的香味……

那邊已經有不少人被鼓動，前呼後擁地進去大快朵頤了。

秀娘見狀，也不由心中一動。「咱們也找個地方坐一坐，吃點東西吧！吃飽了，就該去買種子了。」

「好呀、好呀！」小娃娃精力旺盛，雖然一路吃了不少東西，但因為運動量大，他們的小肚子也空了不少。尤其一聽到吃，他們就連連點頭。

母子三個一道進了酒樓，就有一個小二打扮的人引著他們進去。秀娘點了幾道菜。很快飯菜就上來了，酒樓還附贈一壺熱茶。

秀娘點的都是南邊的菜色。原本到了這邊，她已經對吃到正宗的南方菜不抱希望了，但沒想到，等菜送上來，竟然和她記憶中南邊的菜色一模一樣。

兩個小娃娃最近雖然都乖乖吃著北方菜，但私底下也沒少和秀娘說懷念清淡的南方菜。今天一看到熟悉的味道，他們也都激動得不行，趕緊先拿起筷子替秀娘挾了一筷子，便開始往嘴裡狂塞。

一面塞，他們一面點頭。「好吃、好吃！」

是嗎？

看著孩子們的反應，秀娘疑惑地嚐了一口，立刻也震驚地瞪大了眼。這味道……怎麼和自己在月亮鎮吳家酒樓裡吃的一模一樣？

想到月亮鎮，她就不由想到吳大公子那張狐狸臉，心裡莫名有些惆悵。轉眼離開月牙村都快三個月了，當時因為走得急，都沒有和人告別。雖然後來溪哥告訴她，他已經把菜園子交給李大還有蘭花兩家去打理，也已經叫人去和吳大公子打過招呼了，但說起來還是自己違約了。

吳大公子雖然狡猾了些，但心地還算不錯，當初要不是因為他及時出手，他們母子幾個真都要餓死了！只是不知道，這位公子現在如何了？就算沒有他們在，想必他的生意也一定會紅紅火火地做下去吧！

一面想著，秀娘一面吃著飯。不知不覺，三盤菜被母子三個給吃了個精光。秀娘付完帳，就要帶著孩子們離開。就在這個時候，卻聽門口一聲高喊——

「少東家來了！」

秀娘下意識地抬起頭，就見一個修長的身影穿過大門走了進來。那一身月白色的長袍，那標準的狐狸似的微笑，那雙手揹在身後昂首闊步的姿態，還有緊跟在他身邊的那個人……一切的一切，都是那麼眼熟！

秀娘不可置信地看著那個走進門來、四處朝人拱手的公子，幾乎不敢相信自己的眼睛。而那個人一路被恭維過來，當走到秀娘跟前時，他腳步一頓，對她展顏一笑。「李大姊，這麼巧，咱們又見面了。」

「你……怎麼會來這裡？」秀娘愣愣地問。

「喔，我家原本在京城就有產業啊！再說因為月亮鎮上的酒樓做得實在是太好，所以我年前就打算要在城裡以及京城開分店了。所以，現在我就來啦！」吳大公子笑咪咪地道，倒是說得有憑有據。

但秀娘總覺得哪裡不對！

吳大公子已經蹲下身，挨個兒將靈兒、毓兒抱了抱。「靈兒、毓兒，好久不見，你們想乾爹了沒？」

「想！」兩個小傢伙齊聲回答。

毓兒歪歪小腦袋，滿臉好奇地問：「乾爹，我記得你以前只說要去城裡開店，沒說來京城的呀！」

沒錯，就是這個！

秀娘恍然大悟。這傢伙明明只說要把分店開到城裡去，還說生意要是好的話，再繼續向周邊城鎮擴散，什麼時候提過半句要往京城來？

聽到這話，吳大公子臉上的笑意一僵，連忙用力揉揉毓兒的小腦袋。「你記錯了。我說了要來京城的。」

「真的嗎？」瞧他說得十分篤定，毓兒開始沒自信了。他搔搔小腦袋，回頭看向秀娘。

秀娘沒好氣地翻個白眼。「吳大公子，你既然是孩子們的乾爹，就要在孩子面前做出表率。而教導孩子的第一條，就是要說一是一，不能信口胡謅。」

吳大公子面上浮現一絲尷尬。

「那個……我不過是看孩子們可愛，和他們開個玩笑嗎？真的只是開玩笑。其實，是因為上次秦王殿下在月亮鎮嚐過我們酒樓裡的飯菜後不吝誇獎，我爹知道後高興得不行，就說反正要去外頭開店，那不如也去京城開一家。反正咱家在京城也有親戚，我想想他說的有理，所以就來啦！」轉眼間他又笑咪咪的。「我之前還想著，來了這裡說不定能遇到你們呢！沒承想，這開店第一天你們就來了！妳看，這可不就是咱們的緣分！」

秀娘靜靜看著他不語。呵呵，緣分？只怕這緣分是你自己強求來的吧！

吳大公子也知道自己這話說得漏洞百出，趕緊揮揮手轉移話題。「對了，怎麼只看到你們三個？李大哥呢？哎呀，不對，現在應該叫他余小將軍了！他怎麼沒陪你們過來？你們才來京城幾天，人生地不熟的，這裡壞人又多，你們三個人弱的弱、小的小，要是有個萬一可怎麼好？」

這人還真是不消停，才說幾句話，就又開始黑溪哥了。

秀娘無語地看他一眼，彎腰提上東西。「飯吃完了，我們該走了。」

「哎呀，別呀！」吳大公子趕緊上前來搶下地上的大包小包，隨手塞到後頭的石頭手上。

石頭一臉無奈。

吳大公子卻理都沒理睬他，繼續圍著秀娘套近乎。「大姊，妳看妳手頭這麼多東西，怎麼拿得動？說起來咱們也是親戚，我怎能眼睜睜看著妳這樣吃苦受累？這些東西妳都放下，一會兒我叫兩個夥計給你們送回去。」

「好吧！」秀娘頷首。「說吧，你有什麼目的？」

「哎呀，又被妳發現了？」吳大公子傻笑。「其實也不是什麼大事。我原本是計劃等手頭的事情忙完了再去找妳的。現在既然咱們遇上了，不如去樓上坐坐，咱們仔細談談？」

「這就算了吧！其實你想說什麼，我心裡有數，只是我現在沒空，我還要去街上買種子。你有空再去我家吧，這些事情，也必須聽聽我男人的想法。」

「那好吧！」吳大公子失落地點點頭。「那大姊你們先走，回頭等我有空了就上門去找你們。」

秀娘也點點頭，便拉上孩子們出去了。

吳大公子一路送他們到門口，末了對掌櫃吩咐道：「這三位，你認識了吧？以後只要他們上門來，你就只收他們一半的錢，記住了沒有？」

「是，少東家，小的記住了！」掌櫃的連忙點頭哈腰。

這兩人的聲音不算小，前頭的秀娘聽到了，她訝異地回過頭，就看到吳大公子正瞇著眼睛對自己笑。

這男人！

無奈地輕吁口氣，她轉身拉上兩個娃娃就趕緊走了。

沒了身上大包小包的束縛，秀娘步子也輕鬆許多。帶著孩子們往賣種子的鋪子走去，她買了二十來種的種子。種子市場旁邊是花鳥市場，這個市場可比當初月亮鎮的大多了，裡頭的花鳥蟲魚更是多不勝數，秀娘看看時間還早，便決定進去看看。

市場裡最多的當數貴人們最愛的牡丹，只是稀有品種終歸是少數，這裡大多是市面上常見的品種。秀娘走了一圈，目光忽地定在一株形狀矮小的牡丹植株上。

這個……這個不是……

「小娘子這是要買牡丹嗎？」看攤的小販一看來了生意，立刻眼睛一亮，趕緊上前來招呼。

秀娘頷首。「剛搬了家，嫌家裡太過素淨，所以打算買幾盆花回去裝點裝點。」

「那小娘子妳可選對地方了，小店別的不多，但花花草草品種齊全，不信妳進來看看！」

「好呀！」秀娘笑咪咪地點頭，進去轉了一圈，讓兩個小娃娃一人指了兩盆正開得漂亮花兒訂下了。

「小娘子，這是兩盆牡丹、兩盆菊花，牡丹二兩銀子一盆，菊花一兩半，一共是七兩銀子。」小販算盤打得啪啪響。對秀娘這樣一口氣買了四盆花的大客戶殷勤得很。

秀娘作勢欲掏錢付帳，目光卻又轉向自己一開始看中的那株矮小牡丹。「對了，掌櫃的，這個怎麼賣？」

「這個小娘子妳要嗎？」小販連忙把放在角落裡的這盆花攞出來。「不過我得實話說在前頭，這盆花有毛病，不知道怎麼回事，就是一直不開花。之前也賣出去過幾次，但後來都被客人退回來了。後來我也懶得賣了，就把它放在角落裡，每天給澆點水，當作個玩意兒。」

「這樣正好！我家男人就愛這些稀奇古怪的東西，正好把這個放在他書房。」秀娘笑道。

「那敢情好！」小販一聽大喜。「這個東西反正也不值錢，就當個添頭送給妳好了，妳給我五百錢的辛苦費就行了。」

「好啊！」聽到這價錢，秀娘喜不自禁。原本那四盆花兒還打算討價還價一番的，現在都懶得說廢話了，直接掏錢付帳。

小販在這裡做些小本生意，見慣了為了一、兩文錢軟磨硬泡的客人，一看秀娘居然這麼大方，他也高興得不行，還送了秀娘一個裝花的筐子和幾個空花盆。

秀娘感激不盡，便和孩子們捧著花走了。

等秀娘幾個一走，小販立刻捧著銀子哈哈大笑起來。

兩旁的商戶見狀，紛紛湊過來。「小田子今天是做了筆大生意嗎？這麼開心！」

「是啊，不只做了筆大生意，還遇到個冤大頭，連討價還價都沒有，我說多少錢就多少錢，最後還把那盆老不死的給買走了！」

其他人聽了也紛紛大笑，紛紛恭祝他得償所願。小販也得意洋洋地道謝不提，還從賣這株花的五百錢裡頭拿出一百錢買了糖果等物給大家分享，一起慶祝這個老不死的終於可以入土為安了。

但是兩個月後，當一株七色牡丹在京城横空出世，震動大歷國的時候。他在感慨之餘，聽人說起牡丹的主人培植出這株牡丹的經過，整個人都傻在那裡，緊接著下半輩子都在後悔不迭中度過。

當然，這些是後話，且不在秀娘的關注範圍之內。

買到了花兒，秀娘帶著孩子們走出花鳥市場，興沖沖地往家裡趕。

母子三個有說有笑，卻不知道有人一直跟了他們一路。直到目送他們安然回到將軍府，那人才默默轉身離開。

如果秀娘這個時候回頭的話，就會發現，這個人赫然就是之前在郊外和她有過一面之緣的少年。

這名少年從將軍府回到自己暫居的破房子，前腳才剛進門，後腳一根大棒子就對著他迎面揮了過來。

「逆子，你給我跪下！」

少年連忙聽話地雙膝跪地。「爹。」

「你別叫我爹！我出門前怎麼吩咐你的？我叫你好好在家讀書，準備殿試，你也答應得好好的。結果呢？我前腳剛走，你後腳就跟著溜了！你才多大年紀，就知道風花雪月了？再說了，殿試就剩下那麼幾天，等事情定下了，你有的是時間出去，何必急於一時？我這些年教導你的東西，你全都忘到九霄雲外去了嗎？」

「爹，我沒有！我只是……」

「你還狡辯！」一棍子重重落下來。「你這樣，怎麼對得起你死去的娘，又怎麼對得起你姊姊？當初我沒保住你娘，也沒保住你姊姊。你姊姊現在還生死未卜，你當初不是信誓旦旦要出人頭地，到時候救她出火海的嗎？你就是打算這樣救她出火海嗎？」

聽父親提起姊姊，少年心中一動，倏地抬起頭。「爹，我好像……見到姊姊了。」

晚上，溪哥從城外回來，秀娘就把今天半天的事情都告訴他了。

溪哥聽完臉色就陰沈下來，他咬牙切齒地道：「這個姓吳的真是陰魂不散！」

秀娘贊同地點頭。「話是這麼說。不過既然他現在出現了，那倒也不失為一個好機會。」

「什麼機會？」溪哥不解。

秀娘便附到他耳邊低語了幾句。

溪哥眉梢一挑。「這樣好嗎？」

「不然呢？你覺得現在咱們除了這樣，還能怎麼做？」秀娘聳肩。

溪哥想了想，長吁口氣。「既然這樣，那好吧！一切都聽妳的。」

不久之後，京城裡就不知從哪兒傳出一則消息——曾經名震西北的余小將軍，也就是余大將軍的義子，在失蹤一年後帶回來一個妻子、一雙兒女。而這個妻子是個地地道道的農婦，現在到了京城，她竟然不好好拾掇拾掇自己融入京城的貴婦圈子裡去，反而把將軍府的後院給闢成大片大片的菜地，在裡頭種了一大堆蘿蔔白菜！

消息一經傳出，立即成了莫大的笑柄，原本還有心和這位夫人結識的人家也唯恐被她給拉低了身分，紛紛和他們保持距離。

也有人藉此問過溪哥，溪哥只是淡笑。「既然她喜歡，那就由著她好了。我時常不在家，她一個人有點事情打發時間也不錯。」

他居然也是贊同的！

於是，這一家子都成了京城人眼中的怪胎。溪哥在軍營裡還有人能打打招呼，秀娘母子三個卻是完全沒人理會了——這一點正好就是秀娘期望的。

消息傳到秦王爺耳朵裡，他忍不住冷笑起來。

「果然，這對夫妻為了躲避本王，不惜降低身分，竟然都做到這個地步了！」

想到那天那個在自己跟前侃侃而談種地經的秀娘，秦王妃一臉嫌惡。「這兩個人簡直不識好歹！王爺您看中他們，那是給他們面子，他們竟敢這樣下您的面子，您就該給他們點顏色瞧瞧！」

「這個倒是不用。」秦王爺擺擺手。「他現在把態度擺得很明確，那就是誰都不幫，這樣其實也好，至少斷絕了他和老二、老三湊到一起去的可能不是嗎？」

「可是，他們這樣無視王爺您，難道就這麼算了嗎？」秦王妃不悅道。她心裡還在為秀娘那天居然忽悠了自己而生氣，原本還一直想要找個機會和場子扳回一城，但那個女人倒好，居然直接就去種菜了，她才不要和一個滿身土氣的女人走在一起！

「算了？怎麼可能！」秦王爺輕笑。「本王這些年拉攏過不少人，其中所有拒絕過本王的，本王可曾就那麼算了？」

「那，王爺您是說……」

秦王爺輕輕在書桌上叩擊幾聲，繼而慢條斯理地道：「看來上次把他們逼出大將軍府的教訓還不夠。既然如此，就讓大家都好好去參觀參觀他們家的菜園子吧！想必很多人這輩子都還沒見過那些菜是怎麼種出來的吧？」

秦王妃連連點頭。「妾身明白了。那麼，王爺，這次還是妾身來主持嗎？」雖然一想到那髒兮兮的菜園子她就直犯噁心，但為了丈夫的大業，她還是能咬牙忍忍。

「不。她什麼身分，哪值得妳去紆尊降貴？」秦王爺冷笑。「大將軍府那邊的人妳還聯絡得上嗎？」

「聯絡得上！只是因為上次的事情，似乎余大將軍發現了什麼，一下子把人抓出來四、五個，全都打死了，現在就剩下兩個，妾身叫他們暫時安分點，不要妄動。」

秦王爺點點頭。「現在，叫一個出來。該怎麼做，她心裡明白。」

「是，妾身知道了。」

嘩啦啦……

自從溪哥和秀娘從大將軍府搬走之後，蕙蓉郡主的院子裡就幾乎天天都會傳出諸如此類的聲音。時間久了，大家都漸漸習慣了。

唯有蕙蓉郡主身邊伺候的人越發小心翼翼，每一天都過得提心弔膽。

「郡主……郡主請息怒！」一個小丫頭跪在地上，不顧滿身的茶水戰戰兢兢地道。

「息怒？妳讓我怎麼息怒？那個賤女人，那個鄉巴佬，她真是要害死言之哥哥啊！」蕙蓉郡主一屁股坐在椅子上，眼眶紅紅的。「言之哥哥戰功赫赫，前途不可限量。可是呢？這個鄉巴佬，她居然一點都不為言之哥哥考慮，竟然在將軍府種菜！我活了這麼多年，還從沒聽過比這個更好笑的笑話，她自己不要臉，難道還要害得言之哥哥都沒臉嗎？」

蕙蓉郡主氣呼呼地說著，終究還是坐不住。「不行，我要去找她！」

「郡主您千萬別去！」小丫鬟趕緊抱住她的腿。

蕙蓉郡主抬腳就踢。「小賤人，妳還敢攔著本郡主？妳信不信本郡主把妳貶到柴房做粗活去？」

「就算您把奴婢貶到柴房，有些話奴婢也不得不說啊！」小丫鬟哭著道。「這些天什麼情況郡主您難道還沒看見嗎？大將軍分明就是刻意在攔著您，不許您和小將軍見面。今天就算您硬闖，就憑大將軍安放在外面的重重阻礙，您又能闖出去幾層？而且要是因此又惹得大將軍發怒，傷到你們的父女情分，那就更不好了。」

蕙蓉郡主一聽，滿心的衝動果然淡了不少。但一想到那個給自己心愛的言之哥哥抹黑拉低形象的鄉巴佬秀娘，她還是氣得不行。

「那妳說，難道本郡主就該裝作什麼都不知道，眼睜睜看著那個賤女人害死言之哥哥嗎？」

「奴婢當然不是這個意思！」小丫鬟忙不迭搖頭。

「那是什麼意思？」

「奴婢的意思是說，或許郡主您可以換個方式？」

「換個方式？怎麼換？」

「這個……」

「快說呀妳！」她這欲言又止的模樣，就跟隻貓爪子不停地在她心口上撓啊撓，蕙蓉郡主癢得不行，連忙一把將人給拉起來。

小丫鬟一個踉蹌，滿臉謙卑。「奴婢只是有個想法，卻不知道該不該說。要是給大將軍知道了，只怕大將軍又要生氣，到時候奴婢就和春芳姊姊他們一個下場了！」

「這個妳放心，這裡只有咱們倆，妳把話和本郡主說，本郡主保證不告訴我爹。」蕙蓉郡主拍著胸脯道。

但小丫鬟還是猶豫再三，才踮起腳，附在她耳邊低語了幾句。

蕙蓉郡主立刻興奮得瞪大眼。「對呀！我怎麼就沒想到這麼做呢？還是妳聰明！對了，妳叫什麼名字？」

「啟稟郡主，奴婢柳兒。」小丫鬟連忙又跪地。

「柳兒，這名字不錯。」蕙蓉郡主點點頭。「好了，柳兒，以後妳就跟在本郡主身邊貼身伺候吧！」

「是，多謝郡主。奴婢以後一定好好伺候郡主，肝腦塗地，死不足惜！」

小丫鬟柳兒連忙磕頭，感激得渾身都顫抖了，然而在她低垂的眼簾下，卻有一抹冷芒一閃而逝。

第二天，一身素淨打扮的蕙蓉郡主就出現在小將軍府門口，陪同在她身旁的還有謝三、齊四等等幾個。

秀娘聽到消息便趕緊走了出來。

在見到她的第一眼，蕙蓉郡主就柔柔弱弱地屈身行禮，好不可憐地道：「嫂嫂，我向妳認錯來了！」

憐得可以。

秀娘眉心一擰。「郡主妳在說什麼？」

「嫂嫂可是還在生我的氣？」蕙蓉郡主眼圈紅紅的，兩滴眼淚要掉不掉，當真是楚楚可憐得可以。

見秀娘抿唇不語，蕙蓉郡主便點點頭。「也是，我做了那麼多錯事，妳不想原諒我也是常理。只是這些天我在家裡想了很多，我是真的發現自己錯了，嫂嫂妳原諒我好不好？我保證以後再也不會這麼做了！」

說著，她便膝蓋彎彎，作勢要下跪，嘴裡更大聲叫著：「我給妳跪下了！」

秀娘依然只是靜靜看著她不語。

不想自己都做到這個地步了，這個女人居然還不趕緊來阻止自己，而身後已經有不少人被這邊的熱鬧吸引過來，正遠遠地看著熱鬧，她是騎虎難下。既然話都已經說出來了，自己要是不跪，肯定又會被人指指點點。但要是自己跪了……哼哼，那就是這個女人的問題了！她何德何能，能讓她一個堂堂郡主下跪？

這樣一想，她便咬咬牙，果真跪下了。

「郡主且慢！」

秀娘怎會不知道這丫頭心裡在想什麼？她一直注意她的眼神變換，當發現蕙蓉郡主目光一沈，真正下定決心的剎那，她立即一個箭步衝上去，正好就在蕙蓉郡主雙膝剛剛沾地的瞬間抓住她的兩邊胳膊。然後她再用力一提，蕙蓉郡主就站起來了。

這下，蕙蓉郡主都快恨死了！

這女人怎麼這麼會算計？逼著自己下跪，結果自己跪了，她又來裝好人……

「郡主這是何苦呢？大家都是親戚，妳年紀小，會犯錯也是正常。我身為嫂子，當然不會和妳一個小孩子多計較。再說了，上次的事都多久了？我都已經忘了，沒想到妳還記著，還專程上門來認錯，可真是折煞我了！」

我呸！妳要是真覺得折煞，妳早該在看到本郡主的時候就三跪九叩，恭迎本郡主進門喝茶！

蕙蓉郡主恨恨地咬牙，面上卻披著一層小心翼翼的皮，道：「多謝嫂嫂，嫂嫂不生我的氣我就放心了。」

說著話，她還掉下了兩滴淚珠。

秀娘眼神微冷，還是一臉慈愛地點頭。「我當然不生妳的氣了，好妹妹，快起來，站好了。雖說咱們是女兒家，但妳身為郡主，膝下也是有黃金的，怎能隨便下跪呢？」

她又在提醒自己剛才向她下跪的事了！

蕙蓉郡主的手掌在秀娘胳膊上猛地一捏，秀娘眉頭一皺，蕙蓉郡主連忙一臉歉疚地道：「嫂嫂，我剛才好像傷到膝蓋了，腳下沒站穩，沒傷到妳吧？」

「怎麼會？」秀娘笑著搖頭。「不過郡主妳既然受傷了，還是趕緊回大將軍府去，請太醫來給看看。」

她要趕她走？按照常理來說，這個女人不是應該請自己進去喝杯茶，兩個人說上幾句話耗點時間，也給外人一種她們已經和好如初的錯覺，然後再熱絡地送她出門嗎？

對於這個女人的不按常理出牌，蕙蓉郡主恨得不行，但也無可奈何。因此，她只能厚著臉皮道：「嫂嫂，我的腿真有點疼，好像走不動了。」

「這樣啊？那好吧，妳先進去我們府裡休息一會兒。不過我們地方小，東西也不如大將軍府精緻，郡主可千萬別嫌棄才好。」秀娘這才鬆口。

蕙蓉郡主連連點頭。「不嫌棄、不嫌棄，既然嫂嫂妳和言之哥哥都能安身立命的地方，我又怎麼會嫌棄呢？」

心裡卻道，反正我的目的只是進門而已，其他的，暫且忍耐忍耐就行了！

而後，蕙蓉郡主果然又耐著性子在秀娘家裡待了一盞茶的工夫，即便她一臉不耐煩，其間幾乎都沒和秀娘說上幾句話，但她還是堅持待夠一盞茶的時間才起身告辭。當然，等到了門口，她又恢復了方才嬌嬌柔柔的模樣，十分知禮地和秀娘道別了好幾遍，才依依不捨地離開。

晚上，等溪哥回來，他就從靈兒、毓兒兩個小傢伙嘴裡聽說蕙蓉郡主上門的經過。

「那丫頭真改邪歸正了？」他第一反應便是這樣。

秀娘冷笑。「你覺得這麼短時間內可能嗎？」

見溪哥一滯，秀娘又道：「即便是她可能捨不得你，但你覺得她會對我改觀嗎？改觀就算了，還這般示弱、這般討好我，你覺得這會是她做得出來的事情嗎？」

溪哥緩緩搖頭。「這不是她的風格。」

秀娘便笑。溪哥也不覺輕嘆口氣。「這丫頭又想搞什麼鬼？還有義父，他不是說過會好好盯著她的嗎，怎麼又讓她跑出來了？」

「只怕就是余大將軍親自放她出來的。」秀娘道。

「怎麼可能，義父可是答應過我的……」

「沒錯，他是答應過你會看好她。可是，你覺得以余大將軍對她的疼寵，只要她撒個嬌、認個錯，余大將軍又能堅持多久？她再主動提出要來向我認錯，修復咱們兩家的關係，你覺得余大將軍會不會心動？你應當知道，在余大將軍心裡，自己這個女兒只是性子嬌蠻了些，但是心地不壞，遲早都會變好的。」

聽聞此言，溪哥無力地閉上眼。「我懂了。」

「不，你不懂。」秀娘搖頭。「這丫頭今天的表現很不一般，大大出乎我的意料，絕不是以她的能力能做得出來的。」

「妳是說——」溪哥猛地睜大眼。

秀娘頷首。「躲在她背後的人還沒清理乾淨。」

溪哥眼神立即陰沈下來。

秀娘見狀又是一笑。「怎麼？你不會又把所有的罪責都推到那個慫恿她的人身上去了吧？你的義妹一如既往的聰慧善良，只是耳根太軟，別人隨便說幾句話，她就從了？」

「秀娘，妳別這樣，我不是這個意思。」溪哥趕緊搖頭。

「你不是最好！」秀娘冷哼。「我早和你說過，之前看在你的面子上，我和這丫頭的一切都一筆勾銷。但是，如果她再敢跑到我跟前作妖，那我絕對不會再避讓！她怎麼鬧，我都奉陪到底，你們全都不許插手！」

看她一臉鄭重，氣勢洶洶的模樣，溪哥都被嚇得一怔，趕緊點頭。「好好好，都聽妳的，都聽妳的！」

秀娘這才勾起唇角，用力在他臉頰上掐了一把。「算你識相！」

溪哥揉揉被掐得生疼的臉，無奈地苦笑。

隨後，蕙蓉郡主果然隔三差五就往小將軍府裡跑。對外，她一直表現得柔順聽話，儼然一個知錯能改的好寶寶。

既然她這樣，秀娘也不好攔著她，也只能一次又一次讓她登堂入室。

時間長了，余大將軍感動得熱淚盈眶：自己這個女兒是真的改好了，也真的願意和嫂子打好關係，那他就放心了。於是，在一個月後，他就撤掉了跟在女兒身後盯梢的人。

而就在身後的人被撤掉的第二天，蕙蓉郡主又找上秀娘家，當著她的面扭扭捏捏做小女兒姿態。「嫂子。」

秀娘渾身雞皮疙瘩直往外冒。「郡主有話直說，咱們之間不需要這麼客套。」

她倒是想不客套呢！但要是真不客套了，誰知道這個女人又會做出什麼事來？

蕙蓉郡主悶悶想著，面上依然一副小心翼翼的表情道：「嫂嫂，我過兩天想請我交好的小姊妹一起來聚聚。只是我家大將軍府大家都已經去過好多遍，而且我們家裡好多粗人，那些刀槍棍棒的也經常把她們給嚇得不輕，所以好多人都不肯去了，所以……」

「所以，妳想把地方定在我這裡？」秀娘接話問道。

蕙蓉郡主眨眨眼。「可以嗎？」

秀娘垂眸不語。

蕙蓉郡主忙道：「嫂嫂妳放心，那些茶水、果品都不用妳費心，我都會叫人準備好了，從大將軍府那邊帶過來。還有丫頭婆子，我也都用自己的。你們府上人本就少，就不用為這個操勞了。我只是看你們這裡的院子別致，人少也清靜，所以才想借你們的地方用用。」

「好吧。」秀娘點點頭，答應了。

蕙蓉郡主大喜。「那好，我這就給她們發帖子，叫她們到時候過來了！」

「行。」秀娘頷首。「我們雖然別的沒有，但空地還是有點的。妳們自己看著安排吧，女孩兒的聚會，我就不參與了。」

「好好好，嫂嫂妳只管去忙妳的，一切有我張羅就夠了。」蕙蓉郡主連連點頭。

沒想到這件事居然這麼順利。

蕙蓉郡主回到馬車上還忍不住竊笑。「看來這鄉巴佬是真以為本郡主放過她了。而且她心還真夠大的，以為別人真能看得上她家後院這破地方？須知在貴人眼裡，她這破地方簡直就是污了別人的眼。」

柳兒挺著後背坐在一旁，卻是一臉嚴肅地道：「郡主，她似乎也答應得太爽快了點，這會不會有問題？」

「呵，能有什麼問題？就算有問題，她一個鄉巴佬，在這個人生地不熟的地方，又能把本郡主怎麼樣？再說了，到時候那麼多京城貴女，她還真敢得罪不成？只要得罪其中一個，她就等著死吧！」蕙蓉郡主擺擺手，毫不在意地道。

柳兒想想，也點頭。「郡主說得是。」

她心裡暗暗思量著，回頭還是得把這事和主子報備一下才行。

當天晚上，秦王妃收到了消息，卻也是滿不在乎地一笑。「把好好的後院開闢出來種菜養雞鴨，這是板上釘釘的事，她還能怎麼辯駁？估計是想破罐子破摔，徹底搞臭自己的名聲，以此斷絕和其他人的來往吧！那我就讓她如願，甚至……再給她加一把火！」

很快，蕙蓉郡主定的日子就到了。

這一天，果然有十多輛馬車陸陸續續駛入小將軍府，十多位年輕俏麗的姑娘依次踏入秀娘家新收拾出來的府邸。一群十五、六歲的小姑娘聚在一起，說說笑笑，嘰嘰喳喳，好不熱鬧。

秀娘就坐在前頭，聽著春環等人輪番報告那邊的動靜。

「夫人，蕙蓉郡主和幾位小姐喝茶談天，打雙陸下棋，玩得很開心。」

「夫人，蕙蓉郡主嫌在屋子裡太悶，所以想出去走走。」

「夫人，蕙蓉郡主覺得光在院子裡走動沒什麼意思，所以就帶著客人往後花園那邊去了！」

很好。

秀娘定定地點頭。「這一招果然出現了。」

在聽到這個消息的時候，春環俏麗的小臉都變得慘白一片。「夫人，這下該如何是好？咱們家後花園裡並沒什麼花花草草啊！」

「何止是沒什麼花花草草，那裡頭都是些菜，而且都是剛冒頭的青菜，根本就不適宜觀賞。」秀娘將她的潛臺詞說出來，末了輕輕一笑。「可那又如何？既然她們想看，那就讓她們看個夠好了，反正我是沒什麼見不得人的。」

「是。」見她這般氣定神閒的模樣，春環的心暫時也放下了。她便行個禮，退到了一邊。

不多時，碧環氣喘吁吁地回來了。「夫人，蕙蓉郡主有請！」

「哦？」秀娘眉梢一挑。「她找我做什麼？」

「蕙蓉郡主說，她們在後院轉了一圈，覺得花園裡的那些菜生得十分喜人，不少小姐都對這些東西很感興趣，所以想請夫人您過去給她們說一說。」

「好啊！」秀娘笑著起身。「那就去吧！我正好也想和這些京城貴女打打交道。」

春環、碧環等丫頭聽了，紛紛互相交換一個眼神，便乖乖低頭跟在她身後。

一行人走到後花園，就聽到少女們暢快的笑聲在四周飄蕩。

見到她來了，蕙蓉郡主笑吟吟地迎上來。「嫂嫂來了！」

她親切地拉上秀娘的手，把她帶到她們中間。「這位就是我義兄余言之的夫人。」而後，又一一介紹在場的少女們給秀娘認識。

秀娘和這些客人們各自見禮過後，蕙蓉郡主又道：「知道嫂嫂妳忙，我們本來是不想打攬妳的，只是我們從來沒見過菜是怎麼種出來的，一聽說妳這裡有，大家實在是好奇得不行，所以就過來看看，嫂子妳不會怪罪我們不請自來吧？」

「沒關係，我菜園子裡的菜都是種來自家吃的。既然自己人都能入口，那也就沒什麼不好給人看的。」秀娘淡然點頭。

「那就好。」蕙蓉郡主連忙笑嘻嘻地點頭。「正好，大家看了這個園子之後，不少人都很好奇，大家有好多問題要問，煩勞嫂嫂妳一一幫大家解答一下吧！」

她話音剛落，這群少女果然就一擁而上，將秀娘團團圍住。一開始，她們還只問些那些幼苗是什麼、蘿蔔白菜怎麼種之類的話，但慢慢的，這話題就變了。

到最後，一個人突然就問：「我聽說，想把菜種得好，就要多施肥。小將軍夫人，妳可否跟我們說說，這肥料都是哪裡來的？又是怎麼施上去的？」

秀娘抬眼看去，發現這個人姓蔣，是蕙蓉郡主最好的朋友之一。那麼現在，這麼刺激的問題自然也該由她來提。果然，這個問題一出，所有人都噤聲了，大家紛紛抬眼看向秀娘這邊，有些人似乎想到什麼，連忙就抬起袖子掩住口鼻，腳下也悄悄往後退了退。

秀娘爽朗一笑。「可以呀！這在鄉下也不算什麼秘密，想把菜種好，這肥料必不可少，而我們經常用的肥料就是人畜的糞便……哦，用京城人的話說，叫夜香。只是我這片地方妳們別小看，時令不同，需要的夜香數量也不一定，有時候把整個府裡的人用上都不夠呢！對了，還有這個施肥的過程，妳們肯定也沒聽說過吧？妳們今天來得正是時候，我正打算給白菜施肥，不如妳們就在一旁看著？」

「不不，不用了！」

沒想到秀娘果真這麼大方，直接開口說了，而且半點都不加以遮掩，這群嬌嬌小姐們光是聽在耳裡就噁心得不行，有幾個人直接就彎腰乾嘔起來。現在又聽秀娘說要當面展示一番，她們其中至少一半人的臉兒都白了，好幾個都搖搖欲墜，幾欲昏倒。

秀娘卻不放過她們，樂呵呵地道：「妳們難得來一次，又都對這個有興趣，我怎麼能讓妳們失望而歸呢？來吧、來吧，看看又不會少塊肉，反而是多了一則和別人的談資呢！」

一邊說著話，她一邊拉上蕙蓉郡主的手。「看來郡主妳對這個也很感興趣，不如妳和我一起來施肥吧！妳試一試，再換她們，大家一個個來，誰都不落下，妳說好不好？」

「算了、算了！」蕙蓉郡主趕緊掙扎著想要抽回手。

這麼噁心的事情，她看著都想吐了，現在居然還讓她上手？她寧願死了算了！

但秀娘怎麼可能讓她就此躲過？她做慣了農活的人，力氣本來就比她們大，所以不管蕙蓉郡主怎麼掙扎，她就是掙脫不開秀娘的手掌心。

偏偏這個時候，春環和玉環還雙雙抬著一只桶子過來。雖然上頭蓋著蓋子，但刺鼻的氣味還是抑制不住地散發出來，這群嬌小姐們哪曾經歷過這個？已經有人哇啦哇啦地開始吐了。

蕙蓉郡主也臉色發白，想嘔卻嘔不出來。

秀娘見狀，只能低嘆口氣。「罷了，妳們都是愛乾淨的，讓妳們做這種事情似乎是太為難妳們了。算了，我帶妳們去看看我養的雞鴨吧！」

「好好好，去看雞鴨、看雞鴨！」

只要別再讓她們澆菜，要她們去哪兒都行！

一群姑娘們忙不迭點頭，飛也似的轉身就跑。

秀娘帶著她們到了雞籠外頭，就看到二十來隻毛色鮮亮的雞在裡頭走來走去，咕咕叫個不停。這些雞可比菜園子裡那些要被夜香澆灌的菜好看太多了，姑娘們的心緒終於漸漸恢復平穩，臉色也好看了不少。

「這是雞嗎？怎麼和我曾經在廚房看到的不一樣？」一個人滿臉好奇地問。

「當然，這是野雞，和大家平常吃的蘆花雞大不一樣。說起野雞，這個的藥用價值可比蘆花雞高太多了，因為大都是野生的，牠們在山上覓食，吃了不少名貴的中草藥，這些藥效都化在牠們的身體裡，要是燉湯給人喝了，那麼當然就是給人補了。而且這些雞的雞毛妳們看到了嗎？是不是比蘆花雞好看多了？還有牠們的尾巴，也比公雞的還要長，而且我還有法子把牠們變得更長，到時候，這雞就算不幸來吃，拿出去觀賞也足夠養眼了……」

聽著秀娘侃侃而談，這群少女們很快就將方才不愉快的一幕拋諸腦後，開始仔細觀察這些外形靚麗的野雞，並圍著牠們指指點點。

蕙蓉郡主見狀，立刻眼珠一轉，正要上前說話，就見到碧環雙手捧著一只小匣子走了過來。

蕙蓉郡主心裡立即咯噔一下。「嫂、嫂子，這個是什麼？」

「哦，這是給野雞的吃食啊！」秀娘笑道。「野雞吃什麼妳知道的吧？除了穀米外，還有野草等物剁碎了一起餵，效果更佳。對了！還有一個好東西，營養價值更是高得很，配合這些東西一起餵食，雞愛吃，而且還長得快。這還是妳言之哥哥親手為我尋來的呢！妳知道是什麼嗎？」

「是……是什麼？」

「就是這個呀！」秀娘接過碧環手裡的匣子打開，隨手抓了一把送到她手裡。

「啊——」

隨即，一聲刺耳的尖叫響徹雲霄。緊接著，只聽咕咚一聲，蕙蓉郡主竟然白眼一翻，直接倒地不起。

其他人發現這邊的動靜，趕緊轉頭來看。當發現還在蕙蓉郡主手裡掙扎扭動的蟲子，尖叫聲此起彼落地響起。

「啊！蟲……蟲子！」

「啊啊啊，救命啊！有蟲子！」

「爹、娘救命！有……有……」

撲通撲通，咕咚咕咚……

一時間，十幾位閨秀倒下了大半。餘下的雖然沒倒下，但一個個也臉兒慘白，渾身發抖，虛軟成一個麵團。

秀娘捧著匣子在她們跟前一一走過，笑咪咪地道：「妳們看，這些小東西多可愛！野雞最愛吃了！妳們要不要抓兩條餵餵牠們？」

「不！我……嗚……」

到最後，又有幾個人昏倒在地，剩下為數不多的四、五個也都蹲在地上，雙手捂臉嚶嚶抽泣起來。

不多時，一輛輛馬車就從小將軍府駛出，將這些可憐的小姐們送回家去。在暈倒的小姐們身邊還整整齊齊放著兩捆摘得乾淨的小菜，以及一隻毛色鮮亮的野雞。

對了，蕙蓉郡主那裡還多出一隻來，雞籠裡頭還有一小盆雞飼料。

於是，從當天晚上開始，余小將軍的夫人自降身分做個髒污不堪的農婦的消息還沒來得及傳播開去，這些上門去找事的少女們就先被人給黑了個遍。

這理由都是現成的：自己上別人家去，不聽主人勸阻硬闖後院，自作主張各種折騰，結果卻被人家後院裡養來觀賞的野雞給嚇暈了！最後還是主人家把人給送回去，外帶賠禮。能被野雞嚇暈的嬌小姐，在京城裡只怕也就這幾位了！

這輿論麼，誰先搶占先機，誰就贏了大半。而這些小姐們被嚇得半死，提起那件事就兩股戰戰、眼淚汪汪的，就更沒心情去占據輿論的最高點了，等她們反應過來的時候，最好的時機已經過去了。

蕙蓉郡主還不死心，又四處散播謠言罵秀娘不自重，居然去飼養野雞。但人家自己養著自家玩，又不拿出去販賣。這京城上下，誰家沒飼養過幾隻貓兒、狗兒、蛐蛐、蟈蟈什麼的，說白了，這不都是一樣的性質嗎？

所以，原本精心策劃的一齣戲，就這麼不痛不癢地過去了，甚至還有人聞名尋到溪哥那裡，想求一隻長尾野雞，但都被拒絕了。

溪哥說得擲地有聲。「這些東西都是賤內養著玩的，本來就沒幾隻。上次已經送出去不少，現在就只剩下兩、三隻，自家孩子都玩不夠呢！你們想要，自己找人買去就是了。」

可是，外頭買的都沒有秀娘養出來的那麼油光水滑，尾巴也沒那麼長、那麼好看啊！見過那些送出去野雞的人們心裡哀嘆著，卻也只能作罷。

秀娘一群人大獲全勝笑逐顏開，蕙蓉郡主那邊卻是狂風驟雨，情況糟得不能再糟了。

「水水水！給我拿水來！」房間裡又傳來聲嘶力竭的呼號。

外頭的丫頭們面面相覷，滿臉無力。

「郡主，您不能再洗了，您的手都已經破皮了。再洗，這隻手就廢了！」柳兒小聲勸道。

蕙蓉郡主反手就給了她一巴掌。「本郡主的手有多髒，妳不知道嗎？妳是想眼睜睜看著本郡主髒死是不是？本郡主現在才知道，妳居然心思如此狠毒！」

柳兒一愣，連忙跪下。「郡主請息怒！」

「想讓本郡主息怒，就趕緊去端一盆水來，本郡主要洗手！」

「是，奴婢這就去。」

捂著臉走出來，柳兒腳步微頓，將眼底怨毒的神色收斂起來。再一抬頭，她連忙屈身行禮。「老爺。」

余大將軍點點頭。「免禮。郡主現在怎麼樣？」

「還是老樣子。奴婢無能，勸不住郡主，奴婢……」柳兒咬咬唇，眼淚就流下來了。

余大將軍低嘆口氣。「算了，這些不關妳們的事。妳們都退下吧！」

「是。」

聽著房內暴躁的大喊大叫，余大將軍搖搖頭，還是推門進去。「蘭兒。」

「爹！」見到父親，蕙蓉郡主一頭撲過來，抱著他大哭不止。

余大將軍的心都快被她哭碎了。他連忙輕輕擁著她，小心拍著她的後背。「好了，別哭了，沒事了，啊？」

「怎麼可能沒事？爹，我的手好髒、好髒，您趕緊再叫她們端水進來給我洗啊！我噁心得吃不下飯、睡不著覺，再不洗乾淨我就要死了！」蕙蓉郡主大聲哭叫。

余大將軍滿臉心疼，卻也只能輕輕拍著她的後背。「沒事，真沒事。妳都洗了幾百遍了，都已經洗乾淨了。再洗，妳就要脫一層皮了。」

「那也不乾淨！爹，我現在只要看到這隻手，就好像看到有幾百隻蚯蚓在上頭爬，我……我……嘔！」蕙蓉郡主彎腰又是一陣乾嘔。

余大將軍見狀，心疼不已地抱著她。「我的好蘭兒，妳別這樣，妳這是要逼死爹啊！」

「爹，我也不想的，可我就是忍不住啊！我覺得這隻手好髒，怎麼洗都洗不乾淨！」蕙蓉郡主哭著，突然目光落在余大將軍別在腰際的那把短刀，猛地伸手把刀一抽，就朝著自己右手砍了下去。

「蘭兒不要！」余大將軍看得魂飛魄散，幸虧他眼明手快，迅速將短刀給奪走了。但鋒利的刀鋒還是不可避免地在蕙蓉郡主手腕上劃出一道長長的口子。

見到洶湧而出的鮮血，蕙蓉郡主反而一臉如釋重負。「好，真好，切掉這隻手，我就看不到那些髒東西了，真好，真好，真……」

說著，她頭一歪，昏了過去。

「蘭兒！」余大將軍的心都揪成了一團。他連忙把女兒抱到床上，按住她的傷口，大聲對外喊著。「快來人，去請大夫！快！」

宮裡的太醫來不及請了，管家就去街上請了一名資歷頗深的老大夫來。

老大夫給蕙蓉郡主把了脈，只是嘆口氣。「大將軍，郡主身體沒事，只是焦慮過重，外加長時間沒有進食，所以身體虛弱導致昏迷不醒，只要醒來後好生休養，再吃點東西就好了。」

那也得她吃得進去才行啊！余大將軍痛苦地想著。

自從那天在小將軍府被活生生嚇暈後，蕙蓉郡主回來後就成天大呼小叫，不停地要洗手，飯也吃不下。別說看到吃的了，光是聽人說吃飯就哇啦哇啦地吐。這才幾天工夫，她就已經瘦了一大圈！

他可憐的女兒啊！

余大將軍坐在床沿，輕撫著女兒柔嫩的臉龐，滿眼的愛護關切不可言述。

這個時候，卻見蕙蓉郡主張張嘴，輕輕吐出一個聲音。

余大將軍雖然年紀大了，但身為武將，至今依然堅持每天早起強身健體至少兩個時辰，很是耳聽目明。所以，女兒虛弱的聲音他聽到了。她叫的是：「言之哥哥。」

柳兒跪在一旁，拿著沾濕的帕子輕輕替蕙蓉郡主擦著臉，一面也含淚小聲道：「說起來，小將軍也的確是太沒良心了點。自從離開咱們將軍府，就再也沒有回來探望過大將軍您和郡主一次。這也就罷了，這次郡主都生病了，他也沒來看過一次，就連個口信也沒派人送來。要知道，郡主還是被他夫人給嚇成這樣的，他難道心裡一點歉意都沒有嗎？」

「妳不要再說了！」余大將軍額頭上青筋爆出一根，冷冷出聲喝止。

他嗓音低沈雄渾，柳兒被吼得一個哆嗦，整個人都癱軟在那裡。而昏迷在床的蕙蓉郡主卻彷佛什麼都不知道，依然不停地小聲呼喚著言之哥哥。

知道這個時候，他的這個傻女兒還沒忘記那個臭小子。可那個臭小子呢？他怎地就這麼狠心！

余大將軍知道那件事一開始是自己女兒的錯。可是，她還小，就算做錯了，他們難道就不能好好教嗎？非得用這樣的法子，現在好了，他的蘭兒不吃不喝，人都暈死過去，他們那邊卻還半點反應都沒有，實在是……自己怎麼就教出這樣一個義子！在他心裡到底還有沒有自己這個義父？他又還把不把蘭兒當他的妹子？

余大將軍越想越氣，心裡對女兒無止境的疼寵漸漸占了上風，再加上柳兒方才的話不停地在耳畔迴響，越來越響……他猛地臉一沈，大步朝外走去。

「大將軍，您要去哪兒？」謝三幾個人正好從外面進來，一看余大將軍這身殺氣騰騰的樣，心裡頓時大叫不好。

奈何余大將軍根本看都不看他們，逕自健步如飛。走到馬房，他牽出自己的汗血寶馬，翻身跨上，一甩馬鞭。「駕！」

馬兒立時飛馳出去老遠。

謝三幾個人見狀，臉色均是一變。

「完了，大將軍肯定是去找小將軍了！」

「哎，這下可該怎麼辦？大將軍心疼女兒，小將軍又呵護妻兒，咱們該站在哪邊？」

「你們難道忘了孟軍師昨天告訴咱們的話了嗎？」一個聲音幽幽地從旁響起。

大家立刻齊刷刷轉過頭去。「什麼話？」

「靜觀其變，什麼都不要說，也什麼都不要做，他們自己的事情，讓他們自己解決。咱們就不要插手了，省得越幫越忙。」

第二十八章

余大將軍縱馬馳騁，不過一盞茶的工夫就到了城外的龍虎營。

溪哥正在營房內研究新陣法，冷不防外頭一陣喧鬧。而後房門被人一腳踹開，余大將軍大步走進來，氣勢雄渾地高喝：「余言之！」

「義父？」溪哥連忙放下筆，起身要參拜。

余大將軍卻是一聲冷哼。「余大人為國操勞，廢寢忘食，哪裡還曾記得有我老頭子這麼一個義父！罷了，既然你都不記得了，也就不用拜見了！」

溪哥一怔，但還是拜了下去，才起身道：「義父您這是什麼話？您是孩兒的義父，這事就算孩兒到死都是事實。」

余大將軍臉色稍稍好看了一點，但也只是一點點而已。

「既然你還知道我是你義父，那蘭兒呢？你可還記得她是你妹妹？」

果然。溪哥面色微沈，垂眸不語。

余大將軍一見，頓時怒氣又湧上心頭。「余言之，你什麼意思？難道就因為你妹妹做錯了幾件事，你就不管她了嗎？你身為兄長，就不能寬容些，原諒她幾次嗎？還有你那個媳婦，她怎麼就那麼心胸狹隘，連個孩子都不放過？可憐我的蘭兒，都要被你們給活活折磨死了！」

「義父！」溪哥猛地抬高聲音。

余大將軍一個哆嗦，到了嘴邊的話又嚥了回去。

不知何時，溪哥已經抬起頭來，一雙虎目圓瞪，其中閃爍著點點憤怒的光芒。「蘭兒已經十七歲，她不小了！秀娘在她這個年紀早就已經是兩個孩子的娘了！而且她做了些什麼，您心裡難道還不清楚嗎？她三番兩次想要陷害秀娘，要是秀娘真被害了，現在她會是什麼情況您想過嗎？她一個女人家，從未得罪過蘭兒，不過是想本分地過自己的日子而已，蘭兒又為什麼不放過她？蘭兒有沒有想過我們還有兩個才五歲不到的孩子？要是秀娘真有個好歹，兩個孩子該怎麼辦？我的靈兒和毓兒才是真正的孩子！

「再說了，秀娘不過是給她一點教訓而已。蘭兒來來回回折騰了這麼多次，她才反擊一次，難道都不行嗎？難不成您真要我們逆來順受到底，到時候受了傷害，再寬容大度地原諒她？義父，我們也是人，我們也有自己的脾氣好嗎？而且秀娘要是真心胸狹隘，她就不會只讓蘭兒被嚇一嚇這麼簡單。她的本事不用我說，您自己應該都深有體會。」

余大將軍被說得一愣一愣的。

「可是、可是……蘭兒她畢竟是我唯一的女兒。想當初，你可是親口答應過我一定會好生照顧她的。難道你就是這樣照顧的嗎？」

「我要是再縱容她無法無天下去，那才真是害了她！」溪哥冷聲道。「義父，我知道您心疼蘭兒，但我也不得不說，她是真被您給慣壞了。若說她以前是還有幾分純真善良的性子，但這些年被您放肆縱容，再加上有心人的挑撥，她早已經不是我疼愛的蘭兒妹妹了。您要是真心為她好的話，就趕緊回去把她看緊了，再找個規矩嚴點的人家把她給嫁了吧！如果能有個嚴厲點的婆婆更好，而且婚後您不要多管她的事情，不管她怎麼哭訴您都不要相信，還有——」

「你住口！」

自己的寶貝女兒，即便自己能說不好，但聽別人指責起來，余大將軍還是一點都聽不進去。更何況，他還說什麼？要給自己的寶貝女兒找個嚴厲的婆婆，還把她嫁出去之後就不管了？這個他怎麼可能接受得了！

余大將軍忍不住了，惡狠狠地打斷他。「這些都是你那個媳婦教唆你的是不是？她就這麼恨蘭兒，她就看不得蘭兒好嗎？是，蘭兒是做了兩件對不起她的事，可她就至於把蘭兒的一輩子都推進火坑裡去嗎？

「還有你！余言之，你忘了當年是我把你從死人堆裡救出來的嗎？要是沒有我，你早就已經成了邊關的一具枯骨，而現在，就因為一個女人，你就把當初的一切恩情全都拋諸腦後，還反倒指責起我來了？我告訴你，你給我聽清楚了！要不是我余朗，你余言之根本就不會有這一天！你這個……你這個忘恩負義的白眼狼，我當初怎麼會挑中你做義子，還妄圖讓你來繼承我的衣缽！」

溪哥立即撲通一聲跪下了。然而他也不過只是跪下而已，卻半個認錯的字都不肯說。

余大將軍見狀，更氣得渾身發抖。「好、好！我看你真是被那個女人迷了心竅，連自己義父和妹妹都不要了！好，既然如此，我也不多強求。你要和那個二嫁女人白頭到老，你要做那兩個小崽子的便宜爹，一切都隨你，你就和那一家三口一起過一輩子去吧！只是你別忘了，那個女人生不出來，你這樣縱著他們，到頭來還不是給別人作嫁衣裳？那女人的孩子還都不是跟著你姓！」

「義父，您說夠了沒有？」聽到這些，溪哥心情也不好了，當即喝道。

余大將軍又一滯，滿面的怒氣帶上幾分感傷。「看來我真是老了，你連聽我教訓幾句都不肯了。也罷、也罷，我們就此分道揚鑣吧！從今以後，你就和那母子三個一處去吧，我守著我的蘭兒，再也不會來煩你們，只是你給我記住了，從今以後，你再也不許打著我余朗的旗號到處招搖撞騙，我和你再也沒有半分關係！」

說罷，他抽出腰間佩刀，一舉將溪哥方才所用的几案砍作兩半，才收了刀轉身氣勢洶洶地離開。

等人一走，溪哥也身體一軟，幾乎橫倒在地上。

很快，孟誠聞訊趕來，看到室內一片狼藉，他不住搖頭。「我剛看到大將軍出去了，那一身怒氣比進來時還重——你又刺激他了？」

溪哥點頭。

孟誠無奈地長嘆口氣，盤腿在他身邊坐下。「其實，大將軍最近是越來越過分了。但沒辦法，一葉障目，不見泰山。蘭兒是他唯一的女兒，在做父母的眼裡，自己的孩子都是最好的，就算她做錯了什麼，他也總覺得給她一個機會，她就會棄惡從善。就像你看靈兒、毓兒不也一樣？」

「靈兒、毓兒才不會像她那樣！」溪哥厲聲反駁。

「是是是，我說錯話了，靈兒、毓兒都是好孩子，他們被大嫂教得很好，以後肯定做不出這樣的事。」孟誠趕緊改口。「我只是舉個例子而已。只是想說明大將軍這樣做也是情有可原。」

「不，他就是過分溺愛。我對靈兒、毓兒絕對不會到這個地步。」溪哥還是堅持道。

我的天！孟誠無力地扶額。「好了好了，咱們不說這個了。現在，你就是和大將軍一拍兩散了？」

溪哥頷首。

「這麼說，以後你的日子就要難過了。」孟誠拍拍他的肩。「沒了大將軍扶持，那些原本追捧著你的人只怕都要變臉了。」

「變就變吧！我只管做好我自己的事就行了。」溪哥頹然道，終究還是被余大將軍的態度給狠狠傷到了。

孟誠點點頭。「其實這樣也好。以蘭兒現在的行事，只怕以後還有得鬧騰，咱們要是繼續和他們糾纏下去，到時候要是真出了事，大家肯定都會被一股腦兒牽連進去。現在咱們在外頭，一旦那邊出了什麼事，咱們也能及時採取措施。」

溪哥猛地神色一動。「你也料到了？」

「怎麼，嫂子也早和你說過這些了？」孟誠眼睛一瞪。「我就知道！你敢和大將軍這樣大小聲，一定是早有準備。說，這些是不是都是嫂子教你的？」

溪哥白他一眼。「她什麼都沒說，只叫我自己看著辦。」

「哦，也就是你在大將軍和嫂子之間權衡，最終還是選定自己的媳婦和孩子，所以我就說嘛，人總是向著自己的血脈至親，大將軍如此，你不也一樣？」孟誠笑嘻嘻地道。

溪哥繼續白他。「既然知道大將軍都和我分道揚鑣了，你還不趕緊追過去？」

「追什麼追？全天下人誰不知道我和你是一夥的？我要是追過去了，他們還當我是打入他們內部的臥底呢！與其被人處處防備著，我還不如和你在一處，該幹什麼幹什麼。」孟誠擺擺手。「再說了，大嫂的小菜是越種越好了，我瞧著比月牙村時還好。還有那野雞，不僅長得好看，口味更是好，那天我烤了一隻來吃，那可真是……嘖嘖，外焦裡嫩，皮酥骨脆，真是極品啊！」

「那天靈兒還哭著來找我，說家裡的野雞不見了一隻，敢情是被你偷捉去烤了吃？」溪哥眼神一冷，一字一句地道。

孟誠立刻就蹦起來了。「我什麼都沒說、我什麼都沒說！你也什麼都沒聽見！我走了，再見！」

雖然溪哥心裡早有準備，但被義父這般指責，並直接割席斷義，這樣凶猛又直接的刺激還是讓他有些難以承受。

艱難度過餘下的幾個時辰，到時候點卯後，他有氣無力地回到小將軍府。

秀娘一直叫人關注著大將軍府那邊的情況，自然也知道溪哥和余大將軍的這件事，一直在家裡等他歸來。

好不容易聽到人說他回來了，她連忙帶著孩子迎了出去。

「爹，你回來啦！」

兩個孩子脆生生的呼喚好歹給他注入了幾分生氣。溪哥勉強扯扯嘴角，彎腰摸了摸他們的小腦袋，和他們說了幾句話，就打發他們出去玩了。

秀娘伺候他換了衣裳，打來一盆熱水給他泡腳。溪哥順從地把腳放進木盆裡，神色依然是無精打采。

秀娘見狀，便在他身邊坐下。「我今天有件事要和你說。」

「不用說了，我不想聽。」溪哥當即就道。

「真的嗎？」秀娘癟癟嘴。「我還說，這麼天大的喜事，你要是知道了一定會很開心呢！既然你不想聽，那算了。」

溪哥心裡猛地一跳。「什麼事？」

「你不是不想聽嗎？」秀娘撇唇，扭開臉不理他。

溪哥見狀，頓時無力地苦笑。「秀娘，妳沒見我都這樣了嗎？妳就不要和我打啞謎了好不好？」

「好吧，看在你這麼可憐的分上，我就讓你暢快一次！」秀娘本身也不是真心想和他賭氣。現在看他好不容易恢復了一點活力，她連忙又揚起笑臉。「事情是這樣的。這些天謝三媳婦不是經常來找我玩嗎？一次她偶然說起自己一個親戚，當年因為流產傷了身子，多年都不能生育，後來還是找了一個老大夫，調養了五、六年，才終於調養好了。到現在，她都已經生三個孩子了。」

「是嗎？」聽說這個，溪哥果然來了興致。

看他開始雙眼發亮，秀娘連連點頭。「是的，而且她還告訴我，那位老大夫現在就在京城，所以我就讓她為我引薦，今天我就去見過大夫了，你猜他怎麼說？」

「怎麼說？」

「他說，我的身子雖然虧損得厲害，但好在保養得還算不錯，只要吃幾服藥好好調養一下，最多兩年，就能再生育了。」

「太好了！」

直到此時，溪哥才終於綻出這些天來的第一抹笑。因實在太過激動，他竟是直接站起身，將秀娘攔腰一抱，赤足踏出木盆，原地轉了好幾圈。一面轉著，一面朗聲大叫。「我要有兒子了！我又要有兒子了！」

這些事情自然也沒有躲過一直默默盯著秀娘一家的秦王夫婦的眼睛。

當天晚上，秦王府後院燈火通明。

秦王爺身穿一襲墨綠色綢緞常服，一手拿著一把摺扇，一邊來回踱步，唇角揚起一絲冷笑。「什麼父子情深？不過是個笑話！不是親生的就不是親生的，他不聽話，余朗不一樣直接就一腳踢了他？」

秦王妃也一臉得意。「王爺說得對！這世上的父母大都護短，即便是人稱賞罰分明的余大將軍也不能例外。」

「什麼余大將軍？他老了！」秦王爺低哼。心裡還在為余大將軍一直不肯對自己「紆尊降貴」，讓他娶了他的寶貝女兒這件事而氣惱。

秦王妃連忙點頭。「是，他的確是老了，余言之可謂是他手下最得力的幹將了，現在他卻因為一點兒女私情就把人一腳踹開，以後他手下就沒人了，王爺您正好可以乘機將他們都給收歸麾下！」

「這個不急。有蕙蓉郡主那個小丫頭在，咱們有的是機會讓他心悅誠服地對本王投誠。」秦王爺氣定神閒地擺手。「妳安插在那丫頭身邊的人還在吧？」

「王爺放心，柳兒那丫頭好著呢！蕙蓉郡主那個傻妞，還真以為自己找到了個一心一意對自己的人，把她寵得跟什麼似的。這次也是柳兒勸了她幾句，她就又用自殘逼迫余大將軍和余小將軍割席斷交了。」好長一段日子了，自己可算是遇到一件舒心的事，秦王妃不無得意地邀功請賞。

秦王爺也滿意地點頭。「妳做得很好。妳派人傳話給她，現在先好生跟著蕙蓉郡主，做好一個丫頭的本分，別被人發現了，等再需要她的時候，本王自會再命人給她消息。」

「是，妾身知道了。」難得得到丈夫一聲誇讚，秦王妃喜不自禁，趕緊屈身行禮。

秦王爺也滿意地頷首，啪的一聲展開扇子，故作風雅地搧了搧，唇中逸出一聲冷哼。

「現在，是該給余言之一點顏色看看，叫他知道點眉眼高低了。那個女人既然不能為本王所用，那就只有除了！她還想給余言之生兒子？哼！」

「這個王爺請儘管放心，妾身已經叫人去仔細打聽過了。那個女人過去的故事精采得很，隨便抓出兩個人來就能讓他們夫妻倆生分了。妾身聽說她之前那個丈夫根本就沒有死，只是因為怕死當了逃兵，卻不知道跑去哪裡，已經叫人去尋了。還有她遠走他鄉的父親弟弟，他們的蹤跡也已經有了點眉目。」

「是嗎？愛妃真是能幹。現在本王真希望妳能盡快把那些人都找到。畢竟骨肉團聚，這是所有人一輩子都期盼的事，小將軍夫人見到那些親人，一定會十分激動。」秦王爺笑咪咪地點頭。

秦王妃一臉詭譎神秘。「妾身能幹，也都是王爺教的。王爺您不是說過嗎？咱們身在其位，自然要為天下百姓謀福祉，更何況余小將軍為國有功，他疼進心坎裡去的夫人，咱們自然也要好生捧著不是嗎？」

「愛妃說得有理。」秦王爺點點頭。

夫妻二人相視而笑。

今天是個好日子。

一大清早，秀娘就和謝三的媳婦到了位於京城最繁華街道上的燕蘭樓。

謝三媳婦早定好包廂，幾個人直接上二樓，進了一間臨街的房間。

小二遞上菜單，謝三媳婦熟門熟路地點了幾樣點心並幾道當地小炒。待小二下去，她便對秀娘道：「這家燕蘭樓雖然在京城開的時間不長，但是各色吃食都做得格外精緻，口味也極好。我家裡人吃過幾次，都愛得不行，尤其是他們這道臘肉炒茼蒿，還有銀耳蓮子羹，那真是人間美味，上次我男人給我帶回去嚐了一次，我就愛上了。家裡的廚子也做過幾次，但總不是那個味。後來我又來吃了一次現做的，那才真是……我都不知道該怎麼說了，反正我是真說不出來是什麼滋味，一會兒你們嚐了自然也就明白了！」

看她說得天花亂墜，外加一臉嚮往沈醉的模樣，秀娘忍俊不禁，噗哧一聲笑出來。

謝三媳婦一頓。「怎麼啦？妳不信？一會兒妳嚐到就知道了，真的很好吃！」

「我不是不信，只是……」秀娘掩唇，不知道該怎麼對她解釋。

這個時候，聽到外頭幾聲輕巧的叩擊聲，謝三媳婦的丫鬟連忙去開門，便見幾個小廝魚貫而入，將十多個精緻的小碟一一擺在桌上。

謝三媳婦霎時間都看愣了。「我記得我沒點這麼多啊！你們夥計是不是記錯了？」

「謝夫人請放心，這些都沒錯，是掌櫃的吩咐小的上的。掌櫃的說，少東家囑咐過的，小小姐和小公子過來的話，務必要把他們喜歡的東西都端上來，讓小小姐和小公子吃個夠，畢竟小小姐和小公子來的次數也不多，而且這頓飯只要一半的銀子。對了，還有幾樣酒樓裡新添的菜色，給幾位嚐嚐鮮，不要錢。幾位請慢用，小的這就退下了！」小二笑咪咪地說完一席話就退下了。

「你……你們……」謝三媳婦目瞪口呆，傻傻看看靈兒，再看看毓兒。「這個小小姐和小公子，是指他們？」

秀娘笑著揉揉孩子們柔軟的頭頂。「燕蘭樓的少東家吳大公子是靈兒、毓兒的乾爹，當初在鄉下時認的。我原本也沒當真，但沒想到他卻真把兩個孩子當自己的親生孩子一般看待了，真是沒辦法。」

謝三娘婦再次驚詫異常。「這些妳從沒和我說過！」

「這些妳也沒問啊，而且也不是什麼要緊事，有什麼好說的？」秀娘淺笑。

「什麼叫不是什麼要緊事？大姊，妳知不知道這個燕蘭樓背後是什麼人？這京城上下，九成九的人都想和他攀上關係卻不得其法。而妳……對了，還有靈兒、毓兒，居然和他是乾親？妳竟然還一直都沒往外說！妳知不知道，這事要是傳出去了，外頭肯定都要炸鍋了！」

謝三娘婦克制不住地低叫，嗓音微微發抖。

秀娘聽了這些，心下開始有些發怵了。

「不就是天運城的世家大族嗎？還有什麼？」

「是，吳家說起來似乎是有些默默無聞，但妳知不知道，在現在的皇宮裡，一手掌控後宮的人是誰？」

秀娘的小心肝猛地一蹦。「不是說端敬皇后已經過世了嗎？皇上和端敬皇后伉儷情深，一直沒有冊立新后，後宮的一切都交付給阮貴妃和徐賢妃一同打理。」

這兩個人，難道和吳大公子有什麼干係？

「不不不。」謝三娘婦連忙擺手。「那兩個身分都不正，現在也只是暫代那個職務而已，算什麼一手掌控？我說的是當今聖上的生母，吳太后！」

秀娘只覺腦子裡轟的一聲，宛如一顆原子彈爆炸。

吳太后！吳？

她似乎已經猜到什麼了。「妳、妳是說……」

「沒錯！」謝三媳婦用力點頭，以實際行動肯定了她的猜測。「吳太后出身天運城吳家，少女時代就進宮陪伴先皇，因為身分不高，所以地位一直低下。但她和先帝情投意合，惺惺相惜，感情越發的好，經年累月，後宮裡那些女人鬥來鬥去都鬥得差不多了，她反而慢慢出了頭。到最後，先帝駕崩，當今聖上登基，她就順理成章當上了太后。

「只是吳太后為人低調，當初在後宮時就不和人多交往。當上太后之後也不怎麼生事，被稱為是有史以來最沒架子、最好相處的太后。但能在後宮蟄伏多年，最終一躍而上的，能是什麼簡單的人？而且一開始當今聖上登基之時，廢獻王造反，朝中群臣動盪，聖上一時手忙腳亂，我聽說這些都是吳太后扶持聖上度過難關的。後來端敬皇后過世，後宮妃子又是用盡手段，當時也是吳太后一肩扛起，把那群么蛾子都給壓制下去，也是吳太后欽點阮貴妃和徐賢妃共同打理後宮事務。

「不過吳家人都和吳太后一樣低調。當初吳太后得寵時他們不耀武揚威，聖上登基後他們也不擺外戚的架子，甚至都不曾允許族中子弟進京，一大家子老老實實在天運城耕讀傳家。時間長了，別人都快忘了他們是當今太后的娘家。」

聽完這些，秀娘的世界觀再次崩塌。

我的天！怎麼會這樣？為什麼一直沒人和她說這些！

「可是，我記得吳大公子並非吳家嫡系血脈。」想了想，她又道。

「妳說得沒錯。可是妳想想，當初吳太后在後宮地位低下，一直不被人看重，吃穿用度也一直被人剋扣。吳家又在天運城，那些年她是怎麼過來的？還有當今聖上登基後和廢獻王的一場仗打了快兩年，軍餉、糧草這些錢又是從哪兒出來的？」

「等等等等，妳慢點說。」秀娘扶額，覺得自己都有點消化不了。

可是謝三媳婦卻一點都慢不下來。「大嫂，妳讓我怎麼慢啊？這麼大的事情，妳居然一直都不知情？我都服了妳了！」

她是真不知道啊！那些人都有意瞞著她，她上哪兒知道？

秀娘拍拍腦袋，一點一點釐清這些脈絡。「也就是說，吳太后當年在後宮之中多虧吳大公子那一脈的錢財支持才扛到了最後，而當年廢獻王作亂，吳大公子那一脈又捐出了無數家財支持聖上打仗。」

「不是捐出無數家財，而是傾家蕩產！」謝三媳婦指正。

秀娘睜大眼。「所以？」

「所以，獻王之亂平息後，皇上為了獎勵吳家這一脈，提出要將全國的鹽、茶一半交給他們經營。但他們又發揚了吳家人低調的品性，再三推拒之後，無奈收下了每年一半的鹽引，而後便從天運城都退了出去。有人說他們是為了不想惹人眼紅，所以隱居避世了；也有人說他們是一門心思為聖上分憂，將家中其他產業都收了，重點只做這一項。而每年一半的鹽引都是固定的，有皇上和吳太后在背後撐腰，他們都不必和人打交道，那簡直就是躺在錢堆上生錢，自然就越發低調了。現在要不是因為吳太后年紀大了，胃口不好，開始想念南邊的菜，他們根本都不會來開這家燕蘭樓。」

我的天、我的天、我的天！

現在秀娘已經不知道該說什麼才好了。想想吳大公子那張吊兒郎當的臉，再想想自己和他的初次相遇……她總算明白他老爹為什麼能放心大膽地在家遛鳥，而把偌大家業都交給年紀輕輕的兒子去打理了，那根本是因為他們都不用費什麼心思好不好！

只怕在月亮鎮的那些產業也只是他們閒得無聊弄來玩的，隨便玩玩都能弄出個月亮鎮首富來，劉財主居然還妄想侵吞他的家財……還有他動動手指頭就能勾來一個欽差，一個總督。她原本還納悶，即便是本家姑父，他一個旁支子弟就算再有錢，人家堂堂總督也不會任由你擺布啊！

現在，一切真相大白。

這邊秀娘腦子裡呈現真空狀態，謝三媳婦也好不到哪裡去。

「天哪、天哪！我居然還一直想給妳一個驚喜，所以一直藏著掖著，今天才偷偷摸摸帶妳過來，結果……我的天！我居然和吳太后最倚重的娘家親戚的乾親成了妯娌？這可真是……我的天！這話說出去誰信？誰信？」

是啊，這話說出去誰信？只是因為一隻鳥、一把菜，自己就糊裡糊塗招上這麼一位貴人，但偏偏那貴人還裝得跟什麼似的，讓她幾乎都沒察覺出來。這麼說的話，身為吳大公子的乾兒子、乾閨女，自己的孩子是不是也成了皇親國戚？

想到這一點，秀娘低頭看去，卻見兩個小娃娃正抓著桌上的糕餅啃得開心，絲毫沒有注意到她們兩個激動得快要跳起來的女人。

秀娘扶額。果然，小娃娃才不會管那麼多的彎彎繞繞，他們只要每天能吃得飽穿得暖，心情就好得很。

如此，兩個女人也都沒了吃飯的興致，雙雙對坐著，看著對方默然無語。

鐺——鐺——鐺——突然間，一陣響亮的鑼鼓聲在外響起，瞬息驚醒兩個女人的神魂。

「新科狀元、榜眼、探花遊街啦！」

一個悠長有力的聲音從外邊街上傳來，接下來便是一陣陣激動的歡呼聲。

這個時候，謝三媳婦也一改方才的有氣無力，噌地一下跳起來，一把推開窗子，指著外頭大叫。「大嫂，妳快看快看，新科狀元和探花，據說是兩父子，現在父子倆正一起披紅遊街呢！」

秀娘聽到外頭的聲音才想起來：就在前幾天，聖上的身體好轉，便招上榜進士入宮殿試。昨天發榜，那對一路披荊斬棘的父子也不負所望，當爹的連中三元當上了狀元，原本會試第二的兒子名次後落一名，成了探花。

雖然名次降了一點，但聯想到歷次的探花郎都是美姿容的少年郎擔任，而第二名的榜眼儼然是個年紀比狀元還要大上四、五歲的人，那麼一切就很好理解了。

當秀娘探頭出去看時，就發現上下左右的窗子都已經拉得大開，無數的姑娘婦人們從裡面探出頭來，對著底下縱馬遊街的三位今科三甲行注目禮。

狀元、榜眼好歹年紀大些，人還算鎮定。走在最後頭的李晟終究年紀小，臉皮薄，被這麼多雙眼睛齊刷刷看著，聽著這些人一口一個探花郎，那白淨的面皮紅通通的，又精緻又透亮，粉嘟嘟的跟熟透的桃子一般，叫人真想捧過來咬上一口。

見狀，女人們都癲狂了，一面大聲叫著探花郎，一面將香包、羅帕等物下雨似的朝他那邊兜頭兜臉扔了過去。

這些自持身分的人還好點。道路兩旁的普通百姓更是激動，只是手頭也沒什麼趁手的東西，那便是蘿蔔白菜滿天飛，虧得有侍衛們在一旁擋著，不然這新科探花郎還不知道要被砸成什麼樣。

而在行進之中，探花郎突然抬起頭來，目光很快鎖定秀娘她們這邊，頓時唇角一勾，雙眼彎成兩彎可愛的月牙。

頓時圍觀的女人們又轟的一聲爆炸了。

「探花郎看我了！他看我了！」

「胡說，他看的是我！他還接了我的荷包！」

「明明是我的荷包！」

「我的！」

……

聽著這些自持矜貴的姑娘們難得拋卻固有的形象開始爭風吃醋，秀娘真覺得好玩得不行。

原來古代也有這麼瘋狂的追星族呢！只不過這裡的明星更有文化底蘊罷了。

一直等到三個人走遠，看不到了，下頭的熱鬧也散了，秀娘和謝三媳婦才從樓上下來。掌櫃的說話算話，真的只收了他們一半的銀子。不過以秀娘的觀察，似乎那麼一桌子琳琅滿目的菜色，也不止三兩銀子吧？

倒是謝三媳婦高興得不行，抱著秀娘的胳膊不住地道：「大嫂，看在咱們好歹也算是妯娌的分上，以後妳來這裡吃飯可千萬要記得帶上我，我自己出我那份錢都行！」

「好！」秀娘被糾纏得不行，只得點頭。

謝三媳婦這才滿意了，高高興興地送秀娘回家去。

與此同時，在皇宮深處，吳大公子正坐在一個繡墩上，笑咪咪地為吳太后布菜。

吳太后把他挾的菜都嚐了一口便擺手。「好了，你也坐下吃吧！布菜這樣的事有她們做就行了。」

「是。」吳大公子順從地坐下了，但還是用公筷又給吳太后挾了一筷子青菜。「太后您嘗嘗這個，這個叫薺菜，雖說在山野間十分常見，但實在是個好東西，可以清熱利尿，健脾利水，降壓明目，對養生好得很。我已經叫人試過了，也叫大夫給看過，大夫也證實確實有效！」

「你這孩子有心了。」吳太后笑著將菜吃了，還特地多吃了幾口這個，才放下筷子示意自己吃飽了。

撤下碗筷，吳太后站起身。「剛吃完不適宜躺下，你陪哀家去御花園走走吧！」

「好嘞！」吳大公子爽快應著，主動攙扶起吳太后。

兩人在御花園裡走著，一面小聲說著話。吳太后更是感慨萬千。「這一年多虧你送來的這些野菜。雖說看起來尋常，但按照你給的方子做了吃，哀家的身子還真是越來越好了。還有皇上，這些年他一直頭昏耳鳴的，這段日子也有所好轉。」

「太后言重了，其實一切都是太醫院諸位太醫，還有御膳房諸位御廚的功勞。」吳大公子低眉順眼地道。

「得了吧！那些太醫御廚什麼性子，哀家還不清楚嗎？做大夫的一味追求中庸，不溫不火，只求守成不敢冒進，哀家的身子就是他們這麼給拖垮的。還有那些個御廚，成日裡就知道做些大魚大肉，一開始哀家說要吃這些野菜他們還不答應，說什麼哀家身子尊貴，豈能由這些低賤的東西糟蹋！現在倒好，眼看著哀家精神一日比一日好了，他們又開始偷偷學著做起來了！只可惜，一個個只學到形而沒抓住神，終究還是不如你帶來的廚子給哀家做的好吃。」

「那是自然，我家的菜是用了專門的人給種出來的，廚子也是特別培養過的。御廚技藝再高，原材料不好，自然做不出這麼好的滋味來，效用也是遠遠比不上的。」吳大公子得意洋洋地道。

吳太后聞言都笑了。「哀家才誇你幾句，你倒是真蹬鼻子上臉了。你別以為哀家不知道，這些都是你跟著一個小寡婦學來的！」

吳大公子笑臉猛地一僵，立刻癟癟嘴。「太后，哪有您這樣拆別人臺的！這些技藝我可都是花了大錢買來的，而且那個人也不是小寡婦，她已經嫁人了。」

「是啊、是啊，哀家知道她嫁人了，所以哀家才要問你，你到底什麼時候才肯死心？」

吳大公子又是一怔。「太后，我沒有……」

「你呀！」吳太后點點他的額。「哀家活了這把年紀，什麼人沒見過？你個小子以為你能瞞得過哀家嗎？一開始你往京城裡送菜的時候，哀家就起了疑心，叫人去查探過了。當時還想著，這小寡婦雖然出身簡單，但倒是真有幾分本事，要是守在你身邊做個妾，也算是有個知冷知熱的人了。可結果呢？你不趕緊出手，她就風風火火嫁了別人，你卻還不肯死心，甚至還在揭穿余小將軍身分這事上推波助瀾，是不是打著如意算盤，等她知道了余小將軍的身分，一定會跟他和離，然後你就有機會了？」

被說中心事，吳大公子面上浮現幾分尷尬。「太后，您別說了，這事都已經過去了。」

「你真覺得過去了嗎？」吳太后低哼。「要真過去了，你為何又要千里迢迢追到京城來？」

「那是因為……」

「你別說是為了能讓哀家吃上這麼一口菜，之前大半年，你人沒來，哀家不一樣也吃到了嗎？怎麼現在就非得你在身邊了？」

吳大公子暫時無語。

吳太后見狀，卻莫名心疼起來。

「遠哥兒啊！」她拍拍他的後背，語重心長地道。「余小將軍什麼人你是知道的，那個人雖然沈默寡言，卻是個行動派，又是個刀口上舔血的人，你敢和他搶人，不怕他直接一刀砍過來？那個小寡婦，哀家也叫人去打聽過了，也是個有主意的人。她要是心裡真有你，就不會嫁給別人。你是時候清醒清醒了！」

「這些我都知道。」吳大公子悶聲道。

「你要知道就最好了！」吳太后道。「正好前些天安學士夫人帶著幼女進宮拜見，哀家看過了，那丫頭生得極好，極有福相，一看就是好生養的。還有閔太師的庶女，雖然出身一般，但家教不錯，進退有度，料想也會是個相夫教子的好手。還有……」

「太后，您別再說了！」吳大公子趕緊舉雙手投降。「我現在還不想續弦。」

「還不續？你瞧瞧你都多大了，你爹一把年紀了，還等著抱孫子呢！你是真打算讓你們老吳家這一脈絕後是不是？」

「怎麼可能呢？我只是現在還不想。真的！太后，我突然想起來，燕蘭樓那邊還有些事等著我回去辦呢，我先走了，太后您先慢慢逛著，我走了！」

不等吳太后再說什麼，吳大公子就腳底抹油，一溜煙跑得飛快。

「這臭小子！」眼睜睜看著他從自己眼皮子底下溜走，吳太后好氣又好笑。

頓一頓，她看著腳底下的一株雜草，莫名自言自語：「李秀娘，那小寡婦似乎就是叫這個名字吧？她到底有什麼特別之處，竟讓兩個男人都如此癡迷？哀家是不是也該見她一見？」

第二十九章

秀娘自燕蘭樓回到家，就在等溪哥回來。

這些日子溪哥過得很不順。沒了余大將軍的庇護，上頭又有人授意給他使絆子，下頭的人除了他自己從西北帶回來的，其他的也都故意和他作對。幸虧他自身正，不管對手下的人還是對自己都嚴格要求，所以這些人暫時也抓不住他的把柄，只能從些小事上給他一點小鞋穿。但軍情如火，綠豆小事多了，也足夠讓他每天都忙得焦頭爛額。

天黑之後，他又拖著疲乏的身子回到家裡。吃過飯，洗漱過後，他趴在床上，秀娘一邊給他揉捏著痠疼的後背，一邊小聲問：「宮裡的吳太后是個什麼樣的人，你知道嗎？」

溪哥霎時一頓，慢慢翻過身來。「妳都知道了?謝三媳婦告訴妳的？」

秀娘目光靜靜地看著他。「如果不是別人跟我說，你是不是打算瞞我一輩子？」

「是。」溪哥點頭。

「你覺得這種事能長久瞞下去嗎？」

「不能。但是，能瞞多久就瞞多久吧！」溪哥苦笑。

「為什麼？」秀娘不解。如果早知道吳大公子和吳太后關係如此密切，她肯定不會和他再來往，不然，事情也就不至於到這個地步了。

「因為那個姓吳的對妳心術不正。」溪哥咬牙道。「在月牙村時他就想方設法挑撥我們的關係，現在居然還一路追到京城來了，他都還沒死心。」

「所以呢？你以為我知道了他的背景如此雄厚，就會乖乖從了他？」秀娘輕笑。

「妳當然不會，只是……」溪哥一頓。「那個人陰險狡猾，他一直藏著掖著自己的身分就是為了試探妳，這樣他也不會採取太過激的舉動。但如果公諸於眾，那麼他又會做出什麼來就說不定了。」

其實這個說法和她後來想的一樣。只是……

秀娘冷冷看著他。「你什麼時候知道的？」

「在我入獄後，看到他能在總督跟前侃侃而談時，就有所懷疑。後來我們成親當日，他大張旗鼓送來許多貴重禮物，幾乎就是想攪和我們的婚事，我就確定了。」

「原來都已經這麼久了。」秀娘頷首，忽地雙眼一瞪。「可是你卻從來沒和我說過，甚至一絲半點的暗示都沒有！」

「我說了，叫妳離他遠點。」溪哥小聲道。

「這算個屁啊！」秀娘怒罵。

溪哥低頭不語。

看這男人就像是做錯事的大孩子一般乖乖站在那裡，腦袋垂得低低的，隨時等著她來教訓，秀娘滿心無力。

自從回到京城，這男人是越來越狡猾了——不對，他一直都很狡猾！只是以前他太會裝了，身邊壞事都憋在心裡。而現在，他開始不裝了而已。

這樣一想，原本有些柔軟的內心又堅硬起來。
秀娘冷冷瞪他一眼。「既然你這麼愛裝，那你就繼續裝吧！我不管你了！」說罷，翻身上床，拉過被子將自己給裹得緊緊的，只用一個後腦勺對著他。
溪哥見狀，粗獷的臉上滿是苦澀。
秀娘這次是真的生氣了。接下來的日子，她照樣伺候溪哥吃好喝好，卻再也不和他說一句話，甚至連一個眼神都欠奉。溪哥自知理虧，也不敢主動往她身邊湊，只能傻兮兮地跟在她身後，盼著她能早點消氣。
不知不覺，時間過去半個月，吳大公子又上門來了。
「大姊，妳教的法子真是好用得緊。我叫人照妳寫的方式去做，那些菜啊、雞鴨鵝啊，果真都長得水靈靈的，做出來的菜餚也被客人們一致誇讚！還有那些銀耳羹，濃稠膩滑，入口即化，簡直和進貢到皇宮裡的頂級雪銀有得拚，不少客人去我們燕蘭樓就是專門為了吃這個。這才一個多月，銀子都賺翻了，這些都是多虧了妳呀！」
「是嗎？我還以為生意這麼好，全都是靠你背後那個巨大的金字招牌呢！」秀娘冷聲道。
吳大公子一怔，旋即傻笑。「妳都知道了？」
「我可不信，你剛才知道我知情。」秀娘輕哼。
吳大公子便繼續傻笑。
秀娘無力地擺手。「算了，說起來也是我眼拙，居然一直沒有發現你的偽裝。你吳家人，能紆尊降貴和我一個普通農婦相交，也是我天大的福氣，我應當好生感謝一番你的大恩大德才對。」說著，她屈身對他一禮。

吳大公子見狀忙不迭擺手。「大姊這是故意諷刺我嗎？我當初原本只是臨時起意，看妳挺有意思，靈兒、毓兒也機靈可愛，才想著和你們一起玩玩打發時間。可沒想到妳是真有長才，也一再讓我大吃一驚。到後來，我是真心把妳當作可敬重之人看待，絕無玩樂之心。」

「既然如此，那你為何不老實交代自己的身分？」

「這個……交不交代有什麼關係嗎？我要交往的人是妳，和妳來往的人也是我。難道妳知道了我的身分，就不會再理睬我了不成？」

「沒錯！」秀娘定定道。

吳大公子暫時一臉被雷劈到的表情。「大姊，妳說話就不能委婉點嗎？」

「你倒是夠委婉，都委婉了快一年，也沒說出實話來。」秀娘輕笑。

吳大公子一臉委屈。「我這不是怕說出實情會把妳給嚇跑嗎？其實我正打算慢慢把事情都告訴妳的。」

「算了吧！」秀娘擺手。「吳大公子，你我道不同不相為謀，以後還是不要再來往了。」

「秀娘，妳不能這樣！」

「你叫我什麼？」秀娘眼神一凝，心兒猛地一跳。

溪哥的聲音忽地在耳畔響起——他對妳不懷好意！不懷好意！不懷好意……

吳大公子一個激靈，也發現自己情急之下竟然說錯了話，趕緊賠笑改口。「秀娘大姊，不好意思我說錯話了，妳別生氣、別生氣！」

「行啊，只要你從這裡走出去，從此我們井水不犯河水，我就不生你的氣了！」秀娘冷聲道。「橫豎那些技藝也都是你真金白銀買去的，咱們早兩清了。」

看她的樣子，是要和他老死不相往來？

吳大公子心口猛地一縮，怔怔的竟不知該如何反應才好。

正在這個時候，碧環幾個人匆忙從外頭跑進來。「夫人，出大事了！」

「什麼？」秀娘的心思立即就被轉移過去。

「門口來了兩個人，自稱是您的父親和弟弟，知道您發達了，所以就來投親了！」

父親？弟弟？

秀娘霎時呆愣在那裡。這兩個稱呼一直只留存在自己的記憶裡，隨著時光的打磨，她甚至連那兩個人長什麼樣都忘記了，也早默認他們已經客死異鄉。而現在，這兩個人居然找上門來了？而且看碧環的反應，似乎不大好辦？

秀娘頓時也沒心情再理會吳大公子這個人，便只丟下一句：「我還有事，就不招待你了，吳大公子請自便。」便疾步離去。

吳大公子見狀，連忙長長鬆了口氣，也趕緊抬腳跟著她們往門口走去。

此時的小將軍府門口，一老一少兩個讀書人穿著綴滿補丁的破舊長袍，老年人手裡還抱著一個破布包袱，父子倆正站在門口對著守門的將士不停叫囂。

「你們這是什麼意思？啊？我來找自己的女兒，我閨女是你們的將軍夫人，我就是你們的老太爺，我兒子是你們的舅老爺！你們一個個膽大包天，竟敢對老爺不敬，馬上我就讓我閨女把你們都各打五十大板攆出去！從今以後，看京城上下哪戶人家還敢用你們！」

「就是！我姊姊的家就是我的家，以後我們就是你們的主子了。你們這些狗眼看人低的奴才，一個個就洗乾淨脖子等著死吧！」

聽到外頭此起彼伏的叫喚，秀娘臉色一沈，連忙走出門去，這對父子的形容更是不忍卒睹。

說是讀書人，但他們身上的袍子都已經不知道穿了多久，也不知多久沒有洗過了，髒兮兮的，袖口上還滿是油污，鬆鬆垮垮地套在兩個瘦骨嶙峋的人身上，說不出的彆扭。

兩個人就這樣毫無形象地坐在門口的臺階上，仰著脖子大聲叫罵，從他們身上真是看不出半點文人的書卷氣。要是換身衣裳，這兩人簡直就和北邊巷子口的潑皮無賴沒有兩樣。

這兩個人正罵得過癮，一看大門開了，趕緊就換了張臉。

「秀娘，哎，我的好閨女！」老秀才一甩包袱就飛撲過來。

小秀才也不甘落後，嘴裡大聲叫著姊姊，偷偷在背後拽了自己老爹一把，竟是搶先一步跑到秀娘跟前。

虧得玉環、春環幾個擋在秀娘跟前，才將這兩人給隔開一點距離。不然，這兩個人怕是要湊到秀娘的跟前去。

秀娘冷眼看著這兩個滿臉堆笑、妄圖套近乎的人，心裡只浮現一個想法：這兩個人，絕對不可能是她的父親和弟弟！

「你們說，你們是我家親戚？」她徐徐開口。

這對父子趕緊點頭如搗蒜。

「秀娘閨女，我是妳爹啊！難道妳不認得我了嗎？哎，想想也是，當初妳娘去得早，都是妳爹我一把屎一把尿把妳給拉拔大的。只是後來實在是家裡窮，我才狠心把妳託付給隔壁的鍾家。這一走就是十幾年，妳會忘了我也是正常。可是這十幾年，爹爹我是一天一刻都沒有忘記過妳啊！現在好不容易從別處聽說了妳的行蹤，我趕緊就帶著妳弟弟來找妳了，從今以後咱們一家人要在一起好好的，再也不分開了！」老秀才嘴裡說著，還擠出了兩滴眼淚。裝模作樣哽咽兩下，撩起袖子擦了擦。

小秀才不甘示弱。他一來看到這小將軍府裡就連看門的都穿得如此體面，幾個丫頭更是綾羅綢緞，白白嫩嫩的讓人想咬一口，心思就活絡了起來。好不容易見到秀娘這個正主兒，他便暗暗下定決心：一定要取得她的信任，然後住進去。然後，這個小將軍府就是自己的地方，自己可以隨便吃喝玩樂，錦衣玉食享用不盡，就連這幾個小丫頭也都是自己的，自己讓她們暖床就沒人敢拒絕！

看著近在咫尺的秀娘，他原本想去拉她的衣角，但被春環狠狠一瞪，他只得訕訕地縮回手。

這死丫頭性子倒是烈得很。哼，妳就烈吧，等我成了少爺，往後妳還不哭著跪在我腳下求我憐惜妳！

小秀才得意地在心裡描繪著春環衣衫不整跪在自己腳邊苦苦求饒的模樣，面上卻是一副悽苦之色，仰著頭可憐巴巴地看著秀娘。「姊姊，是我呀！難道妳不認得我了嗎？小時候娘走得早，我都是妳一手帶大的。妳有一口吃的都會給我，自己喝白水。後來我們一起生病，妳也讓爹先給我看。家裡錢不夠，妳就自願把自己抵給鍾家，抵了十個銅板，要不是妳用自己換來的這十個銅板，我的命早沒了！姊姊呀，妳的大恩大德，弟弟這輩子沒法報答，弟弟只能給妳磕幾個響頭了！」

說著，他果然就跪在地上，開始砰砰砰地對著秀娘的方向磕頭。

早在秀娘出來之前，遠處就已經裡三層外三層圍滿了人，也不知道從哪兒來的，現在看著這對父子哭哭啼啼的模樣，不少人都跟著眼圈紅了。

一個婦人打扮的人直接捏著帕子哀嘆。「這家人真是艱難。早年分別，好不容易在十幾年後終於重逢了，要換作是我，我也要哭死了！」

「可不是嘛，看到他們，我就想起了我的小妹，當初也是因為家窮，爹娘把她賣給大戶人家當丫鬟，現在也不知道怎麼樣了！」

「是啊，骨肉分離，難得還有團聚的一天，這可真是佛祖保佑！哎呀，你們說怎麼回事，這爹和弟弟都哭成這樣了，這姊姊怎麼還一點反應都沒有？」

終於，矛頭轉到她身上來了。

秀娘目光往那邊掃過去，幾個原本在大聲說話的婦人紛紛一噎，下意識閃避秀娘的目光。

但是她們的聲音卻越來越大，一個人直接尖著嗓子道：「該不會，她還在記恨當初爹爹只要弟弟不要她的仇，所以不打算認自己的親人了吧？」

「這可不行啊！要知道，血濃於水，打斷骨頭還連著筋，這骨肉親情是怎麼都斬不斷的！」

「就是。而且身為家中長女，為父親分憂，照料小弟，不是她應該做的嗎？現在她爹和弟弟都向她認錯了，她還想怎麼樣？虧得還是個小將軍夫人呢！我可是聽說啊，這余小將軍當初在邊關打仗時，帶著人深入敵營，攻下敵軍的王帳，蒐羅不少好東西回來。其中一半上交給皇上了，剩下的一半他們自己分了。他是小將軍，肯定分到的不少，再加上回來後皇上的賞賜……他們的家底可是豐厚得很，再多養兩個人簡直就是小菜一碟！」

喲，感慨過後，就開始對她施加輿論壓力了？

秀娘冷冷笑著，依然一動不動。

下面老秀才好不容易擠出來的兩滴眼淚都乾了，小秀才也磕頭磕得額頭生疼，也不見秀娘有所反應，兩個人心裡才開始慌了起來。

老秀才趕緊抬起頭。「秀娘閨女，妳該不會真的還在生爹的氣，所以不打算認爹了吧？」

小秀才乘機也不磕頭了，楚楚可憐地道：「姊姊，不管怎麼說，當初一切都是因為我，要怪就怪我一個人好了！這些年，爹為了我也已經吃了不少苦，妳就不要和他計較了。我……我走就是了！」

秀娘這才淡淡開口。「你們說你們是我的親爹和親弟弟，你們手頭可有憑證？」

「有啊！」父子倆趕緊點頭。

小秀才大聲道：「姊姊妳是庚辰年正月二十八生的，妳出生的時候長得白白淨淨的，爹才會給妳取名叫秀娘。」

「還有，妳胳膊上有一顆紅痣，約莫有半個小指甲蓋大小。」老秀才也道。

秀娘眼神猛地一沈！

這兩個人居然知道得這麼清楚？看來他們的確是有備而來。

秀娘的心也往下沈了沈。「你們說的這些也不是什麼太私密的事，只要去打聽打聽就能知道了。」

「妳這話什麼意思？妳是說我們是假冒的，故意上門來攀親戚？」一聽這話，老秀才終於按捺不住了。

原本以為自己哭一哭，可憐兮兮說上兩句好話，這小丫頭就會心軟認了自己，然後接自己進去，從此高床軟枕享受不盡。可沒想到，自己在外頭站了老半天，說得嗓子都啞了，她居然還不肯鬆口！

難怪那一位說這個女人不好對付，看來是自己太輕敵了！

他連忙對小秀才使個眼色。

小秀才也正在為自己勞心勞力半天卻沒有半點成果而惱火，接到父親的示意，他連忙一個翻身在地上打起滾來，一邊滾一邊哀嚎。「大家都來看看呀！這將軍夫人有權有勢就不認親戚了！連自己的親爹和親弟弟都不要了呀！世上怎麼會有這麼無情無義、不忠不孝的女人？」

老秀才也一屁股坐下，扯著嗓子嚎叫。「都說嫁出去的女兒潑出去的水，我原本不信，現在可是真信了！是，當初是我不對，可是以前我也是把妳疼大的，我教妳讀書寫字，比教妳弟弟還用心。妳弟弟生病，也是妳說要用自己去換錢，不是我逼妳的！而且這些年我們的日子難道就好過了嗎？我們心裡念著妳，連飯都不敢多吃一口，就想早一日攢夠了錢回去贖妳出來，妳瞧瞧，錢我們都已經準備好了！」

話落，他抖一抖懷裡的破布包袱，立刻叮叮噹噹從裡頭滾出十個髒兮兮的銅板。

「秀娘，這是當初爹賣了妳換來的錢。現在我把錢還給妳，我們就兩清，我們不再欠妳了！」老秀才把銅板往前一推後，父子倆抱頭痛哭。

圍觀的人見狀，自然又是議論不斷，大都是在議論秀娘太過無情無義，眼睜睜看爹爹和弟弟這麼可憐都不肯認。

甚至，還有一個自認正直的年輕人走出來，指著秀娘的鼻子破口大罵。「我算是知道了，為什麼余小將軍和余大將軍會割席斷交，原來都是妳這個女人從中挑撥！妳破壞了余大將軍和余小將軍多年的父子情還不自省，如今更是連親生父親和兄弟都不認，妳這個女人，無知無恥，不忠不孝，妳枉為人女、枉為人姊！妳這樣的人根本就不配活在世上，妳還讓自己父親流淚，讓自己弟弟對妳下跪，妳不配做將軍夫人！」

秀娘眉梢一挑。「你是什麼人？你有什麼資格指責我？」

「我不是妳什麼人，我只是看不過去，一個仗義執言的路人罷了。」年輕人昂首道。

「但妳這樣的女人，人人得而誅之！」

「是嗎？」秀娘輕笑。「這位公子，我奉勸你一句，以後說話做事之前先看清情況再說話，免得到頭來真相大白，你悔不當初。」

「我郭淮行得正、坐得直，自己做過的事絕不後悔！」年輕人梗著脖子道。

一看有這個人來給自己撐腰，秀才父子大喜過望。老秀才趕緊就裝模作樣地給年輕人拱手。「多謝這位公子仗義執言，不過這逆女是真心不願意認我這個爹。那就算了吧，我的確是做了太多對不起她的事，她不肯認我也是理所當然。」

「胡說八道！身體髮膚受之父母，你生養她一番，就是對她莫大的恩德，她一輩子都得對你感恩戴德。你們千里迢迢來找她，她卻不認，那她就不是人！這樣無情無義的女人，必須給她一點教訓！」年輕人義憤填膺地說著，親手扶起他。「老人家，走，我帶你去京兆尹衙門，告她去！」

「對，告她去！告她不孝不悌，罔顧人倫，理應沈潭！」

其他人紛紛回應。還有人大聲道：「還有她的男人，余小將軍！那個男人和她是一路貨色，有了名聲就拋棄對自己恩重如山的義父，他也要告！」

「就是，就是！」

秀才父子倆看著激憤的人群，眼中浮現一抹得意。

「照你們這麼說，這逆女的所作所為實在是丟人現眼，生出一個這樣的女兒來，是我不對。既然如此，我也只能大義滅親了。」老秀才一臉大義凜然地道。

其他人見了，自然對他又是一番讚頌。

但就在這個時候，卻聽一個清亮的聲音從外頭傳來——

「如果你們是她的至親骨肉，那我們又是什麼？」

突來的聲音讓所有人都是一愣。熙熙攘攘的人群突然陷入一片詭異的寂靜。

然後，不知道是誰脫口而出：「是當今狀元公和探花郎！」

一時間，人群裡又激動起來。然而狀元公和探花郎卻不理會他們，而是信步上前，在一身髒污的秀才父子跟前站定。

這四個人，其中一對父子器宇軒昂，姿容清雅，令人見之忘俗；另一對卻是形容猥瑣，畏畏縮縮，看不出半點讀書人應有的淡定莊重。兩兩相對，高下立見，也顯得秀才父子越發的不堪入目。

見義勇為的年輕人夾在他們中間，沒想到今天竟然能撞見自己嚮往已久的狀元父子，整個人都激動得手足無措。

「狀元公、探花郎，在下郭淮，久聞二位大名，二位請受在下一拜！」

「不用了！」狀元公卻陰沈地開口。

都已經做好準備要下拜的年輕人一怔，一臉的迷茫。

狀元公早扭開頭，還是探花郎的李晟冷笑一聲。「這位郭淮郭公子既然都已經將家姊叱為不孝不悌、不知廉恥、人人得而誅之的罪人，那麼身為他的家人，我們自然也都好不到哪裡去，又哪裡有資格受你的大禮？」

年輕人聞言一愣，腦子飛速運轉幾圈，才突然像是想到了什麼。「你們……你是說？」

李晟含笑點頭。「沒錯。你們今天在這裡眾口指責不認親人的小將軍夫人，正是不才在下的親姊，我狀元公父親的親生女兒！」

轟！

人群裡霎時炸開了鍋，無數人將目光在秀娘以及這對狀元父子身上流連。這才發現，這三個人都是一樣的鎮定淡泊，站在一起儼然就像一家人。再看看那對秀才父子，更是怎麼看怎麼不入流，這樣的人若說和秀娘是一家人，那可真是拉低她的格調。

年輕人一臉不可置信。「你們是她的親人，那你們呢？」一手指向早已經被狀元父子比到地底下的秀才父子。「你們到底是她什麼人？」

「你們別聽他們胡說！我們才是她的親人，貨真價實的！」一看情況脫離自己的掌控，老秀才一咬牙，扯著嗓子大叫。

李晟聞言便問：「既然如此，那你說說，你當初丟下她之後去了哪裡，以何維生，又是如何找到這裡來的？」

「我……我們的事，和你有什麼關係？你不是說，你是她的親人嗎，你倒是也說說看啊！」老秀才眼珠子一轉，大聲嚷嚷道。

「我們的事沒什麼不能說的。」李晟笑道。「當初把姊姊賣到鍾家，離開前我曾對姊姊發誓，日後我一定要出人頭地，然後風風光光接她回家，讓她下半輩子跟著我衣食無憂。不知道這件事你們還記不記得？」

「我呸！什麼叫記不記得？這話本來就是我自己對姊姊說的，我當然記得！」小秀才趕緊就道，死死瞪著眼，一副占理的模樣。

李晟見狀卻是一笑。「既然如此，那我倒要問一句，當初不是對天發誓要出人頭地後才來見她的嗎？你們現在這般模樣找上門來又是如何？」

「我們……」看看他光鮮亮麗的一身，再看看自己身上的破衣爛衫，原本就自卑的心更低到塵埃裡。

但他畢竟不是普通人，不然也不會被選中來鬧事。眼珠子一轉，小秀才就說：「話雖這麼說，但這些年我們努力過了，實在是時運不濟，我們也沒有辦法。再說了，現在姊姊都當上小將軍夫人了，天天吃香、喝辣的，還用我來保障她衣食無憂嗎？」

「所以，你們就理所當然將當初的誓言扔到一邊，厚著臉皮找上門來了？」李晟笑著接話。

他的話音剛落，後頭人群裡便響起一陣大笑。

秀才父子倆臉上青一陣白一陣。

「是、是又怎麼樣？她是我的女兒，女兒發達了，奉養老父親、扶持一把年幼的弟弟不是應該的嗎？我們也是過不下去了，沒辦法才來投靠她的！」老秀才也腆著臉大聲道。

「如果你們真是她的父親弟弟，這話似乎也說得過去。」李晟頷首，隨即又將臉一沈。

「只可惜，你們根本就不是！」

「你又胡說八道！你拿什麼證據證明我不是？」

「證據？這個需要嗎？」李晟冷聲道。「只要我能證明我們父子才是她的親人，你們自然就是假的！」

說罷，他大步走上前，對秀娘深深鞠了一躬。「姊姊，弟弟來遲，讓妳受委屈了，對不起。」

秀娘驚愕地看著這名少年，似乎覺得自己的腦子也不大夠用了。

「你說……你是我弟弟？」

李晟點點頭，一改方才對待秀才父子時戲謔鄙夷的神色，而是滿臉柔情加歉意地看著她。「姊姊對不起，弟弟直到現在才出人頭地。妳這十幾年受苦了，是我不爭氣，但我保證，接下來的日子一定不會再讓妳吃半點苦！」

一直靜靜站在一旁的狀元公李贇也上前，目光灼灼地看著秀娘。「秀娘，妳還記得爹爹嗎？猶記得當年妳娘過世得早，妳四歲就開始操持家務，幫我帶弟弟。是爹無用，肩不能挑，手不能提，護不住妳娘，也護不住妳，最後還要靠妳犧牲自己才保住妳弟弟的命。後來離開時，家中所有能典當的都典當了，爹只有一本《論語》留下給妳，原本是說要給妳做嫁妝，等以後傳給妳的孩子。只是這麼多年了，那本書肯定也已經不在了吧？」

「還在。」

李贇正要感慨，卻聽秀娘輕輕道出一句，他不由得大驚，連忙抬起頭。「那本書妳還留著？」

秀娘頷首，靈兒連忙拉著毓兒蹬蹬蹬跑回屋子裡。過一會兒，姊弟倆就抱著一本已經泛黃的《論語》回來了。

「娘，是這個嗎？」

秀娘點點頭，把書本接過來。

李贇一見，眼中也泛起激動的光芒。「就是這個！這是當初妳爺爺傳給我的，說是他好不容易才得來的東西，叫我好生留著傳給後人。當時爹手頭也沒有別的值錢東西了，就只能把它留給妳。沒想到，妳果真將它保留下來，還這麼完好。」

「不只呢！從我們一歲起，娘就開始教我和弟弟認上面的字了，到現在我們都已經認識這裡頭快一半的字了。」靈兒大聲道。

李贇更是激動得雙手發抖。「真的嗎？秀娘，妳果真把這本書傳給我的外孫了？」

秀娘依然是一臉平靜地看著他，微微點了點頭。

李贇頓時眼淚噴湧而出，趕緊抬起袖子拭淚。他這般反應，倒更像是做父親的遇到久別女兒的模樣。激動卻知道克制，傷懷卻並不嚎啕，這才是真正的狀元氣度。

外頭圍觀的人見狀，又忍不住竊竊私語。說話的內容自然是開始偏向狀元父子和秀娘一家。

其實早在看到狀元父子出現的時候，秀才父子心裡就萎了。只是一想到那個人許諾過自己的真金白銀，他又實在是捨不得，便一咬牙。

老秀才大聲道：「你們不能因為要巴結余小將軍就連別人的女兒也給搶了！是，你們是今科狀元探花，你們說的話在別人眼裡自然比我們說的可信，但是紅口白牙，空口說白話，拆散別人骨肉，那是要遭雷劈的！」

「就是！狀元探花每三年就有一個，又不是只有你們兩個得過這個名頭。現在是你們，說不定三年就換我們父子了呢！」小秀才也酸溜溜地道。

「那好啊，如果你父親真能如我父親一般連中三元，你也能考上探花，我倒是真要對你們刮目相看。」李晟冷聲道。

沒想到到了這個地步，這兩個人還在死死糾纏。父子兩人互相交換一個眼神，目光也陰沈了下來。

狀元公李贇也慢條斯理地道：「如果你真認定你們是她的親人，那麼我們就來個當場滴血認親如何？」

「哈，你當我們是傻子嗎？她一個將軍夫人，你們一對狀元父子，只要你們想不認我們，你們有的是法子！我才不會上當！」老秀才氣呼呼地說。

這言外之意，就是拒絕了。

秀娘看著他們兩幫人撕來扯去，頭都大了。

本以為有人找一對父子來上門鬧事，可現在怎麼這新出爐的狀元、探花也來湊熱鬧，自己似乎和他們不太熟吧？尤其這直接認親的法子也似乎太過了點，……難不成，他們真是自己的父親和弟弟？

想到這一層，秀娘心裡又咯噔一下！

趕緊把這個想法拋到一邊，她靜靜開口。「好了，既然你們都拿不出證據證明，那麼我這裡倒是有一個法子，你們願不願意一試？我保證公平公正，並且是當著這裡所有人的面，絕不偏頗。」

「好！」李贇父子想也不想就答應了。

秀才父子倆卻是雙眼滴溜溜轉了半天，兩個人又眉來眼去好一會兒，小秀才嘟嘟囔囔地道：「妳這話說得好聽，但誰知道你們是不是事先串通好的？」

「照你的意思，難道我早就料到你們會來找我認親，所以就事先和他們套好招了？」秀娘輕笑。「你們這是對自己太沒信心，還是太高看我、高看這對狀元父子了？你們剛才不還說三年後的狀元寶座你們唾手可得嗎？」

那只是隨口一說好吧？天下讀書人千千萬，但狀元這個金字塔尖端的位置又有幾個人能攀得上去？

父子倆訕訕地垂下腦袋。

「那妳先說說妳打算用什麼法子？」老秀才好歹更精明些，當即便道。先看看他們打算幹什麼，如果不利於自己，自己再想辦法拒絕就是。

秀娘怎會不知道他肚子裡的如意算盤？她淡淡一笑，將那本泛黃的《論語》高高舉起。「這本書是我李家祖傳下來的，也是當初我爹臨走前留給我的唯一東西，這是村子裡所有人都知道的事情，想必你們也不會否認，是不是？」

這板上釘釘的事實，兩對父子都不能否認，都點頭承認了。

秀娘點點頭。「既然是我李家祖傳的東西，那麼家裡的兒郎肯定都是從小通讀的。我現在要你們做的，就是把第十頁第二段的內容默寫出來。哪兩個人要是寫對了，我就承認他們是我的親人。」

「妳這是在強人所難！」老秀才一聽，立刻又跳起來。「這書都給妳十幾年了，我們哪還記得第十頁的內容？何況還第二段？我們父子都是普通人，沒有過目成誦的本事！」

「我們父子也沒有。不過，這本書從我父親手上傳到我這裡後，我就日日誦讀，到現在裡頭的內容早已經刻入我的骨血之中，即便過去十多年，我只要閉上眼就能看清楚裡頭的一字一句。」和他相反，李贇一字一句地道。

李晟也一本正經地接話。「離家時我年紀小，這本《論語》我沒有看過幾遍，但這些年爹爹也沒少帶我誦讀。只要有條件，爹爹就會默寫幾頁出來，所以第十頁第二段的內容我早已爛熟於心，姊姊妳什麼時候讓我寫，我隨時都能寫出來。」

聽著這對父子胸有成竹的話，秀才父子嘴角抽搐得跟中風一般。

而後，狀元父子冷冷注視著這對秀才父子，狀元公李贇發話。「看來你們是沒這個膽量和我們比了。」

「胡說八道！我們正統的骨血至親，難道還會怕了你們兩個假冒的不成？」老秀才被這麼一激，當即大聲回應。「不就是背書嗎？背就背，我們父子倆也是讀過書的！不過你們是狀元探花，你們先來！」

「剛才我的話你們沒有聽清嗎？我說的是默寫，不是背誦。」秀娘輕聲提醒他。

老秀才滿臉的算計一僵。「寫什麼寫？妳老子和弟弟窮困潦倒，都好幾年沒抓過筆桿子了，寫出來的東西根本不能看，還是直接背吧！」

「沒事，只要你們能把東西寫出來就行。我記得我爹爹一筆柳體寫得極其飄逸，這麼多年下來，就算沒怎麼寫過字，那字裡行間的風骨總不會也丟了。」秀娘淡然道，便吩咐人去準備筆墨紙硯。

見她主意已定，秀才父子心裡急得跟熱鍋上的螞蟻似的，但也無可奈何。

很快案桌和筆墨紙硯都準備妥當。四張几案一字排開，就擺在將軍府門口。四個人依次坐下，狀元父子拿起毛筆沾滿了墨便開始筆走如龍。

秀才父子卻抓著筆桿抓耳撓腮，一會兒埋怨說毛筆不是最好的，一會兒嫌棄位置不好。

秀娘也不理會他們，只道：「也就一段話，沒多少字，您二位將就一下就是了。」

父子倆想拖延時間，並往狀元父子那邊湊過去偷看的希望落空，只得握著筆開始絞盡腦汁回想當初在書上看過的字句。

不過一盞茶的工夫，狀元公李贇先放下筆。「我寫好了。」

隨後李晟也站起身。「我也寫好了。」

秀娘頷首，命人將他們的紙收起來吹乾了，再拿著繞著人群展示了一番。知道狀元父子出現在這裡，自有不少讀書人聞訊趕來。見到父子倆的字，便有人高聲讚道：「好飄逸的柳體！狀元公不僅滿腹才學，一筆字也是寫得出神入化。單是靠這字，他也能流芳百世了！」

更有人忍不住將上頭的字句唸了出來，搖頭擺尾甚是陶醉。

那邊秀才父子一聽，趕緊埋頭狂寫。他們寫了一頓飯的工夫多，才在圍觀群眾的催促下交卷。

秀娘一樣叫人把他們的成果拿出去展示了一圈，那被墨汁沾污得不成樣子的紙張自然引來眾人的嘲諷。

「這也叫字嗎？大的大，小的小，歪七扭八的，一點風骨也不見，就連我家打雜的小廝都寫得比他們好！」

「字寫得難看也就罷了，一句話『朝，與下大夫言，侃侃如也』，十個字裡頭他們錯了七個！『侃侃』二字，他們居然寫成砍刀的砍！」

秀才父子本來就已經對此事不抱希望了。但被人這樣說，他們還是很不高興。

老秀才鼓著眼睛憤憤道：「我們都已經多久沒看書了？能寫出來幾句話就不錯了，你們還想怎樣？」

「我娘家李家耕讀傳家，家中男子無論如何貧病，都筆耕不輟，絕對不會因為吃不上飯就連書都不看了！」秀娘冷聲道。「不然，等百年之後，他們根本就無顏去地下見我李家列祖列宗，也根本沒資格入我李家祖墳。」

「妳這死丫頭又胡說什麼？妳爹和弟弟都快活活餓死了，妳不讓我們趕緊去尋吃的，反倒叫我們繼續守著這些不能飽肚子的東西看？妳是存心想活活餓死我們是不是？」老秀才聞言大怒，跳起腳就要去打秀娘。

李晟見狀，卻是冷笑一聲。「我終於見識了。原來在有些人看來，飽肚比讀書更重要？

書本都是些不能飽肚子的東西？抱著這樣的心態，你們哪裡有臉自稱讀書人？我不齒與你們為伍！」

其他讀書人更是義憤填膺。「就衝著這份心態，這幾筆狗刨不如的字，你們還妄想考狀元當探花？你們真當我們這些寒窗苦讀多年的人都是死的嗎？」

「他們本身心術就不正！這樣的人，他們就根本不配做讀書人！」

其他讀書人連連點頭。到了這個時候，甚至有人大膽斷言：「還讀書人？我看他們根本就不是！別以為披上長袍就真是讀書人了，誰知道他們這身衣裳是從哪兒偷來的！」

眾人看看這對父子倆身上鬆鬆垮垮的衣裳，心裡的疑惑越來越多。

然後，又不知道是哪個人說了句：「要我看，這兩個人就是滿口胡話，根本什麼東西都不是！只怕今天找上將軍府來，也是聽說小將軍夫人有一對親人流落在外，所以故意來碰運氣的。不然為何半天了，他們還什麼證據都拿不出來？」

「誰說我們沒證據？一開始我們不都說了嗎？難道她小時候的事情我們都沒說對嗎？還有她身上的那顆紅痣，不是親近的人誰能知道？」直到這個時候，老秀才父子倆還不肯死心，老秀才色厲內荏地大吼大叫。

小秀才更是一抹臉，做出一副義憤填膺的模樣道：「姊姊，妳要是不想認我們就直說。我知道我們是給祖宗丟臉了，但不管怎麼說，大家也是血脈至親，我們也是妳在世上唯一的親人了，妳這麼當眾羞辱我們，是想逼死我和爹嗎？」

這是開始往陰謀論上扯了？

秀娘只靜靜看著他。「你說你是我弟弟，卻又拿不出實在的證據。不過也罷，其實他們給的證據也不十分充足，那不如這樣好了，你們都一起來我家住上幾日，大家朝夕相處看看。畢竟也是曾經在一起生活過的，大家的生活習慣總不會變化太大，你們覺得呢？」

她答應了？讓他們進門？

小秀才心裡一動，差點就要答應了。但他還沒開口，老秀才就狠狠掐他一把。

「妳覺得我們有那麼笨嗎？都有了這對狀元父子了，妳還會承認我們倆？我看妳是想把我們騙進去弄死了一了百了還差不多！」

一邊說著話，他還一邊不停地給小秀才使眼色——情況不對，先撤，問問那一位的意思再作決定！

小秀才一開始還在為老爹攔下自己的事情不高興。但現在這麼一聽，他立即一個激靈，趕緊用力點頭。「妳真是用心險惡！我們絕對不進去！」

「就是，死都不進去！」老秀才恨恨丟下這句話。「兒啊，既然你姊姊不認咱們，那咱們就走吧！天下之大，難道還沒有咱們爺兒倆的容身之處了不成？」

「嗯，爹，咱們走，以後再也不來這個地方了！」小秀才也順勢點頭，父子倆一唱一和，轉身一溜煙就跑出去老遠。

想跑？

秀娘唇角微勾，悄悄對一旁的侍衛使了個眼色。立刻有兩個便裝打扮的侍衛閃入人群之中，追著秀才父子的方向去了。

這對父子嘴上看似說得冠冕堂皇，但在許多人眼裡，他們就跟落荒而逃沒有區別。一時間，人群裡又爆發出一陣爽快的大笑，又有幾個人悄悄從人群中隱退。

李鑽、李晟父子卻是信步上前，李晟對著秀娘朗聲叫道：「姊姊！」

「探花郎你也別急著認親。我雖然不認他們是我父親、弟弟，但你們拿不出實際的證據來，我也不會認你們。」秀娘一如方才對待秀才父子的態度冷冷道。

李晟滿臉的笑意一僵。「姊姊難道還在生我的氣？不然……那就照妳剛才說的，我們進去住上幾天，大家一起磨合一下，遲早妳肯定會認出我們就是妳的親人。」

「難道狀元公和探花郎還會缺了屋子住？」秀娘不耐煩地翻個白眼，轉身就回屋子。

狀元父子倆站在外頭面面相覷。

「爹，怎麼辦？姊姊她不認咱們！」李晟著急地道。

「她現在不認是對的。咱們的確是來得太著急了些。」李鑽捋著下巴上的那一把美髯道。

「那咱們怎麼辦？」

「虧你還是個探花郎！」李鑽沒好氣地瞪他。「她今天不認，難道明天還會不認？再不然，還有後天、大後天……只要咱們真是她的親人，她遲早會認的。」

「哦。」李晟乖乖點頭，又留戀地往秀娘消失的方向看了看，才戀戀不捨地回轉頭去。

「兩位……」這個時候，之前一馬當先站出來幫秀才父子指責秀娘的郭淮又出現了，滿臉怯怯地看著他們。

李贇看了他一眼，便緩緩別開頭去。

李晟還因為他指責秀娘的話而心中不忿，只是冷哼一聲，沒有說話。

郭淮連忙對他們深深鞠了一個躬。「剛才的事情的確是在下沒有弄清楚就妄下論斷，是在下的錯，在下回家後一定會好好反省。只是在下對二位的敬仰卻是真心實意的，還望二位不要因為這件事對在下心有偏見。有了這次的教訓，下次再遇到這樣的事，在下一定會多多觀察，不會再武斷了。」

「算了！」李晟搖搖頭。「你本來也是被人利用的可憐人，我們沒必要怪你。既然你已經反省過了，以後再注意著些就是了。」

「我被人利用了？」郭淮一愣。

李晟走到他跟前，湊到他耳邊小聲問：「你是怎麼知道這裡有事發生的？」

「我剛才在前頭的酒館裡喝茶，看到他們父子相互攙扶著到門口打聽小將軍府的位置，說是來投親。然後又聽到旁邊桌上的人說起余小將軍和余大將軍決裂的事，並斷定他們肯定會被趕出來，我一時心中不忿，就過來看看情況。」郭淮老實回答。

「這麼說，對我姊姊的那幾句評價都不是你說的，而是從別人那裡聽來的？」李晟臉一沈。

郭淮搖搖頭，卻又慚愧地點頭。「話雖然是他們說的，但近來在下也聽人說起過不少余大將軍和余小將軍的事情，深表惋惜之餘，也認為此事就是將軍夫人造成的，所以……」

「我明白了。」李晟點頭。「那麼當時你是不是聽到鄰桌的人說要來看看這個女人是不是果真如此惡形惡狀，所以你就跟著來了？」

郭淮又點頭。

「現在你再看看，那些人還在不在？」

郭淮連忙回頭看去，臉色立刻變得慘白。

李晟拍拍他的肩。「現在，你明白了吧？」

「明白了，他們是故意誆我來的。現在目的達到了，他們就走了。」好歹也是讀書明理的人，郭淮立即想清楚了。

李晟再拍拍他的肩，便搖搖頭，跟著父親一道走了。

郭淮一個人愣愣地在原地站了半晌，最終面色一整，轉身走到將軍府門口，又畢恭畢敬彎腰行了個大禮，更揚高音調，用幾乎半條街的人都聽得到的聲音道：「小將軍夫人，今天是在下疏忽了，當眾冤枉了妳，在下在此向妳賠禮認錯！」

第三十章

砰！

一聲重物墜地的聲響過後，整個屋子都陷入詭異的寂靜。

秦王府書房外，一眾丫頭小廝都嚇得面色慘白，黑壓壓在外頭跪了一地。

小將軍府門口的事情一開始說大不大，但說小也不算小。如果有人用心對外宣揚一下，說不定會成為京城裡的熱門話題。但是現在沒有如果了，有了狀元父子的加入，這個話題想不成為熱門都不可能——更何況，這可是狀元父子主動上門認親，結果卻被人給趕了出來！

如果他們想拿秀娘嫌貧愛富來說話，但有了這麼一齣，這話題是怎麼也炒不起來。而且才短短半天工夫，京城上下的人就都知道，原來余小將軍那位名不見經傳的村婦夫人竟然是當今狀元公的親生女兒，探花郎一母同胞的姊姊！這就可以解釋為什麼余小將軍非她不娶了。這樣的人家出來的女兒，即便是個農婦，那家教也必定不凡。

原本還暗地裡嘲笑溪哥眼睛被屎糊、竟然死活要帶一個農婦回來做將軍夫人的人，如今都傻眼了，一個個開始對溪哥和秀娘刮目相看。那些原本已經和溪哥拉遠距離的人也都開始盤算著要透過夫人外交來和秀娘打好關係。畢竟撇開溪哥的身分不談，就是這對狀元父子，日後一定會成為朝廷的頂梁柱。要是能透過秀娘和他們打好關係，那可真是再好不過的事了。

就在別人家裡還在各種分析研究的時候，秦王爺夫妻已經將前前後後的事情都知道個清清楚楚，秦王爺積攢許久的怒氣也終於忍無可忍爆發出來。

「蠢材！都是一群蠢材！叫你們去查了半天，你們就沒有查到那個女人和那兩個人之間的關係？他們都姓李你們難道都沒發現嗎？居然還巴巴地去找兩個落魄秀才來裝模作樣，現在好了，本王精心設計的一切都被你們毀了！」

而且，如果教余言之和李贇父子倆聯合起來，那後果簡直不堪設想！

秦王妃也被秦王爺的盛怒嚇得心中惴惴難安，她默默在一旁垂頭站了半天，好不容易秦王爺的怒氣淡去一些，才小聲道：「王爺請息怒。現在那個女人不是還沒承認那兩個人的身分嗎？說不定他們不是呢？」

「妳覺得今科狀元和探花郎有必要無緣無故去和一個毫無關係的人認親嗎？而且還是在那麼關鍵的時刻！」秦王爺冷聲呵斥。

秦王妃一愣。「王爺您的意思是說？」

「他們早就做好打算了，也一直在關注著那邊的動向，所以等那兩個人去了，他們立刻就趕了過去，並乘機把一切都交代清楚。這下倒好，他們藉這件事的東風將關係大白於天下。本王設計許久的事情，反倒是為他們作了嫁衣！」

秦王妃臉色一白，連忙跪下。「是妾身無能，請王爺責罰。」

「算了，那對父子比那個女人要狡猾得多。而且咱們一開始何曾想到他們身上去？被他們撿了這個大便宜，是妳思慮不周的結果，也是本王沒有考慮到那麼多。」秦王爺雖然很想發火，但自己這個王妃這些年也是為自己做了不少事情，自己的勢力之所以能擴張到現在這麼大，也大都多虧她娘家的幫助，所以在這時候，他好歹還是節制了些，勉強和顏悅色地扶起秦王妃。

眼見丈夫生氣之餘還不忘安撫自己，秦王妃滿心感動，連忙又道：「這件事的確是妾身太著急了，都沒有摸清楚其他關係就匆忙叫人找來兩個人冒名頂替，才給人找到機會鑽了空子。不過王爺您請放心，下次他們就沒這麼好運了！」

「哦？難道愛妃妳還有別的主意？」

「難道王爺您從小就沒學過狡兔三窟的故事嗎？」秦王妃自信一笑。「反正妾身是從小就將這個故事謹記於心，後來做事也從來不敢或忘。今天這件事說是給他們一點膈應，也是想探探他們的底，卻沒想到居然探出來這麼大一條魚……這也無妨，自古文武勾結，這是上位者最忌憚的事，想必父皇也不會讓他們走得太近。而且……妾身有把握，一定能拆散他們的結合。」

秦王爺一聽，心頭的怒火立即就平息了，甚至還揚起一抹愉悅的淺笑。「是嗎？不知愛妃妳還有什麼打算？不妨說來給本王聽聽。」

就在這對夫妻倆暗地裡商量的同時，燕蘭樓頂層唯一一間異常豪華舒適的包廂裡，無奈地從秀娘家門口離開的狀元公父子正雙雙坐在鋪著大紅綢緞的軟椅上，目光陰沈地看著對面言笑晏晏的男人。

「不知吳大公子將我們父子請到這裡來所為何事？」身為父親的李贇最先開口。

既然一早就察覺到秀娘的身分，所以這對父子在私底下也沒少去打聽秀娘身邊的事情，吳大公子和她之間的來往自然也都一清二楚地展現在他們跟前。

說句心裡話，對這麼一個精明狡猾的人一直纏在自己女兒身邊，李贇心裡還是有些不悅的。自己的女兒這些年實在是吃了太多苦，他本想把人找回來後好好照顧她，讓她下半輩子安然無憂。至於女婿……那個人不需要有多驚才絕豔，也不需要太有錢，只要忠厚老實，對女兒好，他們自然也會對他好。只是沒想到，等他們找到人的時候，秀娘已經成了小將軍夫人。余小將軍這個人麼，在李贇父子看來也不算良配，但好在人對秀娘還不錯，也將她的一雙兒女視若己出，所以也勉強能接受。

至於這位吳大公子……他最好有多遠滾多遠！就他這性子，還有那顯赫的出身，就絕對和秀娘不是一路的！

方才這個人攔住他們去路時，父子兩個就沒打算理睬他的，但奈何這個人張口說的第一句話就讓他們臉色一變，只好乖乖隨他一道過來了。

吳大公子說的話是：「如果你們想不讓秀娘姑娘在京城以後的日子還是這般磕磕絆絆的話，我覺得咱們很有必要坐在一起好好談一談。」

那麼現在，都已經坐在一起，談話就可以開始了。

吳大公子這輩子見過形形色色的人，自然也知道這對父子對自己什麼態度，所以他很識相地滿臉堆笑，輕聲細語地道：「其實在下請二位過來，是想和你們做個交易。」

「什麼交易？」李贇防備地看著他。

吳大公子好一副傷心難過的表情。「狀元公您何必防備在下至此？秀娘大姊她都不曾這樣對我。」

「吳大公子，談交易就談交易，請不要牽扯上家姊。」李晟一樣沒好氣地道。

吳大公子趕緊點頭。「好吧，閒言少敘。在下只問一句，你們之所以遲遲沒有和她表明關係，就是因為一直有所忌憚，對不對？然而今天這事一出，所有的矛盾都搬到檯面上，只怕接下來你們也要面臨莫大的選擇了。」

父子倆都不是蠢人，聽他的意思就明白了。

「誠然我們是要面對聖上的猜忌，但這事並非我們所能控制的。相信如果聖上知道了前因後果，也會網開一面，只要以後我們和姊姊家來往不要太過頻密就是了。」李晟不大高興地道。

「只要你們有來往，那就絕對無法讓人放下心。」吳大公子搖頭，狠心戳破他的幻想。

李晟眼睛一瞪，不爽地看著他。

吳大公子好無奈地聳聳肩。「探花郎，在下只是告訴你這個事實而已，你再瞪我也沒用啊！」

李晟又瞪他一眼，才撇撇唇把臉轉向一邊。

狀元公李贇聽到這話，神色卻變得莊重了不少。「那麼以吳大公子你看來，我們現在該怎麼做呢？」

「該怎麼做，那是你們自己的選擇。在下現在所求，不過是盡我所能保全她、保全你們，而你們只要答應我一件事就行。」吳大公子笑道。

「什麼事？」

「如果有朝一日你們迫於無奈讓她和余小將軍和離了，就請把她許配給在下吧！在下傾慕她已久。」

晚上溪哥回來，自然也和秀娘說起認親一事。

「那兩個人果真是妳親人嗎？」

「應該是的。」秀娘道。

「那妳為什麼不認他們？」

「認他們做什麼？又沒什麼用處。」

「怎麼會沒有？要是認了他們，妳就是有娘家的人了。而且有兩個這樣的親人，妳的背景也會跟著水漲船高，以後那些人就再也不敢輕視妳了。」溪哥道。

「那你呢？」秀娘不爽地看著他。

「我？現在都已經這樣了，那麼再下放幾級也無所謂。我此生所求不過是保家衛國，守護百姓安定。只要能在邊境不穩之時上陣殺敵，在什麼職位我不介意。」溪哥憨憨地道。

這個男人！

秀娘頓時好氣又無力。「我就沒見過像你這樣沒出息的男人！你好不容易才有今天的成就，難道就甘心這樣拱手讓給別人？而且還自降身分，你願意被自己一頭帶起來的兵踩在頭上，我還不願意呢！再說了，身分下降，俸祿自然也會跟著下降，這個將軍府自然也不能住了。那你打算把我們娘兒幾個怎麼辦？叫我們一起跟著你喝西北風不成？」

「這個……」溪哥被吼得一愣一愣的。「我倒沒想這麼多。」

「那你現在可以開始想了！」秀娘沒好氣地道。

溪哥訕訕地點頭。「妳說得對，我這身分還真是降不得。本來這點俸祿就才勉強夠養活你們幾個。要是降了，你們還真得跟我吃糠嚥菜。」這樣一來，日子比當初在月牙村還要難過，那他為什麼還非得把他們給帶回來？

秀娘聞言只是冷笑。「不，還有一個辦法。那就是——像當初一樣，你乖乖聽我的話，然後我去賺錢養家。」

「不行！」溪哥當即反對。他一個大男人，靠女人養算怎麼回事？

秀娘冷眼睨著他不語。

溪哥又慢慢低下頭去。「是我錯了，不該把事情想得那麼簡單。」

他原本以為，秀娘好不容易找到久別的親人，而且還是兩個身分如此高的，只要和他們相認，她就成了狀元之女，探花長姊。這樣一來，京城上下還有幾個人能和她比？兩人在一起這許久，她著實吃了不少苦，他也不過是想讓她揚眉吐氣一番而已。至於自己……反正自己這條命是撿來的，苦點就苦點吧，他無所謂。但現在一想，果然還是自己想得太簡單了。

見他這般模樣，秀娘反而不好再說什麼了，便長吁口氣。「先別說那兩個了。後院裡綁著的那兩個你去看過沒有？」

「看過了，也沒用什麼刑他們就招了。」溪哥連忙點頭。「這兩個人真是一對父子，當初也讀過幾本書，但是兩個人都家無恆產，又拈輕怕重，一開始還能給書局抄抄書，但他們還愛偷書，時間長了也沒書局要他們做事，他們就開始坑蒙拐騙。他們說這次是有人找到他們，給了他們十兩銀子，叫他們過來找妳尋親。還說如果妳不承認他們，就讓他們當眾大吵大鬧，讓妳沒臉，只好收他們入府。等入府之後，他們就是咱們府上的主人，當然是好吃好喝不斷，一輩子衣食無憂了。那個人還跟他們說，就算這計不成，他也能再給他們五十兩銀子的辛苦費。」

想也是。這樣的人，也只有錢能驅使了。

秀娘又問：「那是誰指使他們的，你問出來了嗎？」

說起這個，溪哥聲音一頓。「他們也不知道。他們說，那個和他們接頭的人都是用黑布裹著頭臉，只露出一雙眼睛，只能看出來是個有錢有勢的男人。而且那個人和他們約定好了，今天如果不能成事，就回去東邊的麻雀巷會合，但我叫王岩派人去那裡守到現在，卻一直都沒看到人出現。」

「那是自然。這兩個人就是兩個探路的，既然已經失敗了，對方自然也不會在他們身上花費精力，橫豎也沒留下什麼線索給他們，所以現在就順勢讓他們自生自滅了。」秀娘道，說著輕輕一笑。「不過那些人心思真夠毒辣的，居然能想到找人來冒充我的父親和弟弟，看來還是對我做過一番研究的。」

當時如果不是李贇父子及時出現，說不定自己就真的迫於壓力要將那對父子給接進來了。到時候，才是噩夢的開始。

「是我不好，明明說好要保護妳的，結果還是讓妳受到牽連。」溪哥一臉歉疚地道。雖然現在沒有證據指向誰，但這京城裡自己得罪過誰，誰又最睚眥必報，他心裡還是有桿秤。

他想到的人，秀娘自然也想到了，便不以為意地道：「這個不是你的錯。咱們什麼身分，當然不能和他們抗衡。他們想折騰咱們，多的是法子。當務之急，咱們還是想想怎麼應對接下來的事情。這次一計不成，他們肯定會再生一計，下次的事情肯定就不會這麼簡單了。」

「我知道。」溪哥點頭，心情突然變得格外沈重。

難道自己堅持要將她帶回來的想法真的錯了？可是……抬頭看看秀娘沈靜的容顏，他略有些煩躁的心就安定下來。有她在的地方才是家，既然她是他的妻，那麼他們就必須要在一起，不管刀山還是火海，他都不會讓她離開身邊！

猛地上前一步，溪哥一把握住她的手。「謝謝妳，秀娘。」

「你說什麼呢？」秀娘耳朵微微泛紅，扭開頭小聲道。

因為這件事，冷戰許久的夫妻倆倒是和解了，這也算是好事一樁吧！

既然從那對秀才父子嘴裡問不出什麼有用的消息，那麼這兩顆棋就廢了，秀娘也懶得管，就把人交給溪哥去解決。

接下來的日子，原本門庭冷落的小將軍府門口又熱鬧起來。雖然秀娘並沒有鬆口承認和狀元父子的關係，但那對父子卻是對外一口咬定秀娘就是他們失散多年的至親。一位狀元一位探花的話，當然比秀娘這個所謂的小將軍夫人要可信得多。那對父子還四處央求人幫忙想辦法給秀娘彌補，也好和她恢復來往。這樣一來，就有不少人打著幫助他們修復關係的旗號投拜帖上門，想和秀娘拉近關係，但秀娘都把他們拒絕了，只有一、兩個拒絕不掉的，就只能認了。

與此同時，她也一直在考慮一個問題——看來，上次第一次見面過後，李晟就已經認出她來了。但是他這麼長時間一直將這個秘密潛藏在心裡，可見這父子的心思也實在是夠深的。

其實對這兩個人，她並不討厭，也不覺得他們說的是假的，但說要讓她認他們……秀娘心裡總覺得怪怪的。或許是因為自己並不是真正的李秀娘吧，所以對認親這回事她不怎麼熱衷，甚至還隱隱有些心虛，生怕接觸得久了會被人發現不對。現在既然那對父子沒有再找上門來，她也就裝作什麼都不知道，也什麼都不管。

只是很快她就發現：那對父子之所以沒有找上門來，是因為他們正在醞釀另外一件大事！

「太后有旨，宣五品淑人李氏秀娘進宮覲見！」

太監尖尖細細的聲音拖得長長的，在小將軍府後院不停迴響，也一下一下敲打在秀娘心坎上。

秀娘跪在地上，畢恭畢敬地道：「臣婦領旨，謝恩！」

傳旨的人是太后娘娘貼身伺候的太監梁公公。這是個人精，對外頭的風言風語也都瞭若指掌，所以對這個憑空出現在京城，並數次引起轟動的小將軍夫人態度很有幾分恭敬。

「小將軍夫人，太后正在宮裡等著妳呢，妳趕緊收拾收拾，隨咱家一道入宮吧！」

「是，公公稍等，我先去梳洗打扮一下就出來。」秀娘忙道，叫春環幾個留下來陪他聊天，自己則在心裡腹誹著：這皇家人還真是一個性子，做什麼都愛來個出其不意，也不知道是上位者鎮壓下面的手段，還是一家子人潛移默化的劣根性。

但再怎麼腹誹，太后有請，她也只能乖乖把自己洗乾淨，按品大妝，然後隨著梁公公一起進宮去。

太后的長樂宮位置僅次於皇帝的未央宮，算是位於皇宮的中心地帶，裡頭的裝飾更是不用說，四處雕欄畫棟，美不勝收。雖然不是特別金碧輝煌，卻是低調奢華，更叫人不敢掉以輕心。

秀娘低眉順目地跟在梁公公身後走進內殿，其間不敢抬頭亂看一眼。

走過長長的抄手遊廊，跨過好幾道高高的門檻，前頭的梁公公可算是停下腳步。「太后，五品淑人李氏秀娘到了。」

秀娘連忙跪地行禮。「臣婦參見太后娘娘，太后娘娘千歲千歲千千歲！」

話落，卻沒有聽到上頭傳來任何聲音。

秀娘也不敢妄動，只能老老實實以大禮的姿態趴在地上，凝神屏息聽著聲音。

過了差不多半盞茶的工夫，坐在上位的太后才終於開口。「免禮吧！抬起頭來讓哀家看看。」

秀娘聽話地抬起頭，太后淡淡在她臉上一掃，便是一聲哼笑。「果然是個不俗的人兒，難怪能讓余小將軍神魂顛倒，更讓當今狀元、探花雙雙上書辭去翰林院裡的好位置，心甘情願往窮鄉僻壤跑！」

聽到這話，秀娘大吃一驚。

按照慣例，每屆科舉前三甲都會留在翰林院任職。這三個人都是全國上下學問最拔尖的人，自然得皇帝信任，放榜之後就會授官被皇帝留在身邊當作左膀右臂培養。第二榜、第三榜的人才會下放到各個州縣去做知縣知州等，美其名曰體察民情，然後皇帝再根據他們三年後的表現來決定是繼續外放還是召回京城。

而李贇父子從參考開始表現就異常亮眼，不出意外的話他們必定是要入翰林院、日後封侯拜相的，可是現在，他們居然……

「太后娘娘，您說的可是真的？」

「大膽！太后娘娘沒有叫妳說話，誰許妳大呼小叫的？」旁邊梁公公立即扯著尖細的嗓子高喊。

秀娘連忙低頭認罪。

太后擺擺手。「罷了，鑑於妳初次入宮，哀家免妳此次無罪。妳叫李秀娘是吧？」

秀娘點頭。「這個名字是臣婦父親取的。」

「的確是個好名字，秀外慧中，鍾靈毓秀，青山秀水，宜男宜女，用在妳身上也還算適宜，只是——」太后眼神微冷，猛地一拍桌子。「李氏秀娘，妳可知罪？」

秀娘雖然跪在地上，但後背挺得筆直。即便太后突然這一下讓她身子微微一顫，但她並不害怕，只輕聲道：「不知臣婦何罪之有？還請太后娘娘明示。」

「大膽！妳這是在說太后娘娘冤枉妳嗎？」梁公公立刻又道。

「臣婦不敢！」秀娘連忙搖頭。「臣婦只是實在不知道自己到底犯了什麼錯誤，所以想著，或許是出了什麼誤會？」

「呵，誤會？今科狀元、探花雙雙上書請求皇上將他們下放，這是誤會？因為妳的關係，余大將軍同余小將軍父子反目成仇，這是誤會？還有，一對父子假冒妳親人上門認親，而後不知所蹤，妳敢說不是妳動的手？」

一句接著一句的質問扔過來，秀娘心裡就明白了，太后娘娘今天是找她算帳來了？只是這帳也未免算得太無厘頭了點。尤其是最後一句，簡直就是無理取鬧。她可不信堂堂太后會關心兩個地痞無賴的死活。

她連忙垂頭叩首。「太后娘娘明鑑，狀元公、探花郎要求下放，這是他們自己的選擇，也是他們關愛百姓、忠於皇上的表現，臣婦只有佩服的分兒，卻是萬萬沒有那個資格來指揮他們的行動。余大將軍和臣婦相公的事，臣婦也深感惋惜，只是道不同不相為謀，想必他們即便不在一處，但一心為國的心是都不會變的。至於那對秀才父子……臣婦是真不知道了，那天他們沒有訛詐成就走了，這事當時在場的人都看得一清二楚，臣婦並沒有派人去追捕他們。至於後來他們去了哪裡，就不是臣婦所能管得到的了。」

「呵，好一張巧嘴，難怪蕙蓉郡主都在妳跟前甘拜下風！」太后聞言又是一陣冷哼。好端端的怎麼又扯上蕙蓉郡主了？秀娘不免有些頭疼，越來越覺得太后娘娘此舉就是無理取鬧，就像是閒著沒事，故意把她叫過來罵一頓出氣似的——當初這樣的事鍾家老太太可沒少做，這種感覺她實在是太熟悉了！

所以現在，她沒有再浪費口水辯解，只垂頭不語。

太后見狀，又冷聲喝問：「怎麼，妳不回答，就是默認了？」

秀娘好生無力。之前吳大公子不是說太后娘娘十分和藹可親，尤其對小輩分外疼愛的嗎？可怎麼到了自己這裡，這人就跟個氣勢洶洶的惡婆婆似的，叫她不由自主就想到了鍾家老太太那張扭曲的面孔。

只是太后娘娘終究不是鍾家老太太。鍾家老太太只會撒潑打滾，但眼前這一位要是伺候不好，那可是要人命的！

秀娘想了想張口回答。「臣婦行得正、坐得直，這等莫須有的事情是絕對不會認的。太后娘娘您明察秋毫，肯定也不會因為外人隨便幾句話就定臣婦的罪。」

「妳這話是說哀家老了，開始偏聽偏信的意思？」太后娘娘立即又抓住話頭叱問。

「臣婦當然不是這個意思！」秀娘連忙搖頭，卻不再多解釋。

太后見狀，自然又是一聲氣呼呼的呵斥。

「罷了、罷了！本來哀家今天叫妳進來就是想看看妳到底是個什麼樣三頭六臂的人物，竟能叫人神魂顛倒成這樣。今天見了，也不過爾爾。可以了，妳退下吧，哀家累了。」

「是，臣婦告退。」秀娘雲裡霧裡地告辭退出去，又是梁公公給她帶路。

一路沈默步行到宮門口，小將軍府的馬車就在這裡。

梁公公笑咪咪地撩起車簾。「小將軍夫人，請吧！」

「多謝梁公公，今天辛苦你了。」秀娘從容對他福身一禮，並悄悄塞了一個荷包到他手裡。

梁公公不著痕跡地接了，依然笑咪咪地對她道：「今天的事，小將軍夫人不要太往心裡去。太后娘娘最近心情不大爽利，罵了不少人呢，妳不過是其中一個。」

「原來如此，那就多謝梁公公了。」秀娘連忙笑著點頭，轉身鑽進馬車裡。

但才鑽進去，她就被裡頭幾乎占據一半空間的花花草草給驚到了。

「梁公公，這個是？」

「哦，太后娘娘聽說小將軍夫人挺會侍弄花草，所以就叫人把長樂宮中幾盆快死的牡丹給搬過來，交給妳處理。如果能治好那最好不過了，如果治不好，那就扔了吧！」梁公公道。

秀娘心中一凜。

太后娘娘的花兒，她敢不治好嗎？只是……這樣說的話，這位太后娘娘到底什麼意思？她為什麼越來越搞不懂了？要是真心討厭她，她老人家怕是直接把花拔了扔了都不會給她。但一口氣給這麼多，還都是病歪歪的……這也不像是給人賞賜的樣子。

但搞不懂也不能多問，她只點點頭。「我知道了。」便放下車簾，叫車夫策馬離開。

目送馬車離去，梁公公一甩拂塵，掂了掂秀娘給的荷包，唇角勾起一抹笑。「果真是人不可貌相，難怪吳大公子如此上心，都把關係走到咱家這裡來了。」

搖搖頭，他連忙一路小跑地回到長樂宮中。

此時的太后卻沒有如她所說去歇息，而是在和人說話。而坐在她對面的中年男子身穿一襲明黃色常服，面帶些許病容，不是當今聖上是誰？

梁公公連忙進去見禮，皇帝擺擺手。「免禮，起來吧！」

「謝皇上。」梁公公趕緊起身到太后身後站定。

太后才問道：「她看到那些花了？反應如何？」

「有些疑惑，但並沒有多說，很爽快地就收了。」梁公公連忙如實稟報。

「看來她確實有法子。」太后輕哼。

皇帝見狀卻是滿臉好奇。「她就沒有哭？也沒有被嚇到？」畢竟太后剛才的一番質問著實嚴厲，他躲在屏風後頭聽著都差點腿軟，幾乎又回到小時候因為不好好讀書被母后教訓的時候。

梁公公搖頭。「沒有。她十分鎮定，臨走前還向奴才告別來著。」

皇帝聞言滿意地頷首。「如此說來，她果真是個鐵骨錚錚的女子，難怪余小將軍對她如此執著了。」

太后一聽，立即輕哼一聲。

皇帝趕緊揚起笑臉。「母后您說呢？」

太后撇撇唇。「這女人心性是不錯，有手段也有心計，偏生膽子還大。換作其他人，被哀家這般責難，早已經跪在地上哭求不住了，偏偏她還能反駁哀家，最後竟還……難怪遠哥兒會把她放在心上。她要是生在京城，只怕早已經是大戶人家的當家主母，只可惜……」

「現在這樣也還好吧！小將軍夫人、狀元之女，從建朝到如今，有幾名女子能有這樣的身分？更別說那些這一年多虧了她提供的那幾味藥膳，兒臣的身子都好多了。」皇帝忙道。

太后不悅地瞪他一眼。「是那兩個人讓你來幫她說好話的？」

皇帝賠笑。「當然不是。他們只是早料到朕肯定不會放過她，所以在朕召他們密談的時候，一起懇求朕不要將怒火轉嫁到她頭上，一切和她並無關係。」

「所以你是站在他們那邊的？」太后只問。

皇帝心裡暗暗苦笑。都說人老了心思就會越來越古怪，尤其扯上自己娘家，那就更是是非不分，現在他算是真正體會到了。

「母后，誠然遠哥兒是個好的，只是她現在還是小將軍夫人呢！兒臣看他們夫妻倆的表現，都不是想要和離的樣子。而且李贇李晟父子也甘願後退一步，所以兒臣以為……」

「就放過他們，讓哀家的遠哥兒繼續打光棍？」太后沒好氣地道。

皇帝好生無言。「母后，天下窈窕淑女何其多，難道遠哥兒就非得吊死在她一棵樹上不成？」

「至少遠哥兒現在是這個想法。」

皇帝徹底無語了。「那母后您現在打算如何？」

「哀家還能如何？不過是順其自然，走一步算一步！」太后冷聲道。

皇帝連忙鬆了口氣。他還生怕母上大人為了讓娘家姪孫不打光棍，刻意拆散別人夫妻呢！畢竟余言之也是他手下一員猛將，他還打算以後好生提拔他來著。要是他們就這樣活生生奪了他的妻……即便這事不是他做，但太后的意思難道不就是他的意思？君臣之間難免會有隔閡。

至於李贇李晟父子倆……哎，那也是良才，要是用得好了，也會在朝中大展長才，只是這兩個人也的確是任性了些，必須壓制壓制。不然，以後自己的兒子繼位怕是控制不住。

想到這裡，他又不禁想到自己那三個性格迥異的兒子，心思就更紛繁複雜了——為什麼自己的兒子就不能像李贇的兒子一般，對骨肉至親寬容擔待一些呢？

第三十一章

秀娘的馬車走出皇宮沒多久，就突然停下了。

秀娘眉頭微皺，聽到外面一個熟悉的聲音傳來。「李大姊，在下想請妳喝杯茶，不知妳可否賞臉？」

秀娘唇角輕扯。「不能。」

外面吳大公子一噎，竟然主動上前掀開車簾，對她咧嘴一笑。「大姊妳也太沒良心了點，妳難道不知道這麼狠心的拒絕會讓我傷透了心嗎？」

秀娘冷冷瞧著他。「我看你一點都不像是被傷到的樣子。」

「那是因為我夠堅強啊！」吳大公子笑道，對她做個請的姿勢。「茶水已經備好了，大姊請移步吧！」

秀娘看這情形，就知道自己是躲不掉了，便冷冷瞪他一眼，還是下車進了燕蘭樓。

頂樓的雅間之中，各色蔬果、茶水果然已經備好了。秀娘也不和他客氣，先給自己倒了一杯茶一飲而盡。吳大公子連忙再給她斟滿，滿臉討好的笑讓秀娘心裡格外厭膩。

「什麼事，說吧！我還要回家。」

「其實也沒什麼事，我就是想和妳說一聲，別把太后的話太往心裡去，她老人家只是想見見妳，探探妳的底，其實並沒有惡意。」

「我知道。」秀娘淡淡應道。

坐在馬車裡的時候她就想到了：以太后娘娘的本事，要是真不喜歡她，她老人家有的是法子折磨得她生不如死。但她老人家大張旗鼓把她叫到宮裡，也就讓她跪一跪，惡聲惡氣說了幾句話，就把她給放出來了。這樣的舉動和她擺出來的態勢完全不符。歸根結柢，就只有一個原因——那老太太根本就沒打算把她給怎麼樣。所以現在再聽他這麼一說，她就越發肯定自己的猜測。

見她如此，吳大公子訕訕一笑。「也是，妳這麼聰明的人，當然早就猜到了，我這樣只是多此一舉。」

「不，你在我剛出宮時就攔下我，肯定不只是想和我解釋這麼簡單。還有什麼事，一併說了吧！大家都是熟人了，你一個大男人，還這般扭扭捏捏做什麼？」秀娘冷聲道。

吳大公子聞言又是一噎。

「妳這麼強勢霸氣，在妳跟前，我覺得我才是個小媳婦，能不扭捏嗎？」他小聲嘟囔。

「嗯？你說什麼？」他的話秀娘沒聽清。

吳大公子趕緊揚起笑臉。「沒說什麼！我在自言自語，不是什麼要緊事！」

秀娘輕哼，也不和他多糾纏。「有話你就趕緊說吧！不說的話我真要走了！」

「好吧！」吳大公子頓一頓，似乎是下定決心，緩緩抬頭看著她的眼。「秀娘，妳可知道，我一直傾慕於妳？」

嗄？

秀娘手裡的茶杯一抖，滾燙的茶水濺了出來，燙得她趕緊把杯子給扔到一邊。

「吳大公子，這個笑話一點都不好笑，請你以後不要再說了。」

「不，我說的是實話。」吳大公子搖搖頭，神色是前所未有的正經。「若說一開始我是有幾分想將妳當作打發時間的玩意兒的話，但隨著妳才能的一再展露，我發現我對妳是越發欣賞。這份欣賞慢慢累積，到現在已然轉變為男人對女人的心悅。」

這種話，自己都已經多久沒聽過了？還記得當初，那個渣男也是深情款款對自己表白，把他對自己的心路歷程一一道來，每一字、每一句都讓她感動得一塌糊塗。但當初的感動有多深，她後來的悔恨就有多深！

誠然，吳大公子不是那個渣男。但是她真的已經對這種所謂的真情沒了興致，更何況想到家裡的溪哥……

她冷淡拒絕了他。「吳大公子，你難道忘了，我已經成親了嗎？」

「成親了沒關係啊，我等妳和離就是了。」吳大公子滿不在乎地道。

秀娘立即臉色大變。「你什麼意思？竟然詛咒我和離？」

「不不不，大姊妳誤會我的意思了，我不是詛咒妳！」吳大公子臉色一變，趕緊想要解釋。可是秀娘哪肯聽？

「看來我們沒什麼好說的了。我走了，從今以後，大家老死不相往來好了。」繞過他，她推門就要走。

吳大公子連忙上前來拉住她的胳膊。「大姊妳先別走，妳聽我說——噭！」

不想秀娘回過身，直接一記斷子絕孫腳，踢得他幾乎生活不能自理，那抓著秀娘胳膊的手自然也軟了下來。

看他捂著下半身在原地不停跳腳，秀娘又是一聲冷哼。「連這點苦頭都受不住，你還談何傾慕於我？」說完，扭身頭也不回地走了。

吳大公子滿臉痛苦看著她瀟灑離去，腦子裡只冒出一個想法——是個男人都扛不住她這麼凶狠的一腳吧？這個和傾不傾慕她有關係嗎？

他是不知道當初秀娘和溪哥也有過這麼一齣，而溪哥那個怪胎，居然硬生生扛下來了！有對比就有差距，在秀娘看來，既然溪哥都扛下來了，他卻扛不下來，那自然就是遠不如溪哥，那她為什麼還要對他另眼相看？

腦子裡這麼想的時候，秀娘卻沒有意識到，溪哥的形象已經潛移默化刻入她的內心深處。每當面對一個男人，她就會不由自主拿他們和溪哥對比，等做出他們都比不上溪哥的結論後，她就會再把溪哥的形象悄悄放入心底，心滿意足地離開。

現在的她就是這般心滿意足地走了，卻留下吳大公子一個人在原地滿頭霧水。

看到秀娘走了，石頭趕緊走進來。一看到吳大公子的慘樣，他就腦補出自己方才在外頭聽到慘叫聲傳來的畫面，忍不住拍了拍吳大公子的肩膀。「公子，你聽我一句勸，就別再胡亂折騰了。你沒發現她已經越來越瞧不上你了嗎？」

「誰說的？你家公子我這麼風流倜儻、英俊瀟灑，難道不比那個武夫強多了嗎？她只是一時半會兒還沒有領會到我的好處。等她真正認識到了，她就會向著我了！」吳大公子咬牙切齒地道。

「都一年多了，她還沒有領會到，那說明以後再領會到的希望也十分渺茫了。」石頭毫不客氣地吐槽。

吳大公子氣得半死。要不是因為下半身還在隱隱作痛，他真想把這臭小子給按住狠揍一頓！

咬咬牙，他突然福至心靈，抬腳也給石頭一腳。

「噭！」石頭立時也痛苦地跳叫起來。

「哈哈哈！」一看有人比自己還痛苦，吳大公子立即變態地大笑起來。「看看，你不一樣扛不住嗎？我就不信，這世上真有哪個男人能扛住這一招！」

直到後來，他親眼目睹溪哥不管被怎麼摧殘依然屹立不倒之後，才終於啞口無言，並悄悄把這個人給排到變態的行列中去。

那廂秀娘再上馬車，回到小將軍府，立刻又發現府裡的氣氛不對。

「秀娘，妳回來了。」才下馬車，溪哥就迎了上來。

秀娘眉頭一皺。「你今天怎麼沒在軍營裡？」

「知道家裡有事，我就回來了。」溪哥道，滿臉關切地看著她。「聽說太后娘娘召妳入宮了？可有什麼事？」

秀娘搖頭，吩咐春環幾個把那十幾盆病牡丹給搬下來放到花房裡去。

看著這麼多牡丹花被從馬車上搬下來，溪哥眉頭一擰。「這些是哪兒來的？」

「太后娘娘賞賜的。」秀娘淡聲道。

溪哥微微一愣，但很聰明的沒有再多說。

「既然太后娘娘賞賜的，那就叫人收好吧！咱們現在去前廳，有客人來了。」

「什麼客人？」

看他這麼一本正經的模樣，應該不是謝三媳婦她們。可是除了謝三媳婦，還有什麼人能找上門來，還被接納入府？

秀娘心裡猛地一跳，一種奇怪的感覺湧入心頭。

夫妻倆並肩走到前廳，遠遠的秀娘就聽到靈兒、毓兒清脆的聲音傳來——

「子曰：『父在，觀其志；父沒，觀其行；三年無改於父之道，可謂孝矣。』」

「有子曰：『禮之用，和為貴。先王之道，斯為美；小大由之。有所不行，知和而和，不以禮節之，亦不可行也。』」

隨後一個低沈中透出幾分蒼涼的聲音緩緩響起。「好！你們倆都背得很好，那麼這兩句話什麼意思，你們都知道嗎？」

「知道，娘教過我們！」是靈兒的聲音。

然後，兩個孩子又輪流將自己背的話的意思說了一遍，又讓對方讚嘆不已。

「真是兩個聰慧的好孩子，你娘把你們教得很好。」

「那是當然，他們可是姊姊的孩子。」隨即又一個清朗的聲音傳來，帶著幾分與有榮焉。

聽到現在，要是還不知道他們是誰，秀娘就不是秀娘了。

她不由腳步一頓，竟有些裹足不前。溪哥輕輕拉她一把。「別怕。遲早是要面對的，更何況現在有我陪著妳，嗯？」

秀娘這才點點頭，兩人相攜走了進去。

「爹，娘。」

剛才還在狀元公跟前爭相獻殷勤的小娃娃一看到秀娘兩人，連忙大聲叫著飛撲過來。

靈兒喜孜孜地道：「娘，剛才我背書給狀元爺爺聽了，他誇我，也誇弟弟了。」

「嗯嗯，他和探花叔叔都說我和姊姊背書背得好，還說娘妳教得好！」毓兒也羞紅著笑臉靦覥地道。

秀娘勉強扯出一抹笑，揉揉他們的小腦袋瓜。「今天的客人你們接待得很好，娘也對你們很滿意。」

兩個孩子立即仰起小臉開心地笑了，竟比背好書被狀元公誇獎還要開心得多。

李贇父子見狀，心裡都感慨萬千。早在看到秀娘出現的剎那，他們就站了起來，現在看著他們一家四口其樂融融的模樣，父子二人心裡是羨慕又遺憾。

羨慕的自然是他們一家子的和睦融洽，遺憾的則是他們離開十幾年，已經錯過了太多太多，只是不知道現在還能不能彌補起來？

「秀娘。」懷著一顆忐忑的心，李贇低低叫了一聲。

秀娘立即對他點點頭。「原來是李狀元來了。」

李贇霎時苦笑一聲。「既然妳都已經進宮去一趟了，那麼自然知道是怎麼一回事了。我和妳弟弟已經對皇上表過忠心，也自願下放到外地去歷練，保證不和妳夫君多來往，皇上也信任我們，准許我們和妳相認。」

「所以呢？」秀娘淡淡回應。

「所以，我們就馬不停蹄過來看妳了。」李贇道，目光留戀地在她臉上來回掃視，眼眶漸漸濕潤了。「秀娘，是爹對不起妳，妳怨著我們也是常理。而且妳之所以不肯認我們，肯定也是為我們、為妳夫君考慮得更多吧？妳這孩子從小就是太為別人考慮，到頭來苦的卻是自己。這一次，爹和弟弟不忍心再讓妳苦下去了。我們也著實欠妳太多，這次就讓我們為妳付出一次吧！」

秀娘抿唇不語。

李晟此時也緩緩開口。「姊姊，我們其實也不是想逼妳認我們。原本我們也打算慢慢來、偷偷來的。但沒想到那天……我們也是急了，才會挺身而出，事情到了這個地步，也不是我們所期盼的。但都已經這樣了，我們也無力回天，就只能竭盡所能彌補。妳不用有負罪感，這些本來就是我們欠妳的。」

「我當然不會有負罪感。從頭至尾，這些都是你們自己的選擇，我從不曾插過手。」秀娘終於開口了，聲音卻冰冷得可以。

父子倆雙雙一僵，心裡莫名很不是滋味。

「嗯，我們知道了。」李贇點點頭。「既然如此，我們今天也是來向妳辭行的。」

「辭行？」聽到這兩個字，秀娘原以為自己已經格外鎮定的心還是不由自主狠狠一蹦。

李晟頷首。「我們呈給聖上的摺子已經批了。皇上派父親去南邊的月亮鎮做縣令，而我則被發往北邊的仙人縣。」

一南一北，這是刻意將他們父子隔開嗎？不過月亮鎮……看來皇帝心裡也並非只是生氣，更多的還是想要栽培他們的意思。

秀娘點頭。「我明白了，你們一路順風。」

「對了姊姊，還有……」李晟再度開口，秀娘看過去，他卻忐忑地閉嘴不說話了。

這個時候，李贇又慢條斯理地開口。「我們的行程安排在月底，不過這個月的二十六是個好日子，我已經決定在這天給妳弟弟上朱家下聘——我們此次之所以能來京城參加會試，都是多虧朱家的資助。妳要是有空的話，以朱家小姐好友的身分去朱家觀觀禮吧！就當是給這樁美事添一分人氣。」

「好。」秀娘點頭應了。

父子臉上終於浮現一絲喜色。「我們要說的話都說完了。既然如此，那我們先告辭了。」

「慢走，不送。」秀娘淡然道。身為這個家裡的女主人，男客本來就不歸她送，她自然可以這麼說。

溪哥看看她，連忙陪同兩人一道出門去了。

父子倆這次離開，似乎比進來時還要緊張得多，一路上都沒有和溪哥說一個字。

直到出了小將軍府的大門，李賨才回頭看向溪哥。「我這個女兒就託付給你了，你一定要好好對她。不然，要是讓我知道你哪裡對她不好，我必定不會饒了你！」

「我知道，我不會。」溪哥沈聲道。

誰都知道余小將軍說話算話，從不食言。他雖然只簡單六個字，卻已經信誓旦旦給了他們承諾。

只是這樣的話，李賨父子是不太滿意的。畢竟這老丈人和小舅子與丈母娘不同，他們是怎麼看溪哥怎麼都覺得配不上自家的秀娘，所以聽到這話，也只是勉為其難地點點頭，便翻身上馬。

一直到走出秀娘家所在的街很遠，李晟才激動地看向父親。「爹，你聽到了嗎？剛才我叫姊姊，她沒有拒絕。」

李賨點點頭。「我聽到了。」

「那是不是說，姊姊她其實心裡已經認了我們？」

「你覺得呢？」

「我覺得是的！」李晟大聲道。

「噓！」李賨連忙對他做個噤聲的手勢。「有些事情，大家心知肚明就好。」

「是，孩兒知道了。」李晟連忙垂下眼簾，卻還是掩飾不住眼底的喜氣洋洋。

半個月的時間彈指即過。

在這半個月的時間裡，狀元父子被皇帝下放到窮鄉僻壤從基層做起的消息早在第一時間被傳得人盡皆知。不少原本打著交好他們的心思的人一看情況，便都以為皇帝厭棄他們，其中一半的人都和他們保持距離。

但狀元父子主動找上小將軍府，並在裡頭坐了一個時辰，和余小將軍以及小將軍夫人聊了幾句的事情也沒有瞞過大家的眼睛。雖然雙方都沒有明確表示他們已經認了親，但至少這次沒有不歡而散不是嗎？

這樣一來，便有人開始猜測，莫非是因為聖上最終選定了余小將軍，所以放棄了狀元父子的緣故？

不管怎麼說，既然和余小將軍是姻親，馬上他們又要結上晉陽朱家這門姻親，想必這對父子日後的發展就算不如日中天，以後也不會差到哪裡去。

因此到了給朱家下聘那一日，還是有不少人過來看熱鬧。在眾人矚目之下，一抬抬的聘禮被抬進朱家在京城的住處。只是李晟父子在考中之前就是兩個窮秀才，當初要不是朱家接濟，父子倆只怕都要餓死了，現在即便已經一個是狀元一個是探花，但還沒有走馬上任，手頭也緊得很，所以他們給朱家的聘禮並沒有多少值錢的東西，大都是各類書本字畫，而其中還有幾乎一半都是出自父子二人之手。

好在這對父子都是滿腹經綸的人物，一筆字也很拿得出手，再加上一朝放榜，二人名諱天下皆知，他們的墨寶也都成了文人墨客追求的好東西。只是父子二人生性低調，並不愛以此顯擺，所以他們的作品在外頭的叫價都不低。現在充在聘禮裡頭，也算是有些分量。

不過在京城，對於見慣各色名貴器物的人們來說，他們這些還是不太拿得出手，所以看著這些不能吃、不能用的東西，就有不少人開始奚落。所說不過是探花郎根基太淺，在百年世家朱家跟前完全不夠看，如果不是探花郎這個名號在頭上頂著，怕是朱家看都不會多看他一眼。

對於這樣的說詞，李晟父子倒是沈穩得很，不管別人怎麼說，他們只是淺淡一笑便置之不理。

當秀娘趕到的時候，正好聽到有人在議論狀元父子的窮酸，她頓時臉一沈，對碧環道：「把我給弟弟準備的聘禮添上去。」

「是。」碧環連忙應道。

「繚綾二十疋，玉如意一對，頂級南珠一斛，紅寶石頭面一副，藍寶石頭面一副，以及……牡丹花一盆。」禮單很快送到朱家管家手裡，他當即放聲唸出來。但到了最後一項時，他卻頓了頓。

圍觀群眾乃至朱家人聽到這些聘禮的時候，才終於滿意地點頭，心裡也感慨萬千——想當初余小將軍在邊關帶人洗劫了敵軍的王廷，果然收穫頗豐。再加上回京後皇上的賞賜，小將軍府的庫房裡好東西自然不少。看看現在，光是給小舅子添的聘禮就有這麼多！

但是等聽到最後的牡丹花一盆，他們卻是一愣，隨即哄堂大笑。

有人直接大聲道：「這可是第一次，有人把牡丹花拿出來當聘禮的，還只是一盆！我們今兒算是開了眼界！」

「可不是嗎？探花郎下聘的確別出心裁，和別家都不一樣！」立即有人附和，笑得不懷好意。

李晟聽得滿肚子火。只是他從小跟著李瓚學習養氣，即便心情再不好，臉色總歸還是看得過去。只是等看向那邊的秀娘時，他的眼神裡還是忍不住帶上幾分委屈。

「姊姊，妳其實不用幫我們添東西的。咱們家就這麼點東西，咱們也沒什麼不好見人。窮就是窮，我們窮又不丟人！」

「傻弟弟，你是窮，但姊姊並不窮啊！而且我唯一的親弟弟要娶妻了，當姊姊的要是不能幫你揚眉吐氣，那我還算什麼長姊？」秀娘淺淺一笑，一字一句道。

其他人看好戲的人聽到這話，又忍不住大笑。「這個長姊做得可真是好，一盆牡丹花！對了，我聽說小將軍夫人以前就是種地的，到了京城後還不改初衷，把自家好好的後院都給開闢成菜園子。想必她在種東西上的確是一把好手，這牡丹花說不定也是種得別出心裁呢！」

李瓚父子二人就占據科舉前三甲中的兩個位置，這樣的事實自然是有人羨慕有人嫉妒，還有人在暗暗不服。之前他們的身分水漲船高，又有不少世家大族捧著他們，這些人不敢怎麼樣。只是現在一看，他們到頭來竟然還要和那些三甲三甲的人一般一樣到那些鳥不拉屎的地方去從基層做起，這些人心裡頭的勁兒就出來了，剛好趁著李家來下聘，就過來落井下石。

只是任他們怎麼嘲笑，秀娘不氣不怒，只淺淺淡淡對跟來的人吩咐：「把牡丹花搬出來。」

「是。」春環、碧環兩個丫頭連忙應了，回身去馬車裡搬東西。

那些人也紛紛起鬨。「趕緊搬出來給大家都看看！什麼樣的牡丹能讓探花郎拿來給朱家做聘禮！」

「那必定是天上有地下無的吧？不知是極品姚黃，還是極品魏紫？」

「哈哈，兄臺真會說笑，這世上極品姚黃總共才有幾株？京城裡也就秦王府上有一株極品姚黃吧？那還是秦王爺花了大錢從洛陽買來的！這裡又有誰敢越過秦王爺去——」

說笑的聲音戛然而止。一瞬的工夫，所有等著看好戲的人都啞口無言，就連那邊迎客的朱老爺、朱夫人也張大嘴，半天說不出一句話。

秀娘領著兩個丫鬟大步走上前來，將那盆花放在摞在一起的箱子之上，對他們微笑，抑揚頓挫地大聲道：「這是我前幾個月手癢，自己配置出來的花兒，不是什麼名貴品種，但勝在還能養養眼，今天特地拿來作為弟弟聘禮的壓箱底，還望朱老爺、朱夫人不要嫌棄。」

「不不不，不嫌棄！一點都不嫌棄！」朱老爺如夢初醒，甚至連坐都坐不住了，趕忙從椅子上起來，一路幾乎是小跑著往這邊走過來。因為步子太急，他腳下一個踉蹌，卻也來不及去理會，趕緊加快步伐跑過來。

朱夫人一看丈夫的反應，自己也反應過來了，連忙也快步走過來，圍著這盆牡丹來來回回看了好幾遍，才滿臉驚嘆地回頭來看秀娘。「這個真是牡丹？我的意思是說，這個是真的？不是綢布做的假花？」

「朱夫人如果不信，可以折下一朵來看看。」秀娘笑道。

朱夫人右手一抖，連忙把手藏到背後。「不不不，不能折！這花難得得很，留著好好觀賞還差不多。我要是折了，那才是造孽！」說著嘴裡唸了一聲佛號，畢恭畢敬退到一邊。

眾所周知，朱老爺愛花成癡，尤其偏愛牡丹。在洛陽的府邸裡，朱家後院裡滿滿當當種著各式各樣的牡丹，就連他的書房裡都長年擺著兩盆他最愛的「豆綠」，所以現在他的反應比起朱夫人還要大得多。

圍著這株牡丹看了又看，摸了又摸，就連花瓣和葉片上的紋路都研究再三，他終於確定這盆花是貨真價實的，並非花商為了招徠顧客用布做的假花，才緩緩抬起頭，滿眼中掩飾不住的激動。「這株七色牡丹是妳培育出來的？」

「是。」秀娘點頭。

朱老爺連忙上前幾步，竟是彎腰對她鞠了一大躬。

秀娘連忙還禮。「朱老爺您太客氣了！」

「不，一點都不客氣！小將軍夫人原來還有這等手藝，本官卻是現在才知道，實在是……實在是相見恨晚！和您這盆花比起來，本官珍藏多年的牡丹簡直就不值一提！」朱老爺激動得聲音都哽咽了。

朱夫人連連點頭。「我家老爺這輩子都想著怎麼讓幾株不同的牡丹嫁接在一起，但試了這麼多年，就成功一次，那株花也養了不到半個月就死了，老爺心疼得一個多月都沒吃下飯，從此也死了這份心。卻沒想到，妳一口氣竟能培育出七色牡丹！這可真是圓了我家老爺畢生的夢想！」

秀娘連忙再行個禮。「其實這幾株花都不算太好，我手頭材料有限，花了兩個多月的時間也才成功這一株。朱老爺您喜歡那可真是太好了，也不枉我努力一場。」

「喜歡、太喜歡了！」朱老爺連忙點頭，差點就要去把這盆花給抱進懷裡溫柔呵護。還是朱夫人拉了他一把，指指四周請來的賓客，他才勉強放開雙手，只是雙眼依然不時往這邊掃來，彷彿生怕別人把他的花給偷走了。

秀娘見狀，就知道自己今天的任務已經成功了，便退到一邊，不再多話。

李贇乘機上前一步，慢條斯理地問向朱老爺。「朱兄，不知今日我們下的聘禮你可滿意？」

「滿意，實在是太滿意了！」朱老爺想也不想就點頭。

在大歷朝，似乎最多的也就有人成功培育出三色牡丹，像這樣的七色……這可真是頭一回見。這盆花拿出去賣，至少價值千金，這次可是大大給他們家長了臉面，可以想見，明天開始，他們家要賓客盈門了。

因為這株花帶來的地位和聲譽，那是多少其他價值連城的聘禮都比不上的。

這個朱老爺夫妻想到了，其他人自然也都想到了，所以當李贇再問向朱家今天請來的陪客是否滿意時，大家也都點頭不迭。

此生能有幸見到七色牡丹的初次面世，這便是他們以後一項莫大的談資。畢竟以後這株花就要被朱家珍藏在後院之中，也不是誰都有幸再見上一眼的。

一盆花把朱家所有人都鎮住了，李贇對這個成果十分滿意，再轉向外頭看熱鬧的人群。

「我李贇家無恆產，兩袖清風，此生最得意的唯有這雙兒女。兒子聰慧絕倫，女兒心靈手巧。當然，女婿英武不凡，現在定下的兒媳婦也是世間少有的賢婦。有兒女如此，我此生再無遺憾。他們便是我此生最大的收穫，這是多少真金白銀也換不來的！不知諸位對此有何異議？」

之前都拿「一盆」牡丹花以及秀娘農婦身分作文章的人紛紛啞然，心裡悔得不行。他們哪裡知道她除了會種菜，居然還會侍弄牡丹？早知如此，他們就什麼都不說了，要是拍上兩句馬屁，說不定她也能種幾株多色牡丹給他們？他們也不要多的，三色、四色就行了啊！

當然，如果秀娘知道他們心中所想，她只會送給他們一句話——你們想太多了。

一盆七色牡丹橫空出世，將所有人都狠狠震住，後面的下聘流程都走得格外順暢。

兩家一道將接下來的事情商議妥當，秀娘今天的任務也就完成了。

「姊姊，謝謝妳！」從朱家出來，李晟激動得差點要哭了。

秀娘對他柔柔一笑。「有什麼好謝的？我是你姊姊呢！」

「可是，可是……」人前沈穩鎮定的探花郎，說白了也只是個十來歲的少年郎。在親姊跟前終歸還是忍不住，磕磕巴巴才真正像個十幾歲的孩子。

秀娘見狀，心裡反而軟了不少，忍不住伸手摸摸他的頭。「好了，過去的事情既然都已經過去，就不要再提了。我也就能幫你們到這裡了，以後的路還要靠你們自己去走。」

「我知道，但我還是要謝謝妳。」李晟被摸得有些不好意思，但一想這個人是自己姊姊，心裡又莫名湧上一股暖意。

李贇也走過來，看著秀娘的雙眼中帶著一抹讚賞。「今天的事的確要多謝妳，不僅讓我們喜上添喜，還助我們當眾揚名。以後別人只要提到這株七色牡丹，就不會忘了今天這個大日子，我和妳弟弟的名號自然也會經他們口口相傳，留在京城人民心裡。就算我們離開了，只要這盆花還在，他們就忘不了我們。」

這樣，至少在下次回到京城之前，他們父子的名號都不會褪色，這可是多少人想都不敢想的事，她卻做到了。

「只是……」李贇臉色又微微一沈。「這樣一來，我們好了，妳接下來的日子卻是難過了。」

秀娘淺淺一笑。「那可不一定。機遇，只要利用得當，是福是禍，誰說得準？」

「妳說得對！」李贇眼睛一亮，看著她的眼中又添了幾分讚賞。

秀娘種出七色牡丹的消息在第一時間內傳遍京城，秦王爺、秦王妃聽說後也大吃一驚。

「這個女人竟然還有這等本事？看來我們還是太小瞧她了。」說這話的時候，秦王爺眼中已經沒有了之前的鄙夷，反多出幾分躊躇之色。

秦王妃心裡也酸溜溜的很不是滋味。

原以為那個女人只是個鄉下來的，雖然種的菜比別人的好一些，但也就僅止於此罷了，所以自己對她的態度稱不上熱絡。可誰知道，到了京城之後，她就一再讓人眼前一亮，現在甚至……早在她能一眼看出自己極品姚黃的問題時，自己就該發現這個女人不簡單啊！可當時還是對鄉下人的不屑占據心頭，竟生生錯失這麼好的一個機會！

聽說，從李家下聘的第二天開始，朱家門口就車水馬龍客流不斷，這些人裡頭七、八成都是想去看七色牡丹的。朱家也大方了一回，允許他們看個夠。但還是在花盆外頭罩了個玻璃罩子，但能隔著一層玻璃觀賞這麼一株難得的七色牡丹，大家也已心滿意足。

其實早在聽到這個消息的時候，她心裡就癢癢得難受。她也想看看這株傳說中七種不同的牡丹共生於一株牡丹上的盛況啊！但是自己身為高高在上的王妃，哪能和那些凡夫俗子一樣，主動往別人家裡跑？這也太降格了！

她甚至還想著：如果自己一開始對那個女人好些，會不會，她這盆花就會直接送給自己？

相較於秦王妃的後悔不迭，秦王爺的思量就更深一層——七色牡丹的問世，簡直就不亞於在京城的平地上起了一聲驚雷。現今，所有人的目光都落在李秀娘身上。大歷朝尊牡丹為國花，喜愛牡丹的人更不在少數，想必從今以後，這個女人就成了所有人要捧在手心裡的至寶。

如果她只是個普通匠人的話，自己以皇帝嫡長子的身分，把人弄到自家後院來為自己效勞簡直就是輕而易舉。可是現在，她偏偏還是個小將軍夫人！這樣一來，事情就詭異了。至少，自己想要驅使她並非易事，如果強行施壓……又怕其他愛花之人群起攻之。

尤其是那些京城裡的老牌世家，雖然自己並不懼怕他們，可是如果這些人聯手起來，那他還是會頭疼的。更何況，現在父皇一直都還沒有確立自己儲君的身分，要是這些人背地裡做些小動作，給自己使個小絆子，壞了自己的名聲，那就糟了！所以……

「這個女人，本王要定了！」秦王爺握緊拳頭，重重捶在案桌上。

秦王妃聽了，臉色微變。「王爺是瞧上她了嗎？」

「她那雙手的確是巧，要是能給本王收用了，那必定是本王的一大助力。還有她的父親、弟弟，那二人在士林之中頗有地位，要是她歸順了本王，那兩個人也一定不會再左右觀望了。」秦王爺一字一句地道。

不知怎的，雖然聽他說得冠冕堂皇，秦王妃心裡還是不大高興。「可是王爺，您難道忘了嗎？余小將軍現在也在軍中擔任要職，您要是奪了他的妻……」

「他？不過一個武將罷了。他能有今日的成就那是余大將軍抬舉他，現在既然余大將軍已經和他斷交了，以後他的日子只會越來越難過。而且妳別忘了，當初余大將軍一手提拔起來的人不止他一個。」

秦王妃心一沈。「王爺說得是。」

秦王爺點點頭，緩緩握住她的雙手。「愛妃該不會是吃醋了吧？」

「王爺您這是說哪裡的話？妾身的職責就是幫您打理好後院，助您成就心願，而且咱們後院裡那麼多女子都容了，哪裡就容不下一個她？要是每進來一個人，妾身就要吃一次醋，那妾身早已經活活酸死了。」秦王妃勉強笑道。

秦王爺滿意地頷首。「本王早知道愛妃是個寬容大度的人。妳放心，論容貌、論才學，那個女人哪裡都比不上妳，本王收了她只是因為她那雙手。而且……」他聲音一低。「大夫不也說了嗎？她已經不能再生養了。」

聽到這話，秦王妃心裡徹底舒坦了。雖然秀娘的身子現在還不能生養，但只要調養兩年，還是可以慢慢恢復的。只是看秦王爺現在的意思，那是把她的生養權力都放在她手裡。那就是說，只要她這個正妃不高興，給她下藥讓她一輩子不能生都沒問題！這樣，她還有什麼好擔心的？

一個無子的女人，就算再能幹、背後的父親弟弟以後再厲害，她也成不了什麼大氣候！

於是，她柔順地垂下眼簾。「妾身明白了。王爺您請儘管放心，妾身一定盡快把人給您弄進來。」

「好，這一切就都交給愛妃了，本王相信妳。」秦王爺點點頭，又握了握她的手，便放心地轉身離去了。

第三十二章

給朱家下聘，將李晟的親事定下後，李贇父子就各自啟程往自己任職的地方去了。

目送他們的馬車離開，秀娘只覺心裡空落落的。

父親和弟弟走了。雖然和他們相認相處的時間不長，但這種血緣的羈絆是沈澱在骨子深處的，不管時隔多少年再翻出來都不會褪色。所以現在他們前後腳的離開，便讓秀娘生出一種孤零零的感覺來。

現今，她就只有溪哥和兩個小娃娃了。

哎，幸好還有他們！

想到那個沈默寡言的男人，還有兩個越發活潑調皮的小傢伙，秀娘的心境又慢慢活躍了起來。

罷了，現在京城就是一塊是非之地，他們早走早好，至於自己和溪哥……那就是走一步算一步了。

現在，她只想趕緊回家去，和他們相依相偎在一起。不管發生什麼事，只要一家人在一處，那就沒什麼好怕的。

只是坐馬車回到小將軍府門口，她又發現不對勁。

就在大門外，竟然有幾個衙役打扮的人正出了耳門往外走，一身氣勢洶洶，一看就是來者不善。

秀娘進門，春環便迎了上來。這個被調教得幾乎是喜怒不形於色的丫鬟臉上竟然也罕見地帶上幾分驚慌。「夫人，剛才衙門裡來了幾個人，說是要提您去公堂問責。」

「提我？為什麼？」或許是最近經歷的事情太多的緣故，現在聽到春環的話，秀娘也只是驚訝一下下，卻不十分害怕。

「說是，說是……」春環嚅動著唇瓣，似乎有些難以啟齒。

秀娘見了，更加搞不懂了。「到底是為了什麼，妳說。」

「聽他們的意思，似乎是夫人您之前的相公敲了京兆尹衙門外頭的大鼓，說是要告您二嫁之罪！」

什麼?!

聽到這話，秀娘面色一沈。「我之前的相公已經死了。」

「說是沒死，只是當時受了重傷，被邊關的百姓救了。他因為受傷過重失去了記憶，現在才恢復，結果等到他傷好尋回家去的時候，卻發現夫人您已經改嫁了，小公子和小小姐也……也叫了別的男人做爹。他氣不過，就找上京城來了。」

聽到這話，秀娘不覺垂下眼簾。「是這樣嗎？」

春環見狀，也急得不行。「夫人，您說現在該如何是好？按理說，這事和您沒多少關係，您是正正式式嫁給將軍的。如果他真找來，咱們給他幾兩銀子讓他再娶一個就是了。可是他一來就這麼大張旗鼓地鬧，簡直就是把您給推到風口浪尖上，不管最終怎麼收場，您的名聲……」

而且，她還不算，畢竟她已經嫁人了。可靈兒呢？小丫頭眼看著就要長成了，以後少不了要出去交際，但有一個這樣的娘，這讓別人怎麼看她？又叫她怎麼找婆家？

她說的這些，秀娘早想到了。只是事已至此，現在著急也沒用。她只是斂眉思索了一下，便道：「那些衙役都已經被妳打發走了，是吧？」

「是啊！他們知道夫人您身分不一般，也不敢硬來。今天主要是京兆尹叫他們上門來打聲招呼，叫咱們先做好準備。據他們的說法，那個人態度十分強橫，看樣子是有一場硬仗要打了。」春環道。

秀娘閉上眼，末了再睜開。「好，我知道了。公子和小姐在哪裡？」

「在後院看書呢，奴婢沒敢讓這事打攪到他們。」

「嗯，妳做得很好，回頭去帳房領五兩銀子的賞賜。」秀娘沈聲道。

春環連忙跪地道謝。

而後，秀娘去了後院，若無其事地陪兩個小傢伙看書玩耍，隻字不提那件事。

等到天黑之後，溪哥回來了。

踏進門的時候，他的臉色就是黑漆漆的，一股冷然的氣勢從他周身散發出來，叫人周身一冷，下意識地退避三舍。

見他這樣，秀娘心裡也有數了。「你都知道了。」

溪哥點點頭。「知道了。」

「那你打算怎麼辦？」

「我不會放手。」溪哥沈聲道。

秀娘對他這樣的回應早有心理準備。現在聽到了，她也只是翻個白眼。「我問的是，你想到什麼應對之法了沒有？」

「我……」溪哥低下頭。「還沒有。」

秀娘無力地扶額。「那你打算怎麼不放手？按照道理來說，我才是他的結髮妻子，現在他回來了，若真要把我要回去，你就算是個將軍，也斷沒有強奪人妻的道理。」

「可是妳是我明媒正娶的，我們的婚事也是合情合理的！」溪哥低叫。

「那又如何？我和他的一樣合情合理。」

只是現在兩個合情合理撞在一起，就必須分個高下。而且，在世人眼裡，夫妻總是原配的好吧？再加上那個人都那麼可憐了……古往今來，人們總是更偏向弱者，根本不管這所謂的弱者是不是真的有理。

正想著，溪哥突然將她用力一抱，把她攬入他溫暖厚實的懷抱，雙臂力量大得彷彿要把她給刻入自己的骨血裡去。

「我不管！反正妳是我的妻，妳這輩子都是，其他人都別想搶走妳。還有靈兒、毓兒，他們都是我的孩子，這輩子除了我，誰都別想再讓他們叫一聲爹！」

「你……哎！」秀娘想說什麼，但想了想，還是閉了嘴。

到了這個時候，你口號喊得再響亮又有什麼用？對方這次分明就是有備而來，他們想要擺平，不知道還要花多少力氣。

秀娘猜得一點都沒錯。

在京城北邊的一家客棧內，鍾家老太太穿著一身破破爛爛的衣裳躺在床上，雙目愛憐地看著在自己跟前不停走來走去的兒子，艱難地張嘴。「渴……剛兒，娘……娘渴……」

「渴渴渴，剛才不是才餵妳喝了一杯水嗎，妳怎麼又渴了？妳這老太婆就是事多！」鍾剛不耐煩地吼了一句，人依然在走來走去，並沒動手給她倒水。

經過苦寒之地一年的折磨，現在的鍾剛又乾又瘦，皮膚黑不溜丟的，看起來就跟個小老頭一般，再加上那滿身的戾氣，一看就知道不是個好東西。

但在鍾家老太太眼裡，自己的兒子還是那麼英俊瀟灑、年輕有為，即便被兒子罵成這樣，她依然眼巴巴地看著他，捨不得罵他一句。

倒是坐在對面的一個男人溫和地開口。「二弟，你怎能對娘這麼凶呢？她身子已經很不舒服了，你再這樣惡言相向，她心裡肯定更難受。」

說著話，他就起身倒了一杯溫水，扶著鍾家老太太起來餵她喝了。

鍾剛見狀，卻是一聲冷笑。「反正這老不死的也沒幾天活頭了。你這麼關心她，要不到時候你把她接回去養？」

「行啊！我本來就是長子，等我接回你大嫂和姪子姪女，我就接了娘回去，為她養老送終。」男人柔聲回應。

但聽到這話，鍾剛一臉的不屑。「你這是想獨占她嗎？你別以為我不知道，那個女人的手藝好得很，當初在月牙村種菜，一年就賺了快一百兩銀子。現在她還剛培育出一株七色牡丹，這盆牡丹千金難求，等把她弄回來，你就等於是搬了個聚寶盆回家，天天吃香喝辣的，隨便怎麼折騰都有折騰不完的錢，給娘養老送終算什麼？你就算再多養一百個這樣的老不死，也吃不窮你！」

「那以二弟你的意思，你想怎麼辦呢？」男人微笑。

「很簡單，只要是她賺的銀子，我都要一半！」鍾剛直接信口開河。

男人臉上笑意一收。「二弟，你也未免太獅子大開口了點。」

「那你有本事就不答應啊！大不了我們母子倆不給你作證不就行了？」鍾剛冷笑。

男人臉色微沈，但他馬上又揚起笑臉。「二弟，咱們都是一家人，一家人何必這樣斤斤計較？橫豎到時候大哥吃穿用度都不會少了你的。」

「算了吧！親兄弟明算帳，更何況我們還不是親兄弟呢！我也沒你這麼有本事，有個那麼能掙錢的媳婦。不趁著現在有機會多給自己攢點媳婦本，難道等十年後，我拖著媳婦孩子喝西北風，眼巴巴看著你們吃好的、穿好的？」在苦寒之地吃夠苦頭的鍾剛，現在是一頭鑽進錢眼裡。

男人眼看和他說不清，無奈下只得點頭。「好吧，我答應你。都是自家兄弟，我不照顧你還能照顧誰去？」

鍾剛冷冷哼了兩聲。「那可真是多謝大哥了，只是口說無憑，你還是給我立張字據吧！」

「好。」男人爽快地答應了，立即推門出去找紙筆。

屋子裡只剩下他們母子倆，鍾家老太太趕緊對兒子說話。「剛兒，你……別……別和，和你，大哥……鬧大……大了，當心……他，翻臉。」

「得了吧，他什麼德行，別人不知道，咱們自家人還不知道嗎？他就是軟骨頭，三棍子打不出一個屁。而且，現在要是咱們不幫他作證，他根本什麼都拿不到。我還只是要了他一半的東西，多的沒要呢！他心裡明白著，妳就放心吧！」鍾剛毫不在意地擺擺手。

但鍾家老太太畢竟閱歷比他要深得多，還是低聲囑咐：「那，你也、也要……小心！當心，和……秀娘，一樣！」

想當初，秀娘不是一樣任勞任怨、任打任罵？可是自從遇到溪哥，那就跟變了個人似的，還把他們母子倆給害得這麼慘！所以對這個半途回家的大兒子，鍾家老太太始終不敢完全放下心。

然而鍾剛現在整個人都已經鑽進錢眼裡，根本就聽不進自己老娘的話。尤其她兩個字一頓，結結巴巴聽得人煩死了，他沒好氣地打斷她。「知道了、知道了，我心裡有分寸的！妳就老實點在這裡躺著，上了公堂怎麼說，我也已經教妳了，妳沒事就多背幾遍，免得到時候說錯話，咱們家的好日子就全看妳了！」

「好。」知道兒子還沒原諒自己，鍾家老太太不敢再多說話，只能乖乖點頭。

其實那次的事情，母子倆早就說開了。畢竟鍾家老太太對鍾剛這個兒子有多偏疼大家都知道，她怎麼可能做出賣子求榮的事？只是鍾剛心裡還是暗恨娘親在這一年都對自己不聞不問，放任自己在外頭吃苦受累。當初自己被衙役綁走的時候，她也沒有拚死阻攔。如果不是自己偷偷跑出來，自己肯定早已經死在那個鬼地方了。所以，這些怨憤藏在心底，就叫他怎麼都對鍾家老太太給不出好臉色了。

當然，他恨鍾家老太太，更恨的還是秀娘。如果不是那個女人，自己根本就不會變成現在這樣，她才是罪魁禍首！所以，等從她身上撈夠了錢，自己就一定要剁了她的手，把她捆起來用鞭子抽，讓她跪在自己跟前苦苦求饒，看那個賤女人還怎麼囂張！

只要想到秀娘血肉模糊跪在自己跟前哭喊求饒的模樣，他心裡終於升起一絲快慰。

殊不知，這個自稱鍾峰的男人出了客棧，的確是回到自己的房間提筆寫了一張字條，但並非鍾剛要求的東西，而是一張寫滿密密麻麻、蠅頭小楷的紙條。等紙條寫好，他走出門去，招來店小二吩咐他出去買筆墨紙硯，並順勢將捏成小團的紙條塞進他手裡。

一刻鐘後，這張紙條就到了秦王妃手裡。

將上頭的字句草草掃過，秦王妃就笑了。「就這點淺淡的心計，難怪他們壓不住那個女人，就這樣，還指望搶走她一半的錢？鄉下來的就是鄉下來的，一點眼力都沒有。」

話剛出口，她就想到秀娘也是鄉下來的，臉色又陰沈沈的很不好看了。

遞條子進來的丫鬟見狀，大氣都不敢出，只小聲問：「王妃，那麼他們的要求是滿足還是不滿足？」

「滿足啊！有什麼好不滿足的？不把這些刁民的嘴餵飽了，他們怎麼可能說出咱們想聽的話？至於到時候……」秦王妃冷笑兩聲。「他們要真有那個本事，給他們一點錢又如何？

秦王府上又不缺這點銀子。」

「是，奴婢知道了。」丫鬟心領神會，連忙退出去給鍾峰寫回信去了。

經過鍾峰幾個人在京兆尹衙門門口一鬧，再加上有心人刻意宣傳，秀娘前夫千里迢迢尋來京城，想要找回妻兒的消息在七色牡丹之後又紛紛揚揚傳得到處都是。

大將軍府裡頭也一樣不少愛看熱鬧的人，再加上蕙蓉郡主這個至今不肯死心的人，只要有關秀娘或者溪哥的消息，她自然是在第一時間就知道了。

這一次，她免不了又摔了一套杯子。

「那個鄉巴佬實在是太可恨了！言之哥哥太可憐了！」

柳兒經過這些時間的成長，儼然已經成為蕙蓉郡主身邊的第一人。等蕙蓉郡主發完了脾氣，她才小聲道：「郡主說得是。奴婢也沒想到，小將軍夫人……不，現在應該叫她李氏才對，竟然如此大膽，自己男人還沒死呢，就敢信口胡謅說他死了，還帶著孩子嫁給小將軍。看來她根本就是料到會有這麼一天，所以就趕緊巴上小將軍，以為這樣就能過上好日子了。」一說著又哀嘆一聲。「小將軍也著實可憐，窮山惡水出刁民，他哪裡知道這樣的道理？現在好了，又被這個女人給拖下水去，小將軍的一世英名都要被她給毀了！」

「言之哥哥就是太好心了，所以才會被這個女人騙！」蕙蓉郡主也憤憤地點頭。「不過現在好了，是狐狸總會露出尾巴，我看她現在還怎麼裝下去！言之哥哥現在肯定恨死她了吧？」

她臉兒馬上一垮，滿臉的抑鬱。「這個時候，他身邊也沒個朋友，也不知道誰能安慰他。但願言之哥哥不要因為這件事把天下的女人都恨上了才好。」

「郡主瞧妳說的，小將軍他是這樣的人嗎？」柳兒連忙搖頭。「再說了，就算他恨別人，也肯定不會恨妳啊！妳可是和他朝夕相處那麼多年的人，妳對他有多好還用說嗎？而且妳還是正兒八經的黃花大閨女，和那個女人不一樣的。」

蕙蓉郡主被她說得心情好了不少，只是眉峰間還籠著一層陰雲。「話是這麼說，可是現在爹和言之哥哥都已經斷交了，我也不好去找他。只是一想到言之哥哥現在有多傷心難過，我心裡就好疼！」

「其實，這個奴婢倒是有個主意。」柳兒立即就道。

蕙蓉郡主眼睛一亮。「什麼主意？妳快說！」

「這個……」柳兒皺皺眉。「郡主，上次奴婢幫您出主意，結果害得您差點……這一次，奴婢不敢再亂說了，要是再害您怎麼樣，奴婢就真是罪孽深重了。」

「上次妳的主意也很好啊，只是那個賤人太狡猾，居然用那種東西來噁心咱們，才害得本郡主落敗。只是後來不也是妳給我出主意，讓我裝被嚇壞了，才讓爹去幫我出了口惡氣嗎？這些日子要不是妳幫我出謀劃策，我和爹的關係也不可能這麼快恢復得這麼好。所以一切都和妳沒關係，都是那個賤人的錯。」一想起上次自己被秀娘騙著抓了一把蚯蚓的事情，蕙蓉郡主還恨得牙癢癢。

「這一次，咱們避過那個賤人，直接見言之哥哥不就行了？我就不信，她都不在那裡，還能把咱們給怎麼樣！」撇開秀娘這個不安定因素，蕙蓉郡主還是十分自信滿滿，連忙催著她。「妳快說呀，到底什麼法子？」

「既然郡主您非要知道，那奴婢也少不得斗膽說兩句了。」被催得無奈，柳兒才小小聲地說道：「那天奴婢聽到謝三公子他們說，過兩天約了小將軍在燕蘭樓喝酒，這都是男人的事情，那個女人肯定不會跟著過去。」

「這兩天她也沒臉去糾纏言之哥哥了。」蕙蓉郡主冷聲道。

柳兒趕緊點頭。「郡主說得是。」

這個機會甚是難得，蕙蓉郡主當即拍板。「那就那天好了！我跟爹說一聲，就說出去走走，逛逛街，爹肯定放我出去。」

「是，奴婢這就叫人去燕蘭樓訂位子。」柳兒也連忙說道。

蕙蓉郡主滿意地直點頭。「柳兒，妳真是個好丫頭。本郡主用了這麼多丫頭，就妳最合心意。等以後本郡主嫁給言之哥哥，也一定要帶著妳去伺候。妳放心，本郡主一定給妳指個一等一的管事，讓妳一輩子衣食無憂。」

「奴婢多謝郡主對奴婢如此費心。」柳兒連忙低頭行禮不提。

過了兩天，溪哥果然和謝三等人到了燕蘭樓喝酒。說是喝酒，其實就是大夥兒難得聚一聚，順便想想法子幫溪哥度過這次的關卡。

自從溪哥和余大將軍斷交後，謝三等人都是繼續跟著余大將軍的。為了避嫌，他們一直都沒有和溪哥來往，謝三媳婦也只敢私底下和秀娘見上一面，傳遞幾句話。直到這次事態真的看起來異常嚴重，他們才相約過來一見。

酒菜很快齊備，小二退下後，謝三開門見山地道：「小將軍，現在事情越鬧越大了，外頭關於你和嫂子的風言風語都越來越多，你這次打算怎麼辦？」

「她是我的妻，那兩個孩子也都是我的孩子，我不會把他們拱手讓人。」溪哥陰沈著臉冷冷道。

「可是，現在她前夫……」

「那不是她前夫！」溪哥低喝。

大家紛紛一愣。「你怎麼知道的？」

「官府不都說了嗎？她的前夫早就死在沙場了，官府連撫恤金都發了。她再嫁給我是順理成章，沒有任何問題。」溪哥道。「說什麼重傷被救，失憶再恢復記憶，他們當唱戲呢？一齣一齣的！我是不信哪個人能死而復生。」

「現在不是你信不信的問題，而是人家的養母和弟弟已經認了他，還有當初和他一道從軍的同袍也出來作證。鐵證如山，你根本沒法子反駁。」孟誠當頭潑來一瓢冷水。

溪哥冷笑。「那又如何？他一個無名小卒，千里迢迢跑來京城，還帶來這麼多證人，明目張膽在京兆尹衙門門口擊鼓鳴冤，這一看就是有人刻意安排的，這是有人故意想要拆散我們夫妻！」

「這個大家也都心知肚明，可是，關鍵還是兩個字——證據！」其中一個人沒好氣地道。「你有證據證明他們是來搗亂的嗎？人家可是拿著嫂子前夫的身分、我姪子姪女親爹的關係大大方方找上門來的，現在京兆尹還沒把你們叫過去，那是看在你的面子上，給咱們一點喘息的空間。但事情到了這一步，那就沒有轉圜的空間了。咱們現在湊在一起，也只能看看能不能拿出什麼辦法來。」

「或許，他們不是給小將軍喘息的空間，而是──在等著他們去找誰投誠？」孟誠突然又道。

一屋子的人立即齊刷刷看向他。

孟誠早習慣了這樣的目光，便只是聳聳肩。「我也就說說我的想法，你們可以順著這個方向去想想。覺得我說的是屁話的話，那就隨手丟開好了！」

他說的話，能是什麼屁話？要知道當初在沙場上，就因為他的一句點睛之語，救了不知多少條性命！

沒人敢把他後面那句話當真。大家聞言，便都低頭思索起來。

只有溪哥，他略略一想，立即就冷笑起來──

「這個秦王殿下，還真是想把我往死路上逼嗎？他就不怕我被逼急了，直接和他對著來？」

「噓，你小聲點！」此言一出，一屋子的人臉色都隨之一變，孟誠趕緊上前來捂他的嘴。

溪哥卻一把將他給推開。「怕什麼？這裡是吳太后的地盤，秦王還沒這個膽量把手伸到這裡來！」

「但秦王怎麼說也是吳太后的嫡長孫，換作是你，你會願意聽別人在你的地盤上說毓兒不好？」孟誠低聲道。

「秦王和毓兒不一樣。」溪哥冷冷道。

孟誠嘆息。「算了，我不和你說這些了。咱們現在還是商量商量，到底該怎麼辦？你就別說什麼對著來的事了，咱們既然都已經選擇做直臣，就必須堅持這條路走到底。你要是突然改變立場，那才是讓他們抓住把柄。」

溪哥挫敗地垂下頭。「我知道，我也只是隨口一說。什麼事該做、什麼事不該做，我心裡有底。」

孟誠連忙鬆了口氣。不過想想一直站在他背後的秀娘——有她在，他肯定不會走偏。

「對了，這次嫂子沒給你出主意？」

「是我不讓她插手的。」溪哥沈聲道。

孟誠一噎，說不出話了。

現在這事，秀娘的確是不好說話。一個是自己的「前夫」，自己和他還有兩個孩子。一個是現在的溪哥，兩人同甘共苦，感情非同一般。不管是讓她想辦法對付哪一個，對她來說都太殘忍了。

更何況在這個對女人處處禁錮的地方，只要她做出半點不對的舉動，就會有人拚命把事情放大，那對她來說絕對是莫大的傷害。所以，最好的辦法就是讓她什麼都不要說，也什麼都不要做。身為她的男人，如果溪哥連這件事都擺不平的話，他也就沒資格繼續留她在身邊！

這樣想著，孟誠眼神一閃，悄聲道：「其實，我有一個主意。」

正急得滿頭大汗的男人們一聽，趕緊往他這邊瞧過來。大夥兒下意識湊成一團，聽著他低聲指指點點，一如當初在邊關一般，各自攬上屬於自己的任務，默默記在心底。

幾個人相聚到半個時辰便散了。既然都已經清楚自己該幹什麼，他們也都沒有心情坐下來喝酒。畢竟都已經到這個地步了，也沒誰真有心情吃吃喝喝。

於是，謝三幾個起身告辭。孟誠陪著溪哥繼續坐著，正要說話，包間的門突然被人從外頭推開了。

兩個人一同回頭去看，就看到裝扮得青春俏麗的蕙蓉郡主站在大門口，一雙美目正瞬也不瞬地盯著溪哥，朱唇輕啟，軟軟喚道：「言之哥哥……」竟比以往更多出幾分綿軟嬌怯，令人想要憐惜。

溪哥眉頭一皺，立即起身要走。

蕙蓉郡主卻搶先一步跑進來，一把拉住他。「言之哥哥，你別走！我知道你現在心裡不好受，我就是特地來安慰你的。」

「我不需要安慰。」溪哥冷冷道，推開她的手。

殊不知蕙蓉郡主卻反手死死抱住他的腰，把臉埋在他後背上，溫熱的淚水滾滾流出。「言之哥哥，我知道你心裡苦，你在我跟前就不用裝了！」

清楚察覺到自己的衣服被水漬沾濕的異樣黏膩感，溪哥眉頭皺得更緊了。這個時候，他心裡只有一個想法——千萬不能讓秀娘知道這事，不然，自己是渾身上下長滿了嘴都說不清！

孟誠看到這般情形，趕緊垂下眼簾，假裝什麼都沒看到的樣子溜了出去。

「孟誠！」一看這傢伙居然這麼不仗義，溪哥火冒三丈。

但孟誠這次就跟聾了似的，腳底抹油跑得飛快，不一會兒就沒了蹤影。

蕙蓉郡主卻還死死抱著他，哭得不能自已。「言之哥哥，你想哭就哭吧！這裡沒有別人，我會一直陪著你的。」

「我不需要妳陪。」溪哥渾身的汗毛都被她哭得豎起來了。

偏偏這個時候，柳兒守在外頭，竟砰的一聲把門給他們關上了。

溪哥心裡不好的預感霎時更加強烈。孤男寡女共處一室，給秀娘知道了可如何是好？

於是，也顧不上憐香惜玉了，他逕自一把扯開蕙蓉郡主，上前一步拉開門就要走。奈何蕙蓉郡主今天是纏定他了，被他推開，她立即又一個箭步飛撲過來，不管不顧地抱住溪哥的胳膊。

「言之哥哥，我知道你是怕被人看到。不過你放心，這一層其他房間都已經被我包了，沒人能上來的。」

那他就更不能待在這裡了，只要一想到秀娘知道這事後的表情，他心裡就是一陣猛顫。頓時更急得不行，他冷聲喝道：「郡主妳放手，不然我就對妳不客氣了！」

「言之哥哥，都已經到這個時候了，你為什麼還要對我這麼疏離呢？難道你不知道我一直喜歡你嗎？我一直在等著你！現在那個賤女人騙了你，那是她不懂得珍惜，我一定會幫你好好教訓她！你放心，我和她不一樣，我是一心一意對你的，咱們相識這麼多年，你難道還不相信我對你的這份心嗎？」蕙蓉郡主只以為他是在說氣話，連忙又深情款款地道。

但是，她的深情告白只換來溪哥的冷氣四溢。

「不許妳這麼罵她！」一掌將她推得遠遠的，他沈聲喝道。

蕙蓉郡主踉蹌幾步，好不容易扶著椅子站穩，小臉上滿是不可置信。「言之哥哥，那個女人都已經把你騙到這個地步了，你怎麼還不清醒？難道你非要等到被她騙得一無所有才能認清她的真面目嗎？」

「余品蘭，我看在妳是女人的分上，暫且忍讓妳一次。但是我必須警告妳，不許妳這麼誣衊我的女人！她是什麼樣的人，我比妳知道得更清楚。她是我的妻，那就一輩子都是我的妻子。除了她，我不會要任何人！所以，妳對她的態度最好尊重些，不然下一次，我絕對不會就這麼放過妳！」溪哥直接指著她的鼻子大聲呵斥。

說完，他扭頭就走。

蕙蓉郡主被罵得一愣一愣的，短時間內腦子裡都是空白一片，只不斷迴響著他說的這段話，都忘了自己原本早準備好的話。

外頭柳兒一看情況不對，連忙走上前攔下溪哥。「小將軍請留步！郡主她也是為了您好，您何不留下聽她把話說完？」

「滾！」溪哥只一個字奉送，隨手把這個丫頭給揮到一邊。

柳兒只覺眼前一黑，整個人都離地了。等她回過神來，人已經在距離之前的位置足足一丈開外，臉上更是痲木一片，並伴著隱隱的痛感散播開來。不用說，自己半邊臉肯定都已經被打腫了。

而房間裡，直到溪哥的身影都消失不見了，蕙蓉郡主才終於反應過來，於是眼睛一閉，嚎啕大哭起來！

柳兒聽到裡頭的聲音，眼中浮現一抹不耐煩。但她很快就將這份情緒掩藏起來，慢慢扶著牆站起來，她一步一步走進去，就看到蕙蓉郡主正趴在桌上哭個不停。

「郡主。」她小聲叫著。嘴稍稍一動，就牽動了連著面部的某根神經，疼得她直皺眉。

蕙蓉郡主抬起頭，卻沒有看到她被搧得又紅又腫的半邊臉頰，自顧自地大聲哭喊。「言之哥哥他吼我！他還在維護那個賤人！都已經這個時候了，他居然還因為那個賤人罵我！我明明都是為了他好啊！」

妳哪裡是為了他好？妳分明是為了滿足自己的私心！如果真心為他的話，妳剛才應該是幫他想法子解決才是，哪裡會抱著他不停地傾訴相思？換作我是男人，我也不會要妳這樣的女人。

柳兒心裡想著，面上自然不會表露出來。只是現在臉部受傷了，她也不好多說話，便倒了一杯茶遞過去。「郡主別太傷心了，當心哭壞了嗓子，先喝杯茶潤潤喉嚨。」

蕙蓉郡主隨手將茶杯一推。「我不喝茶，我要喝酒！」

「這個……」柳兒面露猶豫之色。

蕙蓉郡主立即自己抓住溪哥他們留下來的一只酒壺，給自己倒了一杯，一飲而盡，喝完了還嫌不夠，她又給自己倒了一杯。

柳兒一見，連忙將酒壺接過來，殷勤地替蕙蓉郡主倒了起來。

與此同時，溪哥並沒有走遠。

下了樓，他站在樓梯口，直接轉向櫃檯後頭正噼哩啪啦算帳的掌櫃。「把你們少東家叫出來，我有話和他說。」

「好嘞！少東家就在後頭等著您呢，小的這就帶您過去！」掌櫃的連忙點頭，放下算盤帶他往後走。

在燕蘭樓一樓的正堂之後，緊鄰著廚房的地方還有一個小房間。只因為地方看起來太小，門也開得偏，一般人難以注意到。

不過推開門，溪哥便看到裡頭桌椅板凳應有盡有，內裡空間寬敞得很，半點都不覺得壓迫。

吳大公子正在裡頭自斟自酌。看到溪哥進來了，他也不抬頭，只歡快地招招手。「來都來了，就不用我招呼你了吧？」

溪哥走過去，在他對面坐下。吳大公子給他倒了一杯酒，這才抬頭對他一笑。

「早在聽到你們將地方定在燕蘭樓，我就知道你必定是衝著我來，所以一早就叫人備好了酒菜。你看看喜不喜歡吃？不喜歡的話我再叫人另做。」

「不用了。」溪哥沈聲道，握著酒杯卻始終沒有往嘴裡送。

相較而言，吳大公子則是輕鬆得多。他有滋有味地喝著酒、吃著菜，一會兒光明正大地瞄上溪哥一眼，卻不再主動開口。

看他這般老神在在的模樣，溪哥終於沈不住氣了。「你應該知道我來找你是為了什麼。」

「我不知道啊！」吳大公子張口就道，一臉無辜的模樣。「我應該知道嗎？我就是一個生意人，你們官場上的事情我能知道什麼？」

溪哥額頭上青筋跳了跳，終究還是忍住了。「你信不信，回去我就和靈兒、毓兒說，你是個作惡多端的大壞蛋，叫他們以後都不理你，就當你這個乾爹已經死了！」

「喂，你怎麼能這樣！」一聽這話，吳大公子終於扛不住了。「余言之，你不能這麼卑鄙！」

「近朱者赤，近墨者黑，和你這樣卑鄙的人打交道，我也不得不卑鄙。」溪哥冷聲道。

吳大公子癟癟嘴。「你又誣衊人。我可是清清白白的好人，何曾做過卑鄙的事？」

「說得好像你沒有一直覬覦我的女人似的。」溪哥一語中的。

吳大公子眼睛一瞪，張張嘴。「這個……這個不叫覬覦，這叫欣賞，你懂不懂？這麼出挑的人兒，只要是個男人就會欣賞她。」

「但別人再欣賞，也沒像你這樣總是在暗地裡使壞，想要破壞我們的婚姻，然後將她據為己有。」

「誰說的？現在不是有個秦王爺了嗎？」吳大公子很不爽地大聲道。

形。

溪哥猛地眼睛一瞪。「你說什麼？」

這一聲質問，氣勢雄渾，殺氣畢現，磅礡的氣息迎面而來，壓得吳大公子五官都幾乎變形。

「難道你不知道？秦王爺夫妻倆使了這麼多手段找出秀娘大姊前夫，還找來那麼多證人，你不會以為真的只是為了拆散你們、打擊報復你吧？她那一雙巧手，現在誰不想據為己有？如果不是秦王先發招了，只怕其他人也已經開始下手了。」

這個他當然猜過，只是……

「難道秦王爺會納一個二嫁的女子入自己後院？」

「我就說你是個莽夫吧！這後院裡的事情，學問可多了去。你不想收一個人，沒辦法也能想出辦法。同樣，想把一個人給納入後院，就算面對再大的困難，也有的是法子解決。比如給她換個身分，重新安個名字，那不就得了？這種事情別家做得多了去，大家也都心知肚明，不過心照不宣罷了。」吳大公子擺擺手，用一副看鄉巴佬的表情看著他。

溪哥頓時臉色更陰沈了。「我不會讓他得逞的。」他握緊拳頭，一字一句道。

「放心，我也不會讓他得逞。」吳大公子道。「她就算要再嫁，也該是我排在前頭才對啊，還輪不上他秦王！」

溪哥冷冷白他一眼。「你也別作這個白日夢了，我說了我不會放手！」

「這個誰說得準呢？她的性子你還不清楚嗎？你說，要是給她知道你今天和蕙蓉郡主在這裡私會，兩個人還有了肌膚之親，她會不會一氣之下，先把你給休了？」吳大公子笑咪咪地說著，伸手往自己後背上指了指。

溪哥知道他說的是蕙蓉郡主從後面抱著自己哭哭啼啼的事。在他的地盤上，這事能這麼快傳到他這裡來一點都不稀奇。只是被人這麼威脅，溪哥的臉色還是很不好看。

「你不會。」他道。

「哦？」吳大公子挑眉。「你不是說我是個卑鄙陰險的人嗎？我要是不做點卑鄙的事，豈不是太對不起你這個評價了？」

「你雖然卑鄙，卻不是卑鄙在這一點上。而且——」溪哥一頓。「這話都是她說的。」

吳大公子頓時無語了，頹喪地仰頭喝下一杯酒。從別人嘴裡知道自己心上人對自己的評價，而且還是這麼不堪的評價，這滋味實在是不好受。

這下，就輪到溪哥來安撫他了。「不過你也不用太傷心，她一樣說我是個榆木疙瘩不開竅，老惹她生氣。」

「你可以別這麼明目張膽在我跟前秀恩愛嗎？」吳大公子用力直翻白眼。

他知道這兩口子都一直很嫌棄他，但背地裡是一回事，現在這樣當著他的面還這麼說……那簡直太傷人了！

「好。」溪哥從善如流。「那麼現在，我們可以談正事了嗎？」

「談吧、談吧！」吳大公子無力地道。

如今他是不得不承認，溪哥和秀娘還真是天生一對！這兩人都是同類人，看似忠厚老實好欺負，但其實一肚子鬼主意，人還又油又滑。你想抓住他？到頭來可別被他給反抓住為所欲為就謝天謝地了！

就像現在，他可以肯定如果自己敢繼續和他對幹的話，他就能拋出一堆和秀娘的甜蜜事情，把他給打擊得體無完膚。他恨！

他不高興了，溪哥的心情就好多了。

「我來找你，是想讓你幫忙安排一下，能不能讓太后娘娘插手此事？」

「你說什麼？」吳大公子立即精神一振。「余小將軍，你知不知道你在說什麼？太后娘娘現在是老佛爺一枚，每天吃齋唸佛，就連後宮的事情都不管了，你卻想讓她插手到前朝來？你這不是癡人說夢嗎？」

「我相信以你的本事，這件事可以和前朝牽扯不上半點關係。」溪哥淡然道。

「免談！」吳大公子直接擺手。

溪哥定定看著他。「上次那盆七色牡丹，你看過了沒？」

吳大公子眼神微閃。「我一介商人的身分，哪有資格往朱家遞帖子？」

「我想也是。」溪哥點頭。

吳大公子立刻開始咬牙切齒，不過緊接著，又聽溪哥慢條斯理地道：「在我家的花棚裡頭，現在還有幾盆兩色、三色牡丹，雖然比不上七色牡丹名貴，不過我想如果你們酒樓裡能擺上兩盆的話，也會吸引不少文人墨客過來，你覺得呢？」

吳大公子霎時開始擠眉弄眼，內心糾結不已，許久，他才小聲的似是自言自語地道：

「看在這兩盆花的面子上，我倒是可以去和太后娘娘提一提，但能不能成，就看太后娘娘的意思了。畢竟我就一個後輩，沒資格去左右長輩的決定。」

「這樣就夠了。只要你想說服太后娘娘，你就一定能說服。」溪哥沈聲道。

吳大公子聽得心裡很不是滋味。「你不就是仗著我一直都喜歡你們嗎？要是你們再這麼胡攪蠻纏下去，我以後就再也不幫你們了！」

「無所謂。」溪哥道，終於將手中早已經被體溫熱得溫溫的酒一飲而盡。「既然說好了，那我先走了。兩盆花隨後就送到。」

「你確定你能作主？」吳大公子酸溜溜地問。

溪哥腳步一頓。「兩盆花而已，要是連這點主都作不了，我還能做她的男人嗎？」

吳大公子又被一噎，雙頰鼓鼓地看著他踩著明顯輕盈不少的步伐大步離開。

當石頭走進來時，就看到自家公子又被氣得跟隻小青蛙似的，別提多可憐了。

「公子，你就聽我一句，放下吧！你分明就不是他們的對手。而且，如果你真心想得到她，那就乾脆下死手啊！有太后娘娘這個靠山，你想弄到一個女人還不是輕而易舉？可是你又顧忌這個、顧忌那個，最終結果，那就只有一個——眼睜睜看著別人雙宿雙飛，你繼續眼巴巴地遠遠蹲在一邊瞧著！

最近被他刺激得太多，吳大公子都已經習慣了，聽到這話，也只是撇撇唇。「這個咱們先不提。上頭那一位怎麼樣了？」

「一個人喝了兩罈酒，醉了。」石頭聽話地轉換話題。「現在剛被她的丫頭扶上馬車要走了，咱們要派人跟著嗎？」

「不用。」吳大公子擺手。「她敢一個人跑出來私會男人，那就該有膽量應對接下來的事。」

那一邊，喝醉酒的蕙蓉郡主已經被柳兒給送到馬車上。

車夫甩開鞭子，馬車駛出酒樓，上了寬敞的大道。

「言之哥哥，言之哥哥……」醉酒的蕙蓉郡主躺在車裡，依然對溪哥念念不忘。低低叫了好幾聲，她一個翻身，又嗚嗚哭了起來。「言之哥哥，我這麼喜歡你，我都喜歡你這麼多年了，你為什麼就是不理我呢？那個賤人哪裡比我好了，你為什麼就是喜歡她不喜歡我？明明我才是這世上對你最好、最把你放在心裡的人啊！」

「郡主……」柳兒小聲叫著，拿著帕子想給她擦淚。

誰知蕙蓉郡主聽到聲音，反手給她就是一個巴掌。

「賤人！妳敢搶我言之哥哥，我打死妳！」

柳兒被打得一愣，一手捂上被打得火辣辣的臉，眼神漸漸冰冷起來。

前頭駕車的車夫聽到裡頭的響動，連忙小聲問：「柳兒，裡頭怎麼了？」

「沒什麼，郡主喝醉了，現在正人事不知。這是個好機會，咱們去新苑。」柳兒沈聲道。

「好嘞！」車夫連忙應著。到了前頭的岔路口，他一甩鞭子，往另一條路上走了，和另一條路上的大將軍府漸行漸遠。

而車內，柳兒早已經沒了心思理會還在哼哼唧唧個不停的蕙蓉郡主。她從下面的小櫃子裡取出一只小匣子，匣子裡裝著各色膏藥。她找出活血化瘀的藥替自己搽上，又對著鏡子照了又照。只是兩邊臉頰上都印著巴掌，怎麼看都不好看，反而只看得她心裡越發煩躁。她抿抿唇，陰沈的眸子又往蕙蓉郡主身上瞟了過去，冷冰冰的目光如果可以化作刀子的話，蕙蓉郡主身上肯定已經被捅出幾十個血窟窿。

馬車在路上行駛了約莫一刻鐘，便到了一座看似樸素的宅院後門。車夫掏出一塊木牌給守門的人看了，當即打開後門，放他們進去。

馬車又在院子裡走了一會兒，終於停下了。

在這座外表其貌不揚的宅院裡頭，卻是亭臺樓閣，別有洞天，大有江南小橋流水的婉約標致。不過柳兒和車夫似乎都已經對這樣的景色習以為常。二人下了馬車，連忙對前來接應的人點點頭，幾個人一道將蕙蓉郡主從馬車上抬下來，送到後院一間廂房內。

隨後，一個穿著月白色繡龍紋、身量修長的男子信步走了進來。

「奴婢見過王爺。」柳兒趕緊跪地行禮。

男子淡然擺手。「免禮，起來吧！」

「謝王爺。」柳兒連忙起身，撩開床簾露出裡頭的蕙蓉郡主。「王爺，奴婢將郡主帶來了。」

「妳做得很好。」男子頷首，又問。「你們進來的時候注意過了沒有，有沒有人跟著？」

「一開始有將軍府的人跟著，不過出來的時候奴婢把他們給甩掉了。而且郡主心情不好就經常會讓馬車在街上亂走，這點大將軍很清楚，所以暫時不會太上心。」柳兒忙道。

「很好。」男子滿意地點頭。「既然如此，你們退下吧！」

「是。」柳兒幾個人魚貫退下。

吱呀一聲輕響，房門被關上，室內便只剩下蕙蓉郡主和這個男人。

「言之哥哥……」床上的蕙蓉郡主似乎察覺到一點不對，不停地在床上亂蹭，嘴裡小聲叫著。

男子在床沿坐下，輕輕握住她的手。「蘭兒，我來了。」

「言之哥哥！」蕙蓉郡主一愣，旋即一把緊緊將他的手握住，人也慢慢往他這邊靠過來，最終依偎在他懷裡。「言之哥哥我好喜歡你，你別要那個賤女人了，和我在一起好不好？我比她對你的愛更多！」

「好。」男子柔聲應著，面色平靜異常，看不出半點喜怒。

蕙蓉郡主聽到這話卻是大喜，連忙緊緊抱住他。「言之哥哥你真好！我就知道，你遲早會回到我身邊，我們才是天造地設的一對！」

「妳說得沒錯。」男子輕聲說著，一手輕撫著她的頭髮，另一手卻在她細緻的臉頰上輕輕遊走，薄唇中輕輕吐出一縷縹緲的聲線——

「我們才是天造地設的一對。」

第三十三章

天色漸暗。

鍾家母子暫住的客棧房間外忽地颳過一陣疾風。

正瞇著眼睛昏昏欲睡的鍾家老太太陡然驚醒，瞪大了眼睛結結巴巴。「剛、剛兒，有……有人！」

「有什麼人啊？起了一陣風而已。京城不比南邊，這天還不是很熱，颳風很正常。」鍾剛不耐煩地應付了一聲，連頭都沒回。

鍾家老太太自然不信，咿咿呀呀的還想說什麼，但看著兒子冷絕的背影，她咬咬唇，終究還是老實地把頭低了下去。

就在幾息之後，他們隔壁房間的窗子大開，幾個人抬著一個用被子裹好的人，縱身一躍，就彷彿靈活的猴子一般穩穩落地，而後飛速朝遠處走去。

「吱呀——」

很快，一間房門被打開，謝三幾個人抬著被子走進來，隨手把人往地上一扔。溪哥走上前來，將裡頭的人拉起來，倒了一杯茶水對準這個人的臉潑過去。

那人一個激靈，緩緩睜開了眼，當看到跟前一字排開、虎視眈眈、人高馬大的男人們，他臉上卻沒有半點驚異或是害怕，只是慢慢坐起身，朝正對著他的溪哥微微一笑。「余小將軍，久仰大名，我們今天終於見面了。」

「你果然是知道我的。」溪哥也不否定自己的身分，目光沈沈地盯著他看。

鍾峰淡笑。「那是自然。你可是娶了我的妻，接手了我的兒女，我要是連你是誰都不知道，那我不是白來京城一趟？」

轟！

他話沒說完，溪哥已然一拳將手邊的茶几給擊成了粉碎。

「她是我的妻，孩子也是我的孩子，他們三個都和你沒有任何關係，這一點你心知肚明！」

鍾峰被他突來的動作嚇得一個哆嗦，但旋即臉上又浮現一絲得意的笑。「余小將軍，您這是惱羞成怒了嗎？知道你必定會輸給我？」

「不，必輸的是你不是我。」溪哥沈聲道。他長長吐納了幾口氣，在孟誠搬來的一張椅子上坐下，居高臨下看著這個明顯膽量過人的男人。「我雖然不知道你之前是什麼身分，但如果你是個聰明人的話，你最好聽我一句勸，早點離開這個地方。我雖然別的不能保證，但至少能給你一筆錢財讓你衣食無憂，如果你非要不聽勸，那麼最終後果如何，你就自己擔待了。」

鍾峰聞言，眼中閃現一抹亮光。「余小將軍你還說你不是惱羞成怒？如果不是，你為何要用金銀收買我？只可惜，我這人已經死過一次了，餘生所求不過夫唱婦隨，一家團聚，所以，金山銀山我都不要，我現在只要我的妻子和我的孩子。」

他。

「這麼說，你是決心要和我敵對到底了？」溪哥眼神一冷。

「不，應當是余小將軍你霸占了別人的妻兒，至今不肯還給我。」鍾峰一字一句糾正他。

溪哥臉色一黑，拳頭立刻又捏得咯吱咯吱作響。

孟誠一看情況不對，趕緊抱住他的胳膊。「小將軍，咱們有話好說，你可千萬別動手。」

「你覺得我是那等一言不合就動手的人嗎？」溪哥冷冷看著他。

誰知道呢？你都已經被氣成這樣了！孟誠心裡暗道。

在鍾峰看來，溪哥的確是淪落到四處碰壁之後、只能以武力逼迫他的境地了。見到這般情景，他眼珠子一轉，忽地又笑了。「不過——這事也不是沒有商議的餘地。」

溪哥立即又看過來。「你有什麼條件儘管說。」

「這個條件倒是容易，只是我只和你一個人說。」鍾峰道。

溪哥立刻對孟誠幾個人使個眼色，孟誠幾個連忙退了出去。

等他們關上門，溪哥才又看向鍾峰。「你說吧！」

豈料鍾峰一陣大笑。「余小將軍，你怎麼說也是馳騁沙場多年的人物，行軍布陣也是一把好手。按理說，這種男人間的博弈你也明白，可為什麼現在你竟會毫無道理相信我的話？你覺得那麼好的一個媳婦，我會放手嗎？」

「你說得很對，那麼好的一個媳婦，我也不會放手。」溪哥冷聲道。

鍾峰笑聲戛然而止。「你不放手又如何？你應該知道，現在全京城的人都已經知道你妻子的前夫回來了，我和她才是結髮夫妻，我這個丈夫千里迢迢來京城，尋找我的妻兒，說出去誰不感動？誰不同情我？你要是不放手，你就是惡意欺凌百姓的惡人！而且，就算要不回我的妻，那麼我的兒女總該歸我吧？那你說，哪個做娘的能眼睜睜看著自己的孩子和自己骨肉分離，孩子跟著前夫去吃苦受罪，自己卻繼續做她的將軍夫人享受榮華富貴？」

他的話說得越多，溪哥的臉色就越發陰沈。

他不高興了，鍾峰就越高興。「余小將軍你說，如果到時候我退而求其次只要孩子，京兆尹會怎麼判？只要兩個孩子都跟我走了，秀娘她又會如何反應？她還會不會老老實實留在你身邊？」

「我的孩子不會跟你走。」溪哥陰沈沈地道。

「那可就不一定了，若說因為之前官府說我死了，你可以名正言順擁有她。可是兩個孩子卻是我的種，這是無庸置疑的。現在既然親爹找來了，他們怎麼還會跟著後爹，你說，是吧？」鍾峰看著他額頭上一根接著一根爆出來的青筋，笑得越來越得意。「你也別說你以將軍之尊來欺壓我。先別說你和余大將軍已經割袍斷義，就說現在京城輿論已成，我只要拿不到我想要的，到時候大不了豁出去我這條命，你們一家子可就不會這麼幸運了！」

溪哥目光冷冷地看著他。「這麼說，你是仗著你背後那個人，決心要為所欲為了？」

鍾峰一怔，立即越笑越歡。「余小將軍果然聰明！沒錯，我就是仗著我背後那人的扶持，決心為所欲為，所以……」他頓一頓。「我奉勸你一句，還想活命的話，就撂開手吧！

她已經不是你能要得起的了。」

聽到這話，溪哥心中一陣怔忡。

「她不是你要得起的」這已經是第幾次聽到了？當初在月牙村，秀娘要嫁給自己，里胥就是這麼和他說。後來隨著他們的菜園子越做越好，賺的銀子越來越多，村子裡的人也說自己高攀她。後來因為秦王的出現，自己的身分被揭穿，他才暫時占了一回上風，可是也才短短幾個月，她就以一盆七色牡丹站在風口浪尖，昂首傲視京城所有達官顯貴。

在月牙村，她勤勞聰慧，就引來不少人覬覦；到了京城，她更是渾身都散發出金色的光芒，叫人根本無法忽視，再加上她那雙同時中了狀元和探花的父親和弟弟……這無雙的身分，的確叫人可望而不可即，而自己……

看他似乎被自己的話給打擊到了，鍾峰眼神一亮，連忙又道：「所以，余小將軍，你最好聽我一句勸，放手吧！天涯何處無芳草，何必單戀一枝花。而且她的父親和弟弟以後必定是要成為聖上的左膀右臂的，到時候她必須在你們之中做出取捨，但自古相才難得，更何況還是兩個？所以……如果我是你的話，我是會選擇棄卒保帥。」

「棄卒保帥？」溪哥冷冷一笑。「如果我放手，你確定你就能護住她？你比我更沒能耐，只怕一轉手就又將她送給你背後那位，換取下半輩子的榮華富貴了！」

聽到這裡，鍾峰連連拍手。「看來余小將軍你早就知道了。既然如此，你為什麼還遲遲不肯放手？你應該知道，那一位可不是個好相與的主兒，只要是他看中的東西，還沒有得不到的！」

「那又如何？就算他是王爺，也斷沒有強奪人妻的道理。」溪哥冷聲道。

「那可不一定，自古君王後院骯髒事難道還少了不成？不過是一床大被一股腦兒給掩了，其他人也都眼不見為淨。」鍾峰笑道。「最是無情帝王家。只要阻了他們的路，他們可是什麼事情都做得出來的。」

溪哥聽了，只是咬唇不語。

鍾峰見狀似乎有希望，又苦口婆心勸道：「余小將軍你這又是何必呢？不過是半路夫妻，散了就散了，以你的身分資歷，再娶一個黃花大閨女易如反掌。而且那一位早說過了，如果你聽話順從，他可以如你所願，讓你盡快去西北帶兵。橫豎京城你也待不慣，何不順水推舟，換自己一個錦繡前程？」

「他會給我錦繡前程？」溪哥冷笑不止。

秦王爺是什麼人他還不清楚嗎？就因為他一直沒有對他的示好表示接受，那個人就能派人來刺殺他們。如今他繼續無視他的「善意」，他就給他們找這麼多的事出來！到現在，秦王爺肯定早已經厭棄自己。要不是因為他對邊關還有點震懾力，只怕秦王爺早就已經把他給滅了。不過這也只是眼前的狀況罷了，遲早有一天，他們會找到完全有能力替代他的人，到那個時候，他就是棄子一枚，下場只有一個字——死！

鍾峰見狀，頓了頓才接著說道：「這個就看你信不信了。不過早點遵從總比晚點遵從下場更好點，你說呢？」

「我說不！」溪哥忽地揚高音調，又嚇得鍾峰一個激靈。

「我還是那句話，那是我的妻、我的孩子！你想和我搶，那就儘管來！大家當面說清楚，看看最終是誰勝誰負！」

「這麼說，余小將軍你是決定和秦王爺敵對到底了？」鍾峰聞言，也眼神一愣，口氣不那麼友好了。

「我和他不是早就已經對上了嗎？」溪哥輕笑。

鍾峰便點點頭。「原來如此，我知道了。」話至此，他嘴角忽地又揚起一抹詭異的弧度。「對了，既然你都已經猜到我背後的那一位了，那你有沒有猜到，那一位為了保障我的安全，特地分派了兩名暗衛給我？如今我被你們擄走，肯定已經有人將這個消息告知那一位了。現在救援我的人必定已經在路上，說不定已經把這裡給圍起來了唷！你說，到時候，讓大家都知道你為了達到目的，竟然將我給綁起來威逼利誘，那些善心的人們又會怎麼想？皇宮裡的聖上知道了，會不會也以為你是個心胸狹隘、公報私仇的小人，從此不再重視於你？」

他話音才落，孟誠就推門而入。「小將軍，不好了！遠處突然出現了大批官兵，正往這邊趕過來，看樣子是來找他的！」

溪哥眸色一黯，深深盯著鍾峰看了一眼，便一甩袖子。「趕緊走！」

「余小將軍您就這樣走了？不再和我多說兩句了嗎？這樣落荒而逃可不符合你大將軍的身分啊！」看著他頭也不回地離開，鍾峰笑著打趣道。

只是溪哥一行人忙著躲避官兵，哪裡有空理會他？只聽一陣雜亂的嘈雜聲後，這裡邊恢復了正常。

再過一會兒，一隊官兵打扮的人就闖進這邊房間，把人給救了下來。隨後，鍾峰並沒有被送回客棧，而是被秘密轉移到另外一個地方。

在這個地方，看到那個熟悉的身影，鍾峰當即跪地行禮。「屬下參見王爺！」

秦王爺緩緩回身，俊逸的臉上看不出半分表情。淡淡的目光往鍾峰身上一掃，他慢條斯理地問：「怎麼樣？」

「回王爺，屬下該說的都已經和他說了，只是這人冥頑不靈，死活不肯讓步。屬下無能，請王爺責罰！」

「算了，這個人就是這樣。如果他真的讓步了，本王才會以為他是在故布疑陣。」秦王爺眉梢一挑，看起來心情還不錯。

鍾峰見狀，也鬆了口氣，連忙又把自己和溪哥的對話分毫不差重複給秦王爺聽，就連溪哥的臉色都詳細描述一遍。說完了，他又道：「看樣子，他現在也是別無他法，才想到來威脅屬下。只可惜屬下不吃他那一套，又有王爺您保護著屬下，屬下根本就不怕他，他一計不成，只得灰溜溜地逃走。到現在，他已經是真正的走投無路，只等王爺您收網了！」

「這可說不定。」秦王爺緩緩搖頭。

「據本王所知，他今日還在燕蘭樓裡和吳家那小子關起門來說了幾句話，那姓吳的……」秦王爺咬牙切齒。「他可不是什麼好東西！從小他鬼主意就多，太后卻又信他的話，對他比對本王還好。不知道的人，還以為他才是她老人家的親孫子。」

事關皇家的事情，鍾峰聰明地低下頭，假裝什麼都沒聽到。

秦王爺也只是想要發洩一下而已。他和吳大公子從小就不對盤，偏偏那小子從小就滑頭，見人說人話、見鬼說鬼話的本事練得爐火純青。他雖然沒有進宮過幾次，但每次自己和他對上都沒有占到便宜！而且就算這樣了，他還是最無辜的那一個，反倒是自己要被父皇教訓，被太后叫去教訓，這叫一直以嫡長孫自居的秦王爺如何嚥得下這口氣？

只是因為吳家功勞頗大，處事又低調，深得太后和父皇寵信，他最多也只能私底下給他們使點小絆子，叫他們一年的收入縮點水。只是吳家人向來深諳自得其樂的道理，錢丟了就丟了，竟是半點都不在意，這又生生將他氣得半死。

等以後自己登上大寶，他一定要用姓吳的人頭來祭自己的龍椅！秦王爺暗暗在心裡發誓。

花開兩朵，各表一枝。

趕在官兵到來之前離開囚禁鍾峰的地方，溪哥幾個人並沒有走遠，就在附近看著那夥人風風火火地將鍾峰領進隔了兩條街、更加破舊的一座宅子裡，溪哥才慢慢收回眼神。

「小將軍，你說他有沒有被你的表現給騙到？」孟誠忍不住小聲問。

溪哥淡淡看他一眼。「你不是我們之中最聰明的一個嗎？這話應該換我來問你才對。」

「哎，這世上最難猜的就是人心。這個人什麼來路我都沒搞清楚呢，又怎麼知道他那雙眼睛到底是不是真毒辣？」孟誠聳肩。「不過照我剛才的觀察來看，這個人有勇有謀，是個狠角色。只可惜，從來才智雙全的人就是少數，他和我比起來還是差遠了，所以……我賭他肯定發現不了多少問題。」

說來說去，你心裡還是有結論了。順便，又自誇了一番。

溪哥撇唇。「既然你心情不錯，那就接著在這裡看著吧！我先回去了。」

「回去哪兒？」孟誠忙問。

「當然是我家，我媳婦、孩子在的地方。」溪哥低沈的聲音從遠處傳來，人已然漸行漸遠。

一天之內見了這麼多人、做了這麼多事，不知怎的，溪哥覺得心裡急得不行，真恨不能脇下生翅，趕緊飛回家去。

他發現自己想秀娘了，他想見她，發瘋地想！

所以，他用有生以來最快的速度回到小將軍府。彼時天色已然很晚了，府內大部分地方都已經熄了燈。

等來到自己和秀娘的住處時，他還是看到從房內透出一盞昏黃的燭光。暖暖的光芒直直射入內心深處，將蒙在心頭的寒意拂去。

他推開門，遣退正欲行禮的丫鬟，大步朝那個正守著燈的人兒走去。

秀娘正對著跳躍的燭光發呆，卻冷不防察覺到眼前一暗，似乎有個龐然大物將光芒給遮住了。她連忙抬起頭，眼中躍上一抹喜色。「你回來了！」

「嗯，我回來了。」滿腔的話語最終都只化作這一句話，溪哥慢吞吞地將它從嘴裡吐出。

秀娘對他一笑，便起身幫他寬衣。簡單沐浴更衣之後，兩人回到床前，掀開床簾，就看到兩個小傢伙正扭成奇怪的姿勢睡在床內。

溪哥眉頭微皺。「他們今天怎麼在這裡？」

「今天你不在，他們倆害怕我孤單，非要來陪我一起睡。我攔不住，就乾脆答應了。」秀娘低聲說著。想了想，她又補充一句。「雖然外頭的風言風語都被咱們攔住了，但這兩個孩子從小就敏感，肯定察覺到什麼，只是不方便說出口。今天從你出門後，他們就黏在我身邊，怎麼都趕不走。」

溪哥聽得雙眼中布滿柔情。「真是兩個好孩子，妳把他們教育得很好。」

秀娘聞言忍不住掐他一把。「說得好像你沒有教導他們似的。」

「是，這兩個好孩子是咱們一起教導出來的。」溪哥連忙改口。

秀娘忍不住又白他一眼。「沒見過像你這樣拚命給自己臉上貼金的！」

見他啞口無言了，秀娘空等了一天的抑鬱也一掃而空，便脫了鞋子，兩人一道上床歇息。

睡夢中的小傢伙察覺到動靜，也跟著順勢一滾，就滾到溪哥懷裡。

就這樣，左手擁著孩子，右手擁著秀娘。看著妻兒相伴在身邊，溪哥空蕩蕩的心頭終於被填滿了。

要是以後，每天都能這樣過，那該多好？他憧憬地想著。

摟住秀娘，他在她耳邊低聲道：「明天開始，不管外頭傳什麼話，妳都不要理，好嗎？」

「嗯。」秀娘點點頭，乖順地應了。

女人刺耳的尖叫聲劃破京城的清晨，驚動了所有人的心。

在余小將軍夫人的前夫被人擄走這個事實，被大半京城百姓知道之際，就在距離余大將軍府不遠處的一家客棧內，一早去給客人送水的店小二也發現了衣衫不整、躺在床上的蕙蓉郡主。

「啊——」

於是，蕙蓉郡主被污了清白的消息不脛而走，很快就和小將軍夫人前夫被擄一事並列京城人士最關心的首要話題。

得知這個消息的剎那，余大將軍眼前一黑，人差點暈死過去。

所幸齊王爺一早和友人相約見面，正好聽說了這事，趕緊在蕙蓉郡主的玉體還未被更多人看到之前把人給送了回去。

余大將軍對他感激不盡，齊王爺卻只是淡淡一笑，並沒有多逗留就走了。

余大將軍也確實沒心情招待他，把人送走後，他就趕到女兒房間。遠遠的，他就聽到屋子裡頭傳來蕙蓉郡主的大喊大叫。

「柳兒呢？柳兒呢？叫那個賤婢來見本郡主！本郡主要把她千刀萬剮！」

「直到現在，妳還要把責任往別人頭上推嗎？」余大將軍一把推開房門，沈下臉冷聲道。

不怪他如此生氣。實在是蕙蓉郡主昨天的所作所為太過驚世駭俗，尤其這衣衫不整的模樣還被許多外人給看了去……她的閨譽是徹底毀了！

原本看在她郡主的身分以及余大將軍的面子上，還有幾個門當戶對的人家對她有些意思，可是現在鬧了這麼一齣，還有哪個好人家肯要她？

更何況等親眼見到女兒，雖然蕙蓉郡主已經在臉上、脖子上都撲上一層厚厚的粉，但余大將軍依然可以在她脖子上看到幾枚青紫的痕跡。脖子上都是如此，她身上還用說嗎？

偏偏都已經這樣了，蕙蓉郡主卻半點都不傷心，反而只顧著砸東西、對丫鬟發火，這叫他怎麼能不火冒三丈？

見到父親出現，蕙蓉郡主眼睛一眨，終於流下眼淚來了。

「爹，你要為我作主啊！柳兒那賤婢她竟敢陷害我！您一定要把她抓回來，我要把她千刀萬剮！」

余大將軍冷冷看著這個依舊哭鬧不休的女兒。「妳要是不在外亂跑，會被人抓住機會陷害？」

「爹，你是在罵我嗎？」蕙蓉郡主眨眨眼，立時一屁股往地上一坐，哇啦哇啦大哭起來。「娘，妳快來看啊，爹他又嫌棄我了！我好苦的命！被人欺負成這樣，唯一的親人卻不為我出氣，反而見到我就是一通亂罵。我知道，我給他丟人現眼了，我不活了可以吧？我現在就去死！」

說完，她立刻從地上爬起來，一頭往前面的柱子上撞過去。

余大將軍本來對她就是色厲內荏。現在聽到女兒的哭叫，又聽她唸起亡妻，他的心就已經軟得一塌糊塗。緊接著，眼看女兒竟然又要尋短見！

他是一點脾氣都沒有了，趕緊跑過去把女兒緊緊抱住。「蘭兒妳別這樣！」

「你放手！你不是嫌棄我丟了你的臉嗎？那我去死，我死了就什麼事都沒有了，不是嗎？你放手啊，我要去地下找我娘，我們母女在一起也有個照應！」蕙蓉郡主大哭大喊，雙手雙腳還在拚命掙扎，一副誓要去追尋自己娘親的模樣。

余大將軍頓時心疼得無以復加，之前那點憤怒早消失得無影無蹤。

「蘭兒，爹錯了，爹不該怪妳。妳沒錯，都是爹的錯。求求妳了，妳娘去世後，就只留下妳一個陪著爹，要是妳也去了，那爹該怎麼活呀！」

要是過去，到這個地步，蕙蓉郡主也就順著臺階而下，不會再鬧騰下去了。只是今天她真是氣得厲害，便依然冷聲冷氣地道：「現在不是你逼我去死的嗎？」

余大將軍就跟做錯事的孩子似的，將頭垂得低低的。「爹沒有這個意思。這種事情本就是女兒家吃虧，而且爹爹不是那些迂腐的人家，不會因為這個就逼妳去死。爹這輩子沒有別的奢求，只希望妳能好好活著，那就夠了。」

「可是，現在我被人欺負了！」蕙蓉郡主咬牙切齒地道。

只要一想到她一早醒來發現自己的模樣，她還是忍不住渾身發抖。

「是柳兒那個賤婢！」她捏緊手裡的杯子，就彷彿捏住的是柳兒的脖子一般。「昨天我心情不好，就是她不停地灌我喝酒，我酒量原本也沒那麼差，但是昨天才喝了幾杯就倒下了，直到今天早上……」

「爹！」說到這裡，她的眼淚又湧了出來，人也一頭撲進余大將軍懷裡。「您一定要為我報仇！不然我真恨不能死了算了！」

「好，爹為妳報仇！」余大將軍本來就最看不得女兒哭，更何況現在她還被人欺負成這樣？根本都不用細想，他就點頭答應了女兒的要求。

「還有那賤婢背後的人！你也一定不能放過他！」蕙蓉郡主繼續道。「那賤婢想方設法哄我出去，灌我喝酒，分明就是早有預謀！她背後那人也不是好東西，他肯定是想借此讓我委身於他，然後順理成章倚仗上你的勢力。爹，你絕對不能讓他如願！」

蕙蓉郡主雖然驕縱，但人並不傻，尤其在京城這麼多年，有多少人都在覬覦余大將軍手頭的兵權，這個她還是知道的，所以她第一反應就是把那些人的目的歸結於此。

余大將軍畢竟經歷得更多些，聽了女兒的話，他只是一陣苦笑。那個人如果只是想借助女兒掌握住他手頭的兵權，那倒還好些。可是看看現在的狀況，那個人分明就是故意把她的名聲搞臭，這樣一來，等到他真提出要接手自己這個女兒的話，自己還真是連說不的權力都沒有。甚至於，為了讓他對女兒好些，自己還得趕著給他好處。

那人好惡毒的心思！

想到這裡，余大將軍胸口一陣劇烈的疼痛，差點吐出一口鮮血來。

這件事情自然也傳到溪哥和秀娘耳裡。

秀娘都驚愕了半天。「這就是你讓我不要理會的原因嗎？」

「不。」溪哥搖頭，俊朗的面孔早陰沈下來。「這件事我不知道，也從未料到過。」

「的確，那個人真是陰險至極，居然想到使出這一招。不過，他這招也耍得實在漂亮，一旦成功了，獲得的好處數不勝數。」秀娘低聲道。

溪哥沈著臉不說話。

秀娘見狀，慢慢走到他身邊，一手握住他的手。「怎麼了？在為他們擔心嗎？」

溪哥怔怔看著她。「雖說已經和他們沒有關係了，只是那畢竟也是我義父和義妹，多年的感情不是說淡就淡的。所以……」

「我明白。」秀娘點頭。「你要是真的一點反應都沒有，我才真要擔心。只不過這件事有些蹊蹺，我覺得咱們還是先別插手的好。」

溪哥看了看她，終於還是點了點頭。「好。」

秀娘連忙又道：「我並不是想要冷眼旁觀的意思。只是我總覺得背後的事情比較複雜，咱們最好先靜觀其變。」

「妳不用解釋，妳是什麼人，我明白。」溪哥道，大掌緊緊將她的手包裹在掌心之中。

「更何況，咱們現在自己的事情都沒弄完，又哪有心思去管別人家的事？」

秀娘連忙點頭。「你說得對。眼下……咱們還焦頭爛額著呢！」

他們的確是焦頭爛額。因為那天一早，鍾峰被官府的人從破爛的屋子裡救出來後，就拖著被折磨得奄奄一息的身體來到京兆尹衙門大門口，再次敲響大門口的那面大鼓。

只是因為他身受重傷，在敲完鼓後，因力竭而昏死過去，最終還是被衙門的人搬回客棧裡。

大夫很快被請去，診斷一番之後，結果自然不大樂觀。據外頭傳說的版本，這個人渾身上下都是傷，脖子下頭幾乎都沒有一塊完好的皮膚，如果不是被衙門的人發現，他只怕連這條命都要沒了。

鍾峰卻似乎不怎麼在意。在傷口稍稍癒合之後，就爬到京兆尹衙門門口，跪求京兆尹開堂審理案件，他必須在死前看著自己的一雙兒女認祖歸宗！

如此硬氣、百折不撓的男人著實感動了不少人。接下來的早朝上，無數奏摺雪片似的飛向皇帝的案頭，大都是在痛斥余言之仗勢欺人、強奪人妻、草菅人命等等罪名，就差沒列出他的十大罪狀，而後將他除之而後快了。

就連太后那裡都收到了幾本摺子。

於是，太后將東西一一攤開放到皇帝跟前。「皇帝，你說此事該如何處理？」

皇帝沈著臉略翻了翻這些奏摺，便閉上眼長吁口氣。「他們這是要逼著朕廢了余小將軍嗎？」

太后似不經意地補充一句。「對了，他那個媳婦倒真是個好的，人聰明，手又巧。要是余小將軍真被廢了，不知她又會花落誰家？」

皇帝臉色陡然一變，眼神終於陰沈下來，許久，他才長長吁了口氣。「朕知道了。既然他們都逼著朕問責余言之，那朕就來當面問問他好了。」

當宮人帶著皇帝的口諭過來宣他們一家四口一道入宮覲見時，溪哥的反應很平靜。秀娘也彷彿早料到會有這麼一齣，臉上根本看不出半點驚異的神色。

爹娘都這麼鎮定了，兩個小娃娃自然也都安靜聽話。從接旨到換衣裳、上馬車，再到走入宮門，一直到進了皇帝的御書房，他們的面色都沒有顯現出太多的驚懼，反而姊弟倆一開始還對宮內高大巍峨的建築物進行一番興致勃勃的探討。如果不是秀娘叫他們閉嘴，只怕他們還要繼續說下去。

將這一家四口的表現收入眼底，饒是跟隨皇帝多年、自認見多識廣處變不驚的安公公心裡都生出幾分驚訝。這一家子的鎮定真是出乎他的意料！難怪皇上和太后娘娘都這麼重視他們，現在，他都忍不住要對他們刮目相看了。

只是好歹跟在皇帝身邊多年，安公公隱藏心思的本事一流。他依然面無表情地引著秀娘一家四口進入御書房，人便退到一邊。

溪哥連忙帶著秀娘和靈兒、毓兒下拜，口稱萬歲。

「免禮，平身。」皇帝略有些虛浮的聲音從頭頂傳來。

一家四口謝恩後起身，才發現鍾峰乃至鍾家老太太母子已經先他們一步出現在這裡。

當目光和秀娘對上，鍾峰面上立即浮現一絲激動，忍不住低聲喚道：「秀娘……」

隨後他的目光又不由自主轉向靈兒、毓兒，激動萬分地上前兩步。「你們就是靈兒、毓兒是吧？真沒想到，你們都已經這麼大了。時間過得真快，我離家原來都已經六年了！」

兩個小娃娃被他的反應驚得一跳，下意識地跳到溪哥和秀娘身後躲起來。靈兒膽子大些，拉著秀娘的衣袖小聲問：「娘，他是誰呀？」

「不認識。」秀娘低聲道。

但鍾峰聽到了，臉上又浮現出一絲痛苦。「秀娘，難道妳還在恨我嗎？當初我也是逼不得已才會離開妳，而且我不知道那時妳已經懷孕了，後來我一恢復記憶就回去找你們了！可誰知道……」

說著話，他忍不住看看溪哥，趕緊又扭開頭，一臉的驚懼。

聽了他的話，秀娘臉色不變，依然淡淡地道：「這位公子請叫我一聲余夫人，不然小將軍夫人也行。我不認識你，請你不要用這麼親暱的姿態和我說話，不然，要是給我丈夫誤會就不好了。」

鍾峰立即被驚得一連後退了好幾步，隨後他才抬起頭，顫顫巍巍地指著溪哥那邊。「秀娘，妳難道攀上余小將軍的高枝，就連我這個青梅竹馬的丈夫都不認了嗎？還是說……是他強迫妳的？」

秀娘雙眼一瞇，正要說話，那邊鍾剛卻早忍不住了，趕緊跳出來大聲道：「大哥，你就不要和這個女人嘰嘰歪歪了，我不是早和你說過了嗎，她就是個嫌貧愛富的女人，現在既然有了余小將軍這個靠山，她又怎麼還可能看得上你？你就別再浪費唇舌了，趕緊把我小姪子、小姪女要回來是正經！」

他不說話還好，現在主動跳出來，秀娘便將目光對準了他。

「鍾公子，」她慢聲道。「我記得你不是因為犯了大罪被流放了嗎？按理說，你至少三年才能回來，為何現在才一年不到，你就出現在京城？」

「那是因為我是被冤枉的！」鍾剛梗著脖子大聲道。「有人看我不順眼，當然就仗勢欺人，暗地裡和別人勾結起來，目的就是想害死我。只可惜上天注定我命不該絕，到了北邊，我遇到愛民如子的龔大人。龔大人聽說了我的事情，也為我覺得不值，所以親自為我翻案，所以我現在是清白之身，來京城也是光明正大的。」

龔大人……姓龔？

秀娘心裡暗自一盤算，就明白了。秦王妃娘家二嬸就是姓龔，這事果然又是出自秦王爺的手筆。

那邊聽到兒子的話，鍾家老太太也忍不住了，不顧自己因為中風而口歪眼斜說話不便，結結巴巴地想幫自己兒子說好話。

只是她這麼自作主張，只換來鍾剛一個冷眼，鍾家老太太趕緊閉嘴。

鍾峰也乘機轉而對皇帝拚命磕頭。「皇上，草民千里迢迢尋上京城，不為別的，只是想讓草民的一雙兒女認祖歸宗而已。至於秀娘……不，是小將軍夫人，如果她不肯跟草民走的話，草民也不會強迫她。只是這兩個孩子是草民的骨血，草民就算是豁出去這條命，也一定要帶他們回家。」

「沒錯，這兩個小崽子都是我們老鍾家的種，本來就該長在我們老鍾家。可是這個毒婦，她從生下孩子後就抱著孩子走了，不僅不孝敬我娘，甚至都不許我娘多看兩個孩子一眼，後來她更使計和我們鍾家脫離關係，把兩個孩子的姓都改成她的！可憐我們孤兒寡母兩個人，無權無勢，被他們欺壓得哭都沒地方哭。最後只能打落牙往肚裡嚥，任憑他們欺負！這事還請皇上為我們作主！」鍾剛連忙幫腔，指著秀娘義憤填膺，雙眼不知是因為激動還是興奮，紅通通的格外嚇人。

這些話是鍾剛在龔大人的人引導下，冥思苦想了好多天才想出來的，原本是打算在京兆尹開堂審理此事的時候當眾說出來。只是沒想到，這事不知為何竟然引起皇帝陛下的重視，他們就直接從京兆尹跟前躍到了皇帝跟前。

不過不管是京兆尹還是皇帝，不都是官嗎？只要把自己往可憐處說總沒錯，再加上在北邊苦寒之地一年的折磨，他不用故意扮邋遢就已經夠可憐了。所以鍾剛對自己剛才的表現很滿意。

然而他卻不知道，就在宮裡來人將這母子三個一道接入宮之後，那位龔大人和他的手下就已經開始急得團團轉了。

「大人，怎麼辦？以前屬下教鍾剛的那些話，都是用來煽動那些不明真相的百姓，好讓他們引起輿論，再用輿論的壓力壓得余言之不得不放人。可是現在在皇上跟前，這話就不合適了啊！那個人又蠢，還愛自作聰明，一旦話說得不對，被皇上發現了，那該如何是好？」

「人都已經進去了，現在再說這些又有何用？那個人犯錯是必然的，怕就怕皇上會發現不對，從他身上下手，進而查到本官身上來。你趕緊去整理一下卷宗，把替鍾剛翻案的那些都給燒了！要是後面有誰問起，你知道該怎麼說吧？」被鍾剛視為再生父母的龔大人雖然看起來鎮定自若，只是他焦急的目光洩漏了他的真實情緒。

屬下連忙點頭。「是，屬下明白。到時候就說庫房起了一場火，把那些東西都燒掉了，物證也都沒有了。」

「沒錯！到時候皇上就算怪罪下來，本官也不過一個看護不力之罪，沒什麼大不了的。」龔大人捋著鬍子老神在在地道。

屬下連聲附和。「大人說得是！最初大人您也不過是看他可憐，被他的一面之詞蒙蔽了，才會幫他翻案。到時候您只要誠心向皇上請罪，秦王爺一定不會眼睜睜看著您這麼忠心耿耿的人被皇上責罰。」

「你說什麼呢，秦王爺是會做這等徇私舞弊的事的人嗎？」龔大人立即橫過來一眼。

屬下連忙自打巴掌。「瞧屬下這張嘴，胡說什麼呢？該打、該打！」

龔大人這才滿意地揮揮手。「可以了，你趕緊下去做事吧！記住，務必要把事情處理得漂亮些，記住了嗎？」

「記住了，大人您儘管放心。有屬下在，一切盡在掌握之中。」屬下信誓旦旦地道。

御書房中。

看著鍾剛誇張的表演，皇帝眼中閃過一絲驚愕。

從來能在他跟前活蹦亂跳的都是聰明人。當然，不是聰明人也到不了他跟前，所以乍然遇到一個這麼愚蠢的，他只覺一扇新世界的大門在面前打開，簡直都不敢相信這麼蠢的人是怎麼活到現在。

花費了一點時間消化掉這個事實，他才開口問：「可是為何朕問過彭愛卿和吳愛卿，他們都說你是罪有應得？事情的前因後果，朕也有所瞭解。要朕說，一切也的確是你咎由自取，他們沒有半點冤枉你之處。」

鍾剛一聽這話不得了，立即就哇哇大叫起來。「皇上，這是他們在誣衊我！他們和這個人是一夥的，當然都幫他們說話了，自古官官相護，這個道理您難道不懂嗎？」

「大膽！御書房內，禁止喧譁！」眼看皇帝的臉色陰沈下來，安公公趕緊大聲呵斥。

鍾剛被吼得一個激靈，立刻察覺到自己反應過激了。只是心裡還是有些不忿。難道他說錯了嗎？為什麼這個皇帝老兒就是不信自己的話？

之前最多只和那些最低等衙役打過交道的鍾剛，突然和這個世上等級最高的官兒對上，一時半會兒還沒掌握交流技巧，還當和其他凡夫俗子一般大喊大叫，這就難怪他不為皇帝和安公公所喜了。

這樣一來，倒是替他們創造了翻盤的機會。秀娘暗暗想著。

那邊鍾峰看著鍾剛的所作所為，也著急得不行。成事不足，敗事有餘的東西，早知道他是根攪屎棍，卻沒想到，到了皇帝跟前他也不知道收斂。早知如此，自己在進宮之前就該餵他一顆啞藥的！

只是現在後悔也遲了，他所能做的只有力挽狂瀾。一咬牙，他大聲道：「其他的事情暫且不提，草民相信皇上您自有公斷。皇上，草民如今只想將草民的兒女要回來，還請皇上看在草民曾為我大歷朝出過血汗的分上，滿足草民此生唯一的願望吧！」

皇帝聽了眼神一閃，似乎正在考慮。

溪哥見狀唇角卻扯開一抹冷嘲。「難道你不記得我那天對你說過的話了嗎？他們是我的孩子，我才是他們的爹，親爹！」

第三十四章

就在溪哥一家人與鍾家母子三個在御書房內對質時，大將軍府裡也迎來一位貴客。

「齊王殿下，您這是……」

看著滿地的大小箱子以及箱子裡各色綢緞珠寶等物，余大將軍眼神微凝，一種不好的預感浮上心頭。

因為病弱的緣故，齊王身形十分瘦削，面色也帶著一抹蒼白，彷彿一陣風來就能把他給吹倒。而現在這個病歪歪的男人就站在他跟前，畢恭畢敬地向他行了個禮。

「余大將軍，本王今日冒昧前來，是來向郡主提親的。」

余大將軍眉頭緊皺。「提親？提什麼親？」

齊王爺一臉淡然地道：「那天在客棧，雖說不是本王第一個發現郡主，但好歹也是本王路過，發現情況不對，也親自把郡主送回來了。在這個途中，本王少不得看到了郡主的身子，也碰了她的玉體。既然如此，本王自然要負責。」

余大將軍目光沈沈盯著他看了好一會兒。但齊王爺就昂著頭任他打量，滿面微笑一動不動，一副自信滿滿的模樣。

余大將軍又忍不住心中一驚，連忙拒絕。「下官多謝王爺好意，小女不聽話遇到這樣的事情，那是她自作自受。現在下官只想將那罪魁禍首找出來為小女出一口氣，其他的……以後再說吧！下官現在也著實沒有心情談論小女的婚事。」

「余大將軍，你這是瞧不上本王嗎？」齊王爺臉上的笑意猛地一收。

余大將軍的心往下重重一沈，趕緊搖頭。「下官不敢！」

「呵，你不敢？你不是都已經直言拒絕本王了嗎？那你還有什麼不敢的？余大將軍你不是自稱敢作敢當、頂天立地的男子漢嗎？那麼你現在如何想，直接告訴本王可好？」齊王爺冷冷笑道。

這個人雖然只是個病弱且不受寵的皇子，畢竟也是皇族血脈，自小在深宮裡長大，早將後宮裡女人之間的勾心鬥角摸得滾瓜爛熟。現在當著余大將軍的面，他只是將臉一沈，一身冰冷的氣度便迎面而來，令饒是馳騁疆場多年的余大將軍都心下暗暗大驚——這個齊王爺，遠不如他看起來這般溫和無害！

只是他越是這樣，余大將軍就越是不會把自己的寶貝女兒交給他！

余大將軍深吸口氣。「齊王爺誤會了。下官這個女兒從小就被下官慣壞了，琴棋書畫一竅不通，反而個性刁蠻，唯我獨尊。這一次，她的名聲也被自己毀了，哪裡還有臉去高攀齊王爺您？下官如今也對她死了心，只求在有生之年好生安撫她，至於嫁人……算了吧！下官已經不打算放她出去禍害別人家了。」

「原來余大將軍是這麼想的？」一聽到這話，齊王爺臉上終於浮現一絲笑意。「你考慮得是不錯，只是余大將軍你有沒有想過，你現在還身強力壯，能好生照顧郡主，可是再等二十年、三十年呢？等你百年之後，郡主又該如何？她也沒有親生的兄弟，以後連個家都沒有，那以後別人還不欺負死她？」

「這個齊王爺您就不用擔心了。下官雖然沒有兒子，但有幾個屬下卻是親如子姪，等下官百年之後，他們自會代下官照料她。」余大將軍忙道。

齊王爺聞言眉梢一挑。「咦？難道余大將軍是想從他們之中挑一個出來娶了郡主？」

余大將軍心裡猛地一跳！這個人居然也猜到了？他的確是正有此意，這兩天還在拿著幾個年輕人互相打量，尚未得出結論，沒想到齊王爺就先找上門來了。

看他的意思，是不是如果自己點頭，他就會直接把這件事給破壞掉？

余大將軍留了個心眼，隱晦地回答：「這個下官倒是沒想過。那幾個孩子一直都把蘭兒當親妹妹看待，如果下官將蘭兒託付給他們，他們一定會好好照顧她。」

「余大將軍你何必如此麻煩呢？」齊王爺笑咪咪地道。「郡主性子純真活潑，本王十分喜歡。至於失身之事……還不知道是真是假呢，而且本王也不在意。本王喜歡的是她的人，想廝守一輩子的也是她的人，所以今日，本王斗膽求余大將軍將郡主許配給本王吧！本王別的沒有，但守護她衣食無憂的本事還是有的。至於名分……您也可放心，雖然本王已經娶了正妃，但側妃之位還空懸著。本王身子不好，太醫交代過不要過分放縱，若郡主進了本王的家門，本王可以保證，從今以後再也不納新人進府。這樣余大將軍您覺得如何？」

他越是笑得溫和，余大將軍心裡就越是驚懼得不行。

娶他的女兒做側妃，還保證再也不納新人，這話從一個王爺嘴裡說出來……如果說他沒有別的要求，他就不是在邊關領兵打仗多年的余大將軍。只是他也必須承認，齊王爺這個條件還真是該死的對他的胃口！自己這個女兒什麼性子，他當爹的再清楚不過了。要是把她嫁入高門大戶，他是一萬個不敢的，就憑自家女兒這麼衝動的個性，她就注定會成為別人往上爬的墊腳石。只是其他平頭百姓，似乎身分上又太委屈自家寶貝女兒。

所以齊王爺這個尊她為側妃、並只守著正妃和她過日子的條件擺出來，那可真是太好了，如果真是這樣的話，他也就不怕女兒到了夫家被人欺負了。只是……

「王爺你的要求呢？」

齊王爺淺笑。「余大將軍真不愧是行伍出身，說話做事就是簡潔明瞭。也罷，本王也不和你拐彎抹角了。本王的要求很簡單，既然咱們成了一家，你就是本王的岳丈，身為你唯一的女兒的丈夫，你是不是應該把您手頭的所有東西都傳給本王呢？」

余大將軍雙眼猛地一瞪。「你！」

齊王爺依然淺淺笑著。「余大將軍您先不要驚慌，聽本王把話說完。你手頭有多少人、實力如何，想必你心裡最清楚了。這些人用好了，能發揮出多大的效用也只有你最知道。當然了，本王也不是非要用你這些人做什麼，不過是以防萬一、有備無患罷了。而且你可以想想，要是日後本王真坐上那個位置，郡主自然也跟著一飛沖天，如果她肚子爭氣，再加上您的輔佐，說不定本王會把位置直接傳給您的外孫呢？這樣，豈不是皆大歡喜？」

去你的皆大歡喜！

余大將軍剛直不阿一輩子，也就在女兒的事情上糊塗了些。現在聽到齊王爺說出這種話，他登時氣得臉紅脖子粗，直接大手一揮。「齊王爺還是請回吧！下官沒有往上爬的奢望，下官的女兒也不是非得嫁人。」

「好吧！」面對余大將軍的滔天怒火，齊王爺只是幽幽嘆了口氣。「本王話先說到這裡，余大將軍你先考慮考慮吧，本王不著急，什麼時候你想通了，什麼時候再去找本王就行了。」

說著，他又像是想到了什麼，對隨扈道：「把人帶上來。」

隨扈領命，出去將一個五花大綁的丫頭給拎進來扔到地上。

余大將軍一看，頓時看齊王爺的眼神就變了。

齊王爺卻還是笑得那般溫文爾雅。「聽說郡主和余大將軍你們一直在尋這個丫頭，正巧這人犯在本王手裡，本王乾脆把人帶過來了。橫豎就是一個奴才，也不算什麼事，就當是點添頭吧，還望余大將軍和郡主笑納。」說罷，他拱拱手，從容退下。

等人一走，余大將軍卻是雙腿一軟，直挺挺坐到身後的椅子上。

這事……這件事不對！很不對！他們被人坑了！

這個時候，卻聽一陣劇烈的嘈雜聲從遠處傳來，漸漸朝這邊逼近。余大將軍敏銳地捕捉到「郡主」二字，立即豎起耳朵。

來人的確是蕙蓉郡主。

當她聽說齊王爺是帶著禮物上門來提親的時候，整個人氣炸了，又聽說齊王爺把柳兒給一併帶來，她更是怒不可遏，直接就往前頭趕來了！

進了前廳，她二話不說，走上前一把拽起柳兒的頭髮，掄起胳膊就是幾個響亮的巴掌。

打完了還不解恨，她又把人扔到地上，連踹了好幾腳，知道踹累了，才喘著粗氣問：「妳說，是誰叫妳來害本郡主的？趕緊說，不然本郡主就把妳剁碎了餵狗！」

只是不管她怎麼打罵，柳兒就是跪在地上一言不發，一副慷慨就義的模樣。

蕙蓉郡主一見，就氣得不行，忍不住又是一陣亂打。打還不過癮，她扯著嗓子大喊：「來人，把本郡主的鞭子拿過來！」

「蘭兒，妳夠了！」余大將軍終於看不下去，大聲喝止住女兒。

蕙蓉郡主立即回頭。「爹，這個賤婢她把我害成這樣，難道還不許我打她出出氣嗎？我的名節全都被她毀了！」

「毀了妳名節的不是她，是妳自己。」余大將軍冷聲道。

蕙蓉郡主一愣，眼眶紅了。「爹，你還在怪我是不是？怪我丟了你的顏面？」

「余品蘭，妳給我閉嘴！」余大將軍忍無可忍地大喝一聲。「妳除了惹是生非，惹下一堆爛攤子沒法收拾、然後哭哭啼啼讓我替妳擦屁股，妳還會什麼？妳知不知道妳現在犯了什麼錯？妳哭吧，就算把眼睛哭瞎也沒用了。」

活了這麼多年，蕙蓉郡主還是第一次被父親這麼大聲地吼。而且從父親滿布紅血絲的雙眼中她可以清楚看到，父親這次是真的生氣了，不是狐假虎威地嚇唬她。

一瞬間，她心裡開始慌了。「爹，我……」

余大將軍卻不再看她，轉身對丫頭小廝們說：「把這些禮品收起來吧！」

「不許！」聽到這話，蕙蓉郡主臉色立即一變。「爹，你收了這些東西，是打算把我嫁給齊王爺那個病秧子？」

余大將軍冷冷看著她。「妳還想怎麼樣？妳的名聲已經這樣了，現在能有個人肯要妳就不錯了！」

「我不！我不嫁！那個病秧子一看就不是個長命的貨，爹難道就為了所謂的面子要把我的一輩子都折進去？既然這樣，我寧願不嫁，剪了頭髮當尼姑去！」

「有本事妳倒是剪看看！」

「好，剪就剪！」

蕙蓉郡主的一身暴躁脾氣完全遺傳自余大將軍，再加上自小被養得格外嬌氣，她向來就是個「你不讓我滿意、我就噁心你全家」的性子，即便現在面對的是自家親爹也一樣。

被他這麼一刺激，她直接抄起旁邊一把剪刀，竟真的開始絞頭髮了！

余大將軍一看不好，連忙上前來奪走剪刀。「蘭兒妳瘋了嗎？妳還真剪！」

「我說了我不會嫁給那個病秧子，不然，我寧願剪了頭髮！」蕙蓉郡主昂起頭倔強地道。

看著女兒一臉堅決，余大將軍無力地閉上眼。「妳以為我願意把妳嫁過去嗎？妳的清白都已經給他了，除了他，妳還能嫁給誰？」

蕙蓉郡主一愣。「爹，你說什麼？」

「那天晚上和妳一起的人，就是齊王爺。」余大將軍低聲說道，前所未有的無力。

蕙蓉郡主臉色一白。「不，不可能！我怎麼可能和那個病秧子……不，爹，你一定是騙我的！」

「我也希望我是騙妳的。只可惜……」佘大將軍看看一旁早被蕙蓉郡主打得遍體鱗傷卻依然一聲不吭的柳兒。「看到齊王爺把這個丫頭送過來，難道妳就沒有想到什麼嗎？而且不管妳如何打罵，她都閉口不言，妳就沒想想是為什麼嗎？」

「為什麼？」蕙蓉郡主傻傻地問。

佘大將軍再度絕望地閉上眼。「還能為什麼？因為這個丫頭就是他的人，這些天一直跟在他身邊！至於她不說話，那是因為她什麼都不用說，齊王爺已經把一切都告訴我們了，他之所以把這個丫頭交給我們，一是為了讓妳洩憤，二則是警告我們，所有的一切都掌握在他手心裡，叫我們乖乖聽話！不然，妳的名聲還不知道要怎麼毀！」

「所以你就要把我嫁給他？」蕙蓉郡主聽明白了，身子也不由自主地開始微微顫抖。

佘大將軍握緊拳頭。「如果妳不想嫁給他，也行，還有一條路可以選擇。」

「什麼？」蕙蓉郡主眼睛一亮，趕緊問道。

「妳從齊四他們幾個裡頭挑一個，我盡快為你們把婚事給辦了。他們都是我一手提拔起來的，對我忠心耿耿，對妳也格外愛護。就算出了這事，他們也不會因此就輕視妳，這已經是爹能替妳找到的最好歸宿了。」佘大將軍道。

蕙蓉郡主滿臉的希冀落空。她生氣地扭開頭。「我不要！」

「就這兩條路，妳必須選一條！」這一次，佘大將軍也是真生氣了，打定主意不再慣著這個女兒。

「要是妳不選，那我來！」

「那我寧願剪了頭髮做尼姑！」蕙蓉郡主恨恨道，一把從小廝手裡搶過剪刀就開始剪頭髮。

然而這一次，余大將軍沒有再來阻止她。蕙蓉郡主自顧自地剪了幾縷髮絲，終究也下不去手了。

她垂下胳膊，可憐兮兮地看向余大將軍。「爹，難道你真要把女兒推進火坑裡去嗎？」

余大將軍沈著臉一言不發。

蕙蓉郡主咬咬牙，突然像是下定決心似的大聲道：「好！既然你非要我嫁，那我嫁還不行嗎？」

「妳想好了？」聽到這話，余大將軍心口一鬆，對女兒的疼惜再度湧上心頭。

正待上前好生安撫她一番，但蕙蓉郡主接下來的話又讓他心頭怒火洶湧——

「要我嫁可以，但我不嫁別人，我就嫁給言之哥哥！」

「妳又胡說八道！」余大將軍氣呼呼地道。「言之都已經娶妻了，我的女兒難道還要去給他做妾不成？」

「你去和他說，就說我讓步了，讓他那個鄉下來的女人做妾，我做他的妻，不就行了？」蕙蓉郡主一臉認真地道。「至於那個鄉下女人帶來的兩個小崽子，我也不趕他們出門，給他們一口飯菜還不行嗎？」

「妳……」余大將軍怔怔看著她，半晌突然笑了。「余品蘭，妳到底還要自私自利到什麼時候？言之要是真會娶妳，他早就娶了，不會拖到現在。而且他為了擺脫妳，都和我斷絕了關係，難道妳還不明白嗎？他根本就不喜歡妳，他也壓根兒就不想娶妳，他喜歡的就是妳口中的那個村婦。為了那個村婦，他連秦王爺都鬥上了，妳覺得這樣的人，他會因為妳一句話就將自己明媒正娶的妻降為妾？就更別說現在的妳都已經……」

「那、那是因為他還沒認識到我的好。要是言之哥哥知道了我對他的心，他一定會被我感動的！」蕙蓉郡主咬牙道。「再說了，那個女人也是嫁過人的，一樣身子不清白啊！她還帶著兩個小拖油瓶呢，我比她好多了，言之哥哥不可能嫌棄我！」

「妳就少作這種白日夢了！別人夫妻好好的，不可能拆散了來接納妳，我也不會讓妳去破壞別人的家庭。」余大將軍冷聲道。「就齊四好了！他個性最憨直，也最聽我的話，就算以後我不在了，他也會好好對妳，不會生二心，我這就叫他請人來下聘。」

「不行！」

蕙蓉郡主當然不幹，張開雙臂攔住大門。「你們誰都不許去！我不會嫁給齊四哥，我要嫁只會嫁給言之哥哥！」

「余品蘭，這件事妳沒有置喙的餘地。兒女親事本來就是父母之命、媒妁之言，這事我已經定了，改不了了。妳就老實在房裡繡嫁妝，等著出嫁吧！」這一次余大將軍是真鐵了心，不管女兒怎麼鬧騰，他就是不鬆口。

蕙蓉郡主哭也哭了、鬧也鬧了，早逝的母親也搬出來過了，但余大將軍依然不為所動。

最後，蕙蓉郡主居然發現她也沒法子了，一咬牙，她直接眼睛一閉，往門口的木頭柱子撞了上去。

「蘭兒！」余大將軍一看女兒這麼撞下去的力道分明就是真心尋死，他終於還是沈不住了，大叫一聲，連忙跑過去把女兒給撈起來。

蕙蓉郡主的額頭撞出一個洞，正汩汩往外湧著鮮血。

余大將軍心都疼了，趕緊抱著女兒回後院，叫人取來藥膏止血，又請了大夫來給包紮傷口。

好不容易止了血，父女倆也都折騰得累了。余大將軍坐在床沿，看著因為失血過多而小臉慘白的女兒，咬咬牙。「蘭兒，妳要是不想嫁，那就不嫁了吧，爹養妳一輩子就是了！」

「爹……」蕙蓉郡主感動得眼眶都濕了。她慢慢伸出手，主動拉上余大將軍粗糙的手掌。「是女兒讓你擔心了。」

「沒辦法，妳就是我上輩子欠的債，注定要還的。我認了！」余大將軍垂頭喪氣地道。

父女鬥法，他最終還是輸給能對自己狠下心來的女兒。

蕙蓉郡主聽到這話，眼中快速閃過一抹喜色。「爹，剛才我聽大夫說，我額頭上的傷疤太大，以後肯定要留疤了？」

余大將軍心口一凜，連忙說道：「大夫是這麼說，不過他也說，堅持搽藥，疤痕會慢慢變淡的。再用劉海遮一遮，不仔細看的話看不出來的。」

「可是這樣的話，我還是容貌有損，就更難有人家肯要我了。」蕙蓉郡主低聲道。

余大將軍因為女兒這句話，心裡難受得不行。「蘭兒……」

「爹！」但馬上，蕙蓉郡主又從床上坐起來，目光炯炯地看著他。「既然我破相了，我也就不求多的了。你去和言之哥哥說，讓他收了我，不管是兩頭大，還是做貴妾，都可以，好不好？我不求別的，只想這輩子都能伴著他到老就行了。」

「妳——噗！」

余大將軍終於忍不住，吐出一口鮮紅的心頭血。

皇宮那邊，溪哥的話一出口，也引來所有人的震驚。

皇帝猛然睜大眼。「余愛卿，你……你說什麼？」

鍾家老太太母子幾個臉色變幻，忍不住偷偷拿眼神往溪哥這邊瞟了又瞟，就連自稱鍾峰的這一位眼神也為之一閃。

縱觀所有人，反倒是秀娘的反應最為鎮定，就像是沒聽到溪哥的話一般。

溪哥大步走到鍾家老太太跟前，對她咧嘴一笑。「娘，多年不見，您怎麼就連兒子都不認識了？難道我們同在一個屋簷下十幾年都是白過的嗎？兒子可是記得當年被您送去參軍之前，您還拉著我的手，向我保證會好生照料我的新婚妻子，要等我回來後叫她給我生個大胖小子。」

「你……峰、峰哥？」鍾家老太太眨眨眼，極為震驚地低喚。

他聲音一出口，那邊的鍾峰連忙大叫一聲。「我才是您兒子！這個人是余小將軍，他姓余，您忘了嗎？他和您沒有任何關係！」

鍾剛也連忙用力瞪了自己親娘一眼。「娘，皇上在這裡呢，妳不會說話就不要亂說了，當心驚擾了聖駕。」

溪哥見狀只是輕輕撇了撇唇，又對鍾剛道：「二弟，你難道也不認識大哥了嗎？我可是記得你剛生下來時，我四歲，從那以後我就是你的一頭驢。無論你走到哪兒，我都要揹著你去，好幾次你不想去茅廁，就乾脆拉在我身上了。再後來，到了十一、二歲，你還動不動就讓我揹，只有在偷看你嫂子洗澡的時候，才會把我轟得遠遠的。」

「你胡說八道！」鍾剛的臉立刻脹得通紅。「我相貌堂堂的男子漢，什麼女人要不到，會偷窺那麼一個女人？」

溪哥聽了唇角一勾。「這麼說來，你是承認我的身分了？」

見鍾剛一愣，鍾峰想挖個坑把這對母子給活埋的心都有了。無奈，他只能站出來以一己之力對抗溪哥這個勁敵。「余小將軍，草民知道你捨不得小將軍夫人還有兩個孩子。只是你的身分，你想怎麼留下他們都行，何必非要和草民搶這個身分？難道您忘了這些年辛辛苦苦提拔您到現在的余大將軍了嗎？」

奈何溪哥根本都不理會他，逕自轉身對皇帝跪下。「皇上，末將有罪，自請領罰！」

皇帝早被這番變故給弄懵了。「余愛卿，這到底是怎麼一回事？為何朕越來越糊塗了？」

「事實就是，末將才是真正的鍾峰，只是因為當年被養父母送上戰場，與新婚妻子分隔兩地，後來過沒多久，末將就從同村的人那裡聽說末將的妻子有了身孕，為此末將十分高興，還特地給家中去信一封，詢問妻子的情況。可沒想到，末將苦等幾個月，好不容易等來家中口信，卻是告訴末將——妻子因為難產，一屍兩命，去了！末將心灰意冷，上了戰場也無心戀戰，被敵軍重創，倒在屍堆之中。

「後來還是承蒙余大將軍搭救，末將才撿回一條命，只是那時的末將渾渾噩噩，什麼都不記得。余大將軍便賜了末將一個名字，將末將帶在身邊，悉心教導。末將感懷余大將軍的恩情，又聽說以前的軍隊已經將末將報了戰死，末將也不想再和過去有所牽扯，所以才……」溪哥低下頭，一字一句將過去的事情簡潔明瞭地說完。

皇帝聽得一愣一愣的。「那為什麼現在又……」

「後來回到京城，義父被人追殺，末將為了保護他們，隻身將刺客引走大半。我們一路糾纏了好幾天，最終末將身負重傷，眼看就要不久於人世。那個時候，末將突然想到就算要死，也該要和末將的妻兒死在一處才對，這樣等到黃泉之下，我們一家四口便是真正團圓了，所以末將拚著最後一口氣回到家鄉，但還沒等找到妻兒的墳墓就力竭昏倒了。」溪哥說著，抬眼看了看已經跪在自己身邊的秀娘。「卻沒想到，等末將再睜開眼的時候，就看到了一張熟悉的面孔，還有兩個活蹦亂跳的孩子。末將也才知道，原來末將的妻兒都還好好活著，而只因為養母當年的一句氣話，末將竟然將他們孤兒寡母三個扔在偏遠的山村，吃了這麼多年的苦！」

說到這裡，他的臉色已然陰沈下來，聲音也蒙上一層森冷之意。

那邊鍾家老太太母子倆聽得心驚膽戰。鍾家老太太張張嘴，咿咿呀呀的想要解釋。可是她本來吐字就不清楚，現在一著急就更詞不達意，結結巴巴說了半天也沒說出個所以然來。

到這個時候，這對母子早已經認定了溪哥的真實身分，心裡害怕得不行。

這個小崽子……當初他們不忿秀娘肚子越來越大，以致不能幹活，還要白吃家裡的米糧。而溪哥的家書裡也沒像村子裡另一個小夥子一樣寄軍餉回來，鍾家老太太一怒之下，就直接詛咒秀娘死了，她肚子裡的小東西也沒活下來！看這個小崽子還問什麼問！

可誰承想，這隨口的一句話，竟然引來這麼一連串動盪，早知如此，她是怎麼也不會這麼說的啊！甚至……想一想，如果他們當初好生說了秀娘的情況，那麼是不是，等溪哥當上將軍之後，就會把他們一家子都接來京城，好吃好喝地供著？她最近可沒少聽那些接自己過來的人說，溪哥在邊關戰功彪炳，私底下還不知道藏了多少寶貝呢！當初秀娘的弟弟去朱家下聘，還是從他們家的庫房裡拿出不少好東西充數的。

如果不是因為那件事，那些好東西都是她的……想到這裡，鍾家老太太就心疼得恨不能滿地打滾。

那個小娼婦，自己不會當家就算了，居然還把自家的東西往外面掏？要不是她行動不便，她早隨手抓起個東西狠狠揍她了！

所謂母子連心，鍾家老太太正這麼想著時，鍾剛一樣悔不當初。不過比起鍾家老太太，他心裡還多出了幾分妒恨——誰承想，那個當初被自己做牛做馬、呼來喝去的瘦弱少年，居然能一躍成為現在這健壯模樣，還當上人人敬仰的余小將軍？他憑什麼？

他全都是因為運氣好！要是自己能有這樣的運道，自己肯定能比他表現得更好，也比他走得更遠！只是現在，他再腦補也沒用。

當著皇帝的面，鍾剛期期艾艾地看著溪哥。「大哥……既然你沒死，後來怎麼也不回家去看看呢？當初那句話是娘隨口說的，其實沒別的意思，誰知道你就往心裡去了，你不知道，當年爹過世的時候，嘴裡還一直念叨著你的名字呢！」

鍾家那位老父親人倒是還不錯，就是性子太軟了點，跟麵團似的被鍾家老太太隨意搓圓捏扁，一個屁都不敢放。不過在背著鍾家老太太的時候，他也偷偷給年幼的溪哥和秀娘塞過幾個土豆和鳥蛋，這也算是少年時期的溪哥和秀娘記憶裡唯一的溫暖了。

聽到鍾剛提起他，溪哥眼神果然暖了一點，只是語氣依然冷冰冰得令人心悸。「我從來不知道，別人的死活是能讓人隨口亂說的。你們難道不知道，對於一個在戰場上隨時都可能丟掉性命的人來說，你們的每一個字、每一句話對我們的影響都格外深遠嗎？」

他頓一頓，又接著道：「就因為你們這隨口一說，我和我的妻兒分開六年。我都沒有親眼看到我的孩子長大，也害得他們因為沒有爹而被人欺負。如果不是因為我突發奇想回去一趟，是不是就意味著直到我老死，都不會知道還有一個結髮妻子在村子裡為我守著兩個孩子，過著饑一頓、飽一頓的日子？」

鍾剛母子倆眼神閃爍，都不敢和他對視。

鍾峰看著這對母子的表現，心裡徹底對他們絕望了。別人才剛拿出點氣勢來，他們就萎了？還直接就自己把老底給揭了！見過蠢的，卻沒想到世上還有這麼蠢的，他今天算是真正見識到了！

深吸口氣，他再度大聲道：「余小將軍這番話說得真好！不過，這一切的前提都建立在你是鍾峰的基礎上。」

溪哥依然不看他，只對著皇帝低下頭。「末將有罪，欺瞞了聖上，請聖上降罪！」

鍾峰被無視得徹底，臉都氣黑了。

皇帝無力地扶額。「余小將軍，你真把朕給弄糊塗了。你說你是鍾峰，也是余言之，那麼這一位呢？他又是誰？」

「末將不知，不過想來應該就是一個妄圖鑽空子、撈好處的勢利小人吧！」溪哥淡聲道。

鍾峰心裡陡地一跳，暗暗咬牙。

「皇上！」他拔高聲音。「草民可以理解余小將軍急於將妻兒都護在身邊的說法，可是草民的身分是無庸置疑的。這一點草民的母親和弟弟，乃至草民當年的同袍都可以作證！草民懇請皇上明察！」

皇帝疑惑地看看溪哥，再看看鍾峰，最終還是把目光放在溪哥身上。「余小將軍，你既然說你是真的鍾峰，那麼你可有證據證明？」

「末將沒有別的證據，除了——」溪哥轉過頭。「末將的妻子。」

鍾峰連忙就道：「她現在是你的妻子，當然會幫你說話！」

「他的確就是我孩子的親爹。」這個時候，秀娘終於說話了。雖然聲音不大，但是字正腔圓，鏗鏘有力，不見半點心虛。

去。

鍾剛、鍾峰雙雙驚愕地看過去。

溪哥臉上則是劃過一絲狂喜。只是看著秀娘冰冷的眼神，他心口又是一緊，趕緊低下頭去。

秀娘抬起頭，靜靜看著眉頭微皺的鍾峰。「我問你，麥子要什麼時候種、什麼時候收？什麼時候捉蟲子，麥子裡常生的蟲子叫什麼？又該用什麼法子除去？」

鍾峰迷茫地睜大眼，吶吶地回答不出來。

秀娘又問：「磨豆子的時候，要先把豆子泡軟，你說要先泡多久？豆子和水的比例是多少？然後再用什麼東西把豆子磨碎了，再用什麼收集起來？」

鍾峰額頭上冒出幾顆豆大的汗珠。「這個……我都已經離開鄉下好幾年了，哪裡還記得那麼多繁瑣的事情？」

「可是他知道。」秀娘指指溪哥。「不只是我說的這兩個，其他的農活他一樣信手拈來，都不用我教。」

「這是因為他記性好。」鍾峰小聲說，底氣虛弱得連他自己都無法說服。

秀娘扯扯嘴角，沒有再說什麼。

都已經到了這個地步，皇帝心裡早有了答案，當即面色一沈。「大膽刁民！你是何人，竟敢假冒他人夫、他人父，還敢鬧到御前來！來呀，給朕把這個刁民帶下去，嚴刑拷問！」

御書房外的侍衛聞言，當即進來將鍾峰架起來帶走了。鍾峰也自知大勢已去，連掙扎都沒有就任由侍衛帶了下去。

鍾家老太太母子倆一看這樣的情況，都嚇得不行。唯恐皇帝遷怒他們，趕緊跪在地上不停磕頭。「皇上饒命、皇上饒命啊！草民什麼都不知道，草民是被那個賊人騙了……對，草民就是被騙了！求求皇上，您就饒了草民這條命吧！草民以後再也不敢了！」

鍾家老太太因為身體不便，進來後就被皇帝賜座。現在她也坐不住了，原本是想滾下來和兒子一同磕頭求饒，然而她的身體不受意識控制，一骨碌從椅子上滾下來，又在地上滾了好幾圈才停下。

但她也顧不得身上碰撞的疼痛，嘴裡含含糊糊地大叫：「饒命……求皇、皇上！」

皇帝被這對母子的喊叫吵得腦仁疼，忍無可忍一聲高喝。「你們全都給朕閉嘴！」

母子倆趕緊把嘴閉得緊緊的，連呼吸都小心翼翼的。

皇帝再看向溪哥。「余小將軍，既然這兩個人是你的養母和弟弟，你說該如何處置？」

這是把這兩個燙手山芋扔到他手上來了？

溪哥沈吟一下，便道：「說起來，當初的事情的確末將也有思慮不周之處。不管怎麼說，養父養母養了末將十多年，如果不是他們，末將不可能活到現在。現在既然真相大白，我們一家人也在京城團聚了，末將想向皇上求一個恩典，讓末將將他們帶回家去，繼續當作親人一般奉養吧。」

「好！」皇帝本來也是這個意思，趕緊就點頭道。「余小將軍果真是個至純至孝之人。你的這個主意很好，朕十分滿意，朕再賞你黃金五百兩，充作奉養你養母之資。這件事就這樣結了吧，以後誰都不要再提了。」

「是，末將遵旨。」溪哥連忙點頭。

皇帝鬆了一大口氣，揮揮手叫他們退下了。

溪哥恭敬地帶著秀娘退出御書房後，看看灰溜溜夾著尾巴跟在他們後頭出來的鍾剛母子倆，溪哥淡聲道：「既然大家的身分都已經明瞭了，那麼就請娘和弟弟與我一道回將軍府去吧！只是我事先說明了，以前的事，你們最好都不要再提，我的身分也不要告訴外人，對外你們就是我夫人的娘家親戚。只要你們管住你們的嘴，以後你們就是將軍府的老夫人和二老爺，知道了嗎？」

「知道了、知道了！我們保證管住嘴，不管和誰，什麼都不說！」鍾剛原本以為都已經把話說到這個地步了，自己這條命算是完了。可沒想到，峰迴路轉，他什麼事都沒有，反而一轉身就成了老爺，這可太讓他高興了。不管溪哥說什麼，他都一口答應下來。

劫後餘生，鍾家老太太也只有慶幸的分兒，忙不迭把頭點得跟小雞啄米似的。

鬧騰麼，這對母子以後肯定還會鬧騰的，只是至少現在，他們是乖乖的。

溪哥見狀便又轉身拉上秀娘的手。「走吧！」

秀娘眉頭微皺，嘗試著想抽回手，奈何溪哥把她抓得極緊，叫她怎麼都掙脫不開。秀娘努力了幾次，也就作罷了。

回到小將軍府，溪哥便叫人將鍾家老太太母子安排下去了。府裡突然多出兩個主子，春環幾個丫頭都安之若素，一點驚詫的表情都沒有，順順利利將主子的交代給安排得妥妥當當。

來回折騰了這麼一趟，溪哥和秀娘也累得夠嗆，兩人簡單洗把臉，吃了點東西，就回房休息去了。

說是休息，其實是兩人關起門來進行新一輪的談話。

「這個妳也早就知道了。」關上門，溪哥便道。

秀娘點頭。「是。」

「什麼時候的事？」

秀娘抬眸看著他不語。溪哥的眼神不覺有些躲閃。「我一直以為我隱藏得很好。」

如果不是因為那個人逼迫得太緊，而且還找來那麼多人作證，他也不會亮出自己的真實身分。原本按照他的計劃，他是打算把那個身分給深深藏起來，等死了再帶進棺材裡去的。

秀娘唇角輕扯。「既然你都已經撒過一次謊了，那麼就肯定會有第二次。」

溪哥知道她是在說自己假裝失憶那件事，就更不好意思了。「那次被妳救起後，我是真的很長時間都處於混沌之中，別說其他事情了，我連自己是誰都不知道，還是後來安定下來了，我才一點一點回想起過去的事。」

秀娘這才淡聲道：「你對靈兒、毓兒太好了。」

溪哥一愣。「就因為這個？」

「就因為這個。」秀娘道。「雖然你那些兄弟們說過，你們都是把腦袋別在褲腰帶上過活的，所以對是不是親生的不怎麼在意。但是你對靈兒、毓兒的態度從一開始就不同尋常。尤其是毓兒，你對他格外親近，那個孩子對陌生人一向防備，但對你卻不然，這或許就是父子天性吧！

「而且後來，你也一再說過，他們就是你親生的孩子，也是真的打從骨子裡疼愛他們，我就越來越察覺到不對。而且你不知道，第一次見到那兩個孩子，我爹就私下和我說，毓兒和你是一個模子刻出來的，他看人的眼力極好，朱大人都誇過。後來我仔細看了看，發現那孩子雖然輪廓像我，但鼻子、眉毛的確和你一模一樣，還有那執拗的性子，也如出一轍。」

「所以在那個時候，妳就徹底確定了？」溪哥驚愕地低呼。

秀娘搖頭。「不，那個時候我也只有七、八成把握，最終確定是那一次，我告訴你謝三媳婦給我介紹了一個治病的大夫，你知道我有可能再度懷孕，你說的那句話。」

他說什麼了？

溪哥想了想，突然明白了。

我要有兒子了！我又要有兒子了！

就是這句話，出賣了他的心思，也讓心思玲瓏的秀娘肯定心中的猜測。

可笑自己還在苦苦隱瞞，生怕她發現了蛛絲馬跡，卻不承想，她早八百年前就已經知道真相了！娶了個聰明的媳婦回家，真是件幸事也是不幸事。

「既然如此，妳為什麼一直沒有拆穿我？」溪哥忍不住啞聲問。

「問了做什麼？過去的事情，你不想提，我也不想再想。而且我覺得我們現在這樣相處也挺好的，既然如此，我又何必非要戳穿這層窗戶紙，搞得大家都不開心？」

而且，秀娘心想，過去的那些事情又和她有什麼關係？那些遙遠的記憶對她來說就跟看電影一樣，自己只是一個看客。唯一記憶深刻的只有和孩子們朝夕相處的這幾年。

沒有別人的插足，自己一個人擁有兩個孩子的全部，這對她來說就夠了。至於什麼男人，什麼問罪，她根本想都沒想過，反過來，她還要感謝他給了她這五年時間享受和孩子的獨處呢！

溪哥當然不知道她心中所想，見她如此，他只以為她是寬容大度，不願意因為這些事情破壞兩人的感情。

他心中一動，連忙上前一步，雙手握住她的一雙柔荑。「秀娘，妳真好，過去是我對不起妳，但以後，我一定會對妳好，真的！」

「你……」

秀娘本想說你想多了，但是抬起頭，對上他亮晶晶的雙眼，她心中也不禁一動，竟是鬼使神差地點了頭。「好。」

第三十五章

第二天，秀娘和溪哥才聽說大將軍府上發生的事，兩人相對無言。

「要不，你去看看大將軍吧！」秀娘道。「怎麼說也是你義父，要是沒事，咱們無動於衷可以理解，現在既然出事了，你身為義子要是沒有表示，又要被人罵無情無義了。」

「現在還不是時候。而且……」溪哥一頓。「以義父的個性，他不會見我，他不會願意讓人看到他虛弱的一面。」

還有，只怕自己去了就會被蕙蓉郡主纏上。這句話他放在心裡沒有說出來。

秀娘自然也明白，便點點頭，不再多說了。

說句實話，現在他們身上的事情都還沒理清呢，也沒多少精力去管別人家的事。昨天那件事，看似被皇帝以雷霆萬鈞之勢給壓了下來，其實只是草草了之。原本後頭還有許多事情可以挖掘，比如那個假冒的鍾峰到底是何許人也，他是受了誰的教唆來認這門親的，還有，以他的本事又是怎麼找來當年軍中的同袍來作證，還千里迢迢把鍾家老太太母子倆都給找來了……這一連串事情安排得十分緊密，而且環環相扣，絕對不是尋常人臨時起意做出來的。這也說明了那個背後之人勢力不小，也是專門衝著他們來的！

皇帝卻二話不說，直接讓人把那個人給帶下去，說是要嚴刑拷打，但最終結果如何，那都和他們沒關係了。

當時溪哥話都已經說到那個分上了，皇帝陛下肯定也已經有所察覺，而且他自己的幾個兒子什麼德行，他難道還不清楚嗎？現在事情鬧到他跟前，他不能寒了忠臣的心，卻也不能當眾打兒子的臉，也就只能一床大被拉過來把事情給掩了。

只是當面這麼做是一回事，回頭關起門來，他自然不會放過那個始作俑者，接下來的這段日子，秦王爺至少是不敢再作妖了。趁著這個機會，他們也得趕緊為自己打算一下。

京城他們是不能多待了，皇帝身體不好，年紀也一天天大了，幾個王爺卻是年輕力壯，暗地裡互別苗頭的態勢越發明顯，他們不想攪和到其中去，那就只能遠走高飛，遠離這個是非之地……只是，怎麼離開這個地方，也是一大問題。

兩人正愁眉不展時，外頭突然送來一封拜帖，是吳大公子的，邀請他們明天去燕蘭樓坐坐。

拿著拜帖翻來覆去看了幾眼，溪哥把東西直接收進自己的袖袋裡。「這個我去就行了。妳在家裡招呼孩子和娘還有弟弟，現在家裡人多，沒有人看著不行。」

因為剛進將軍府，鍾家老太太母子倆還算老實。秀娘叫人給他們一人做了幾身好衣裳，還給鍾家老太太打了幾套首飾，配了幾個丫鬟伺候她，也給鍾剛配了幾個小廝伺候。兩個人現在還是比較滿足的，昨天到了這裡之後就沒有再鬧騰。

只是秀娘深諳這對母子的秉性，所以絲毫不敢放鬆，而溪哥這話正合她意，她連忙點頭。「那你去吧！對了，記得把花棚裡那幾盆花帶上。」

第二天，當看到來客只有溪哥一個人的時候，吳大公子眼中明顯浮現一絲失落。

不過失落沒有持續太久，他就揚了揚嘴角。「怎麼，怕我搶了你媳婦和兒女，就乾脆把大姊和我乾兒子、乾閨女給藏起來了？」

溪哥在他跟前坐下，冷冷開口。「你搶不走的。」

吳大公子一噎，差點想跳起來打他一拳！

「我當然搶不走！你們是原配夫妻，我拿什麼搶？兩個孩子也都是你親生的種，我又有什麼資格去搶？」

昨晚接到太后傳出來的話，他都傻在那裡。

這個混蛋！他才是真正藏得夠深的！枉費他算計來算計去，甚至還歡蹦亂跳地為他在太后娘娘那邊牽線搭橋，結果呢？一個大巴掌搧過來，差點沒把他給打昏過去！

要早知道他就是鍾峰，他還爭什麼爭？現在回頭看看，他覺得自己之前上躥下跳簡直就是個天大的笑話。這傢伙一天到晚板著臉站在一旁，其實心裡一定偷偷笑到不行吧？

虧他還覺得自己聰明伶俐，下了一大盤棋，把所有人都給圈進去了呢，現在一看，他才發現自己才是棋盤上的一顆子！

他的氣憤早在意料之中，所以溪哥十分鎮定地任他發洩個夠，才輕輕抬手。「把東西搬進來。」

幾名身穿軍服的小兵魚貫而入，每人手裡都抱著一只花盆，花盆裡種著各色花兒，有菊花、有牡丹，單色的、多色的，應有盡有。並排擺在一起，煞是好看。

饒是吳大公子這種不愛風花雪月的人看到了，都不禁眼前一亮！

「這些東西……」

「都是給你的，辛苦費。」溪哥道。

吳大公子撇撇嘴。「我幫了你們這麼多，你們給我點辛苦費也是理所應當。」

雖然這些東西是比他一開始和溪哥商議得多，品質也好了不少，但想想自己胸腔裡這顆被傷得千瘡百孔的小心臟，他覺得這點補償完全不夠。

溪哥見狀，也只是淡然一笑，繼續說道：「我想吳大公子今天請我過來，應該不只是找我對質這麼簡單吧？」

吳大公子用力翻個白眼。「我發現，你這個人真是陰險惡毒得可以，尤其是回京之後。以前我還當你是個老實憨厚的漢子，現在看來，實在是我看走眼了。大姊怎麼就攤上你這麼個男人呢？我真為她不值！」

「再不值，她也是我的妻，這輩子都會和我白頭偕老。」溪哥道。

簡單的一句話，就像是一柄利劍刺入吳大公子的心，吳大公子差點吐血三升。

算了、算了！他捂著胸口無力地想。也不知道他是本性如此，還是和秀娘在一起學壞了，現在說話也是直白傷人得很，自己一不小心就被傷得不輕。

「你就不能好好說話嗎？」他不甘心地質問。

溪哥看著他。「如果吳大公子你肯好好說話的話，在下自然不吝奉陪。」

這是逼著他轉換話題嗎？

吳大公子不爽地撇撇嘴。「算了，這件事不說就不說，反正我也沒希望了。現在我要說的是，要說有機會，你們就趕緊走吧！這次你們可真是把秦王給得罪慘了，雖然現在他不敢動你們，但只要風頭過去了，他肯定會採取更激烈的報復，要是一不小心再給他坐上那個位置……」

不用他說了。結局會如何，大家都能想到。

聽到這話，溪哥眼中也不覺蒙上一層陰影。「多謝吳大公子提醒，在下感激不盡。」

「你不用感激我，我也只是為了我的乾兒子、乾閨女著想，他們好歹叫我一聲爹，年紀也還小，我可不想眼睜睜看著他們被你牽連得吃苦受罪。」吳大公子悶聲道。

「是乾爹。」溪哥一本正經地糾正他。

吳大公子忍無可忍，一拍桌子站起來。「我就說爹怎麼了？乾爹不一樣是爹嗎？我過過嘴癮都不行嗎？那是你的親兒子親閨女，我知道，知道得不能再知道了！可是現在就我們兩個人，你就不能讓我自欺欺人一下？我努力了一年多，結果一切都成了泡影，現在想見她一面你都不讓，有你這麼欺負人的嗎？余言之，你要霸道也給我有個底線，我雖然只是一介商人，但你別忘了，我背後也是有人的！要是惹惱了我，我有的是法子讓你求生不得、求死不能！」

溪哥抬眼看著這個男人，半天沒有吭一聲。

吳大公子發洩完了，不想溪哥還只是用那種淡定的眼神看著他，就跟看個小孩子無理取鬧似的，他好不容易鼓起來的一點勇氣就像被一根針戳了一下，然後噗的一聲又扁了下去。

而且，他不得不承認，溪哥現在的模樣，簡直就和秀娘一模一樣。看他這樣，他就忍不住想到那個不管身處何時何地都沈靜如水的女人。

哎，不知道真相之前自己還能意淫一下。現在，他是連想想的資格都沒了。

直到這個時候，溪哥才輕輕吐出一句。「我知道你能。」

吳大公子現在連翻白眼都懶得做了，他捧起茶杯一飲而盡，然後砰的一聲把杯子給扔回桌上。「好了，該說的我都說完了，你可以走了！趕緊走，不送！」

溪哥當即站起來。「既然如此，那在下告辭了。」

大步走到門口，他又忍不住停下腳步，回頭道：「眼下京城是非不斷，以後各方爭鬥肯定會越演越烈。你也多為自己打算打算，可以的話，還是早點離開吧！」

「這是她讓你轉告我的嗎？」吳大公子眼睛猛地一亮。

溪哥想了想，微微將頭點了點。

吳大公子立即又恢復不少活力，啪的一聲展開手裡的扇子，故作風流地搖了搖。「女人就是事多，腦子裡一天到晚都不知道在胡思亂想些什麼。這些事情你們知道，難道我心裡還不比你們清楚嗎？放心好了，本公子的退路早就鋪好了，再不濟，我們宮裡還有太后娘娘撐著呢！太后娘娘身子骨好著呢，至少還可以再撐十年。」

溪哥心領神會，輕輕頷首。「那就好。」便就抬腳走了。

等人一走，吳大公子也跟被抽乾全身的力氣一般萎了下去。

「哎！哎哎哎！」

連嘆了好幾口氣，他才對伺立在一旁的石頭道：「你說，你家公子我是不是也該找個女人來幫我出出主意？」

「公子你終於想通了？」石頭面無表情地道。

「我倒是不想想通，可是她已經明擺著和我沒可能了，那我幹麼還和自己過不去？再說了，太后娘娘那邊……她老人家也不會放過我啊！」吳大公子悶聲道，整個人無力地趴在桌上，又小聲似是自言自語地說了一句。「其實我根本就不想娶妻。」

切，說了半天，你根本就是還沒想通！

石頭心裡暗道，繼續板著臉不吭聲。

那方溪哥回到家裡，將他和吳大公子的話重複了一遍。

秀娘深以為然。「他說得沒錯，雖然現在時機還沒成熟，但咱們也必須開始著手準備了，免得等機會到來的時候，咱們手忙腳亂的什麼都沒準備好。」

「妳說得對。」媳婦的話，溪哥向來不會反對。只是現在，他的臉色卻不怎麼好看。

秀娘發現了，不禁小聲問：「怎麼了？是不是還在想吳大公子的事？」

溪哥悶悶地點頭。「他對妳是動了真心的。」

在吳大公子面前，他是以勝利者的姿態全方面地碾壓他，可是現在吳大公子不在，他還是忍不住黯然神傷。

媳婦太優秀了不是件好事啊！當初在月牙村就一直有人對她獻殷勤，這個吳大公子更是，一路從月牙村追到京城，還幫他們做了這麼多實事。要換作他是個女人，他都會忍不住要心動了。

看他這一連氣悶卻無從排解的模樣，就跟一隻吃不到骨頭的大狗狗似的，秀娘忍不住低笑。「他動沒動心我不知道。我只知道，從開始到現在，不管他對我付出什麼，我也都回贈了他等值的東西，我不欠他的。」

溪哥怔了怔，這才如夢初醒。「妳說得對，咱們不欠他。」

既然不欠，那還有什麼好憂傷的？大家銀貨兩訖，乾乾淨淨，多好！

「所以，現在咱們不要再想其他的，好生應對眼前的事，嗯？」秀娘道。

溪哥連忙聽話點頭。「好！」

兩人正說著話，就聽到外頭一陣喧譁。

秀娘眉頭一皺，溪哥當即開口：「外面怎麼回事？」

春環連忙走進來。「將軍、夫人，是二老爺來了，說非要見夫人。」

「讓他進來。」秀娘道。

「是。」春環連忙鬆了口氣，出去請鍾剛進來。

鍾剛也不客氣，大搖大擺地走進內堂，他卻不先去看溪哥和秀娘，而是環顧了一遍屋子裡幾個姿容不俗的丫頭，才一屁股坐下，自顧自地發問：「大哥大嫂，你們可是當著皇上的面，保證讓我跟你們一起來做二老爺的，結果我才剛來，你們就這麼欺負我，這也太不該了點吧？你信不信我再去皇上跟前說一說，讓皇上來教訓你們？」

秀娘滿心無語，那邊春環幾個已經忍不住低頭偷笑起來。

溪哥就沒那麼客氣了。「你有話直說，少東扯西拉，皇上日理萬機，哪有空管你這些閒事？」

鑑於他才剛進府，溪哥好歹沒有太下他的面子。不然，直接一句「就憑你這白身的身分，根本連宮門都進不去」，就可以直接KO他了。

鍾剛一個鄉下來的，當然不知道那麼多彎彎繞繞，被溪哥這麼說了，他就已經滿心不高興，只覺得溪哥在下人跟前不給他臉面。

只是好歹自己才剛來，還沒摸清楚情況，也不好和他翻臉，所以他勉強耐著性子質問秀娘。「我之前聽戲文上說，大戶人家的公子都是丫頭小廝幾十個，前呼後擁好不熱鬧的，可怎麼到我這裡，我院子裡就四個小廝？這人也太少了點吧？」

原來是對現在的舒適生活還不夠滿意，想要更多。

秀娘淡淡開口。「二弟你難道不知道嗎？你大哥當初是從刀口上保下一條命。現在我們雖然已經過上好日子了，可我們從不敢忘記當初的苦日子。當初和你大哥一起上戰場的兄弟們都死了七七八八，這些年他還時常從俸祿裡撥出大半周濟他們的家人，現在咱們府上能花用的錢也沒多少，就像現在我身邊不也只有四個丫頭嗎？」

「妳騙誰呢？誰不知道妳能種出七色牡丹？我當初在客棧的時候聽人說過，這樣一盆牡丹，千金難求！妳隨隨便便種一盆牡丹出來，就能添置不知道多少個丫頭了！」鍾剛氣呼呼地說道。

這下，秀娘還沒開口，溪哥一聲低吼出聲。「你當七色牡丹是那麼好種出來的？要是容易，還會千金難求？有本事你倒是種一盆試試？」

「我要是真有那個本事，你以為我還會在這裡看你們的臉色？」鍾剛不高興地嘀咕。然後他咬咬牙，又抬起頭。「好吧，牡丹的事咱們不說了，其實我的要求也不高。那四個小廝笨手笨腳的，不會伺候人，我看娘那裡幾個丫頭就不錯，溫柔心細，把主子伺候得很好。我也不要多的，嫂子妳再給我買四個丫鬟就行了。」

說了半天，重點在這裡。

秀娘不禁輕哼。「不好意思，二弟，在你成親之前，你院子裡不會有丫鬟。」

「為什麼？」鍾剛不爽。「憑什麼你們這裡都有，我就沒有？你們還說不是故意欺負我？你們信不信，我現在就去宮門口跪著去，我要跟皇上狀告你們欺負我們孤兒寡母！」

「你要去只管去。」溪哥立即就道。「只是出了這道門，你就不要回來了。你最好盼著皇上能幫你出頭，還看在你可憐的分上賜給你一座大宅子，僕婢數百，這才算是善待你們母子了。」

他這話一出口，鍾剛馬上就不說話了。他再沒腦子，也知道皇帝不可能給他賜宅子賜僕婢。在戲文裡，只有有功的臣子才會有這樣的賞賜。尤其溪哥還說了一句：出了這道門，你就不要回來了！

那怎麼行！他昨天才來，也才剛過上有人伺候、高床軟枕的好日子呢！今天還有裁縫過來，給他量了尺寸，他也不客氣地一口氣給自己挑了七、八套衣服。原本他是想把裁縫給的所有版型都做一套，只是自己身邊的小廝太不聽話，死活攔著他繼續挑下去，他才勉強作罷。

現在他身上穿著的還是裁縫鋪子裡做的成衣，新衣裳的邊邊角角都沒摸到呢，他怎麼可能丟下這裡的東西走了？

溪哥見一語震懾住了他，便不再看他。「你出去，老實在自己的院子裡待著，吃的穿的，我們不會少了你們的。」

即使到了這個時候，鍾剛還不肯死心。他眼珠子一轉，趕忙指了指秀娘身後的碧環。「不給我買丫頭也行，嫂子妳把這個丫頭給我！」

碧環是秀娘四個丫頭裡最漂亮的一個，那天鍾剛進門的時候就一眼相中她了，所以今天有機會，他就當眾提了。

聽到他這麼無恥的話，秀娘都快被氣笑了。

這個人還當這裡是月牙村嗎？有他那個娘護著，他說什麼就是什麼？

「不可能。」她冷聲道。「我剛才已經說了，除非你娶妻，你的妻子帶來的丫鬟可以在你身邊伺候。不然，我是不會給你配丫鬟的。」

以他吃喝嫖賭無所不做的德行，好好的姑娘送到他手裡，那才是造孽。

鍾剛一聽這話，立即又生出了個想法。「那也行，現在我娘病了起不來，長嫂如母，嫂子去給我找個媳婦吧！我要求也不高，只要膚白貌美，乖巧聽話的大家閨秀，比妳弟弟定的朱家小姐不差，那就行了。」

好久沒有被這對母子刷新下限，秀娘都快忘了他們是什麼人了。現在聽著鍾剛一句比一句無恥的話，秀娘幾乎都無言以對。

他也好意思和她弟弟比？有本事他也去考個探花試試啊！

「不好意思，朱家小姐是我弟弟自己選定的。現在京城的閨秀我都不熟悉，無從選擇起。你要是自己有情投意合的姑娘，可以來找我，我去幫你提親。其他的，恕我無能為力。」秀娘冷聲道。

鍾剛又被氣了個半死。

她這分明就是在欺負他！她來了京城好幾個月，對這裡的達官顯貴還不熟悉？胡說八道呢！自己才剛到這裡，又怎麼可能和那些姑娘熟悉？那些大家閨秀也不會跟村子裡的那些丫頭一樣，天天出來拋頭露面啊！這個女人分明就是在故意推脫責任！

很想再跳起來大罵一通，但是看看跟尊雕像一般站在秀娘身邊的溪哥，鍾剛還是沒那個膽子，最後，他只能一甩袖子。「我知道了！我走了！」

一面往外走，他一面小聲嘀咕。「自己找就自己找！等著瞧吧，我一定會找一個比妳弟弟更好的媳婦，氣死你們！」

鍾剛的事，秀娘並沒怎麼放在心上，只叫人多盯著他，不讓他惹出大亂子來就夠了。再說，他們也沒空再理會他了，因為馬上，京城裡又發生了一件大事。

那一天，被自己的親生女兒氣得吐出一口心頭血後，鍾大將軍就病倒了，活了這麼多年，除了受傷最重的那一次外，他還從沒覺得自己這麼虛弱過。

不是他不想起來，而是虛軟的身子根本就不受意志控制，不管他怎麼努力，他每天所能做的最多只是半躺在床頭喝上幾口藥。

這麼軟綿無助的模樣和他平時呈現在眾人跟前的剛強鐵血大相徑庭，也讓他分外挫敗地承認：自己真的老了。

只是不管怎麼說，人再怎麼老，心裡總是不大願意接受這個現實，所以除了貼身伺候的人外，不管什麼人上門他一概不見。

蕙蓉郡主在看到自己把父親氣成這樣後，也嚇壞了，終於知道自己做錯了事，這些天總算老實了點，只把自己關在房間裡不敢出來。

然後，齊王爺又找上門來了，這一次他的姿態比上一次要高調得多。

堂堂天子之子親自上門探望，余大將軍再不想見也只能見了。

踏進房內，聞到滿室濃郁的藥味，齊王爺眉頭微皺，慢步來到余大將軍床前。

余大將軍下床行禮，齊王爺連忙攔下他。「不用了。余大將軍你既然身體不好，那就躺著吧！生病時身體有多難受，本王深有體會，你就不用勉強了。」

「王爺放心，下官身體再弱，給您行個禮還是可以的，一點都不勉強。」余大將軍沈聲道，堅持下床給他行了個大禮。

齊王爺見攔不住他，也就不攔了。

余大將軍硬挺著給齊王爺行完禮，就有些扛不住了。只是對著齊王爺戲謔的目光，他硬是憋著一口氣沒有回床上，而是請齊王爺坐了，自己也在對面的太師椅坐下。然後他直接就道：「王爺來有何貴幹，請直說吧！微臣年紀大了，聽不大懂那些雲山霧繞的話語。」

齊王爺聞言微微一愣，旋即笑了。「既然余大將軍都這麼說了，本王也就不拐彎抹角了。本王這次過來，除了探望余大將軍的病情外，就是想問你一句，上次本王提的事情，你考慮得怎麼樣了？」

「王爺您這次來得正好。那件事微臣已經考慮過了，覺得不大妥當。小女的性子不適合在王侯之家過活，深宮後院就更不用說了，所以微臣已經決定，把她許給微臣手下一員將士。王爺您的好意，微臣就心領了。」

「是嗎？」齊王爺笑意微僵。「余大將軍你已經考慮好了嗎？」

「沒錯，微臣已經深思熟慮過了！」余大將軍大聲道，義正詞嚴地表示一點轉圜餘地都沒有。

聞言，齊王爺臉上的笑容徹底消失了。「余大將軍，你應該知道本王和郡主之間都發生了些什麼吧？你確定除了本王，她還能嫁給別人嗎？」

這話就已經帶著幾分威脅的意味了。

余大將軍聽了卻只是一哂。「年輕男女，一時意亂情迷做下錯事可以理解。我們女方家裡都不在意，王爺您身為男人就更不用在意了，再說那名將士是微臣一手帶起來的，和我家蘭兒也算是青梅竹馬、兩小無猜。他不會因為這點小事就對蘭兒起隔閡，所以王爺您完全不用擔心。」

聽到這話，齊王爺臉色漸漸變得陰沈了起來。「所以說，余大將軍你是看不上本王了？」

「不是看不上，而是小女頑劣，配不上王爺您。王爺您若想納側妃的話，想必京城裡還有不少名門閨秀是心甘情願給您選的。」余大將軍道。

「可是，那些閨秀都沒有像你這樣手握兵權的爹啊！」齊王爺輕聲道。

余大將軍當即臉色大變。「王爺您請慎言！微臣一生忠君愛國，從未做過半點有愧於國家的事。不管小女嫁給誰，微臣的兵權也從來只聽命於皇上，皇上說讓交給誰就交給誰，絕對不會亂作他用。」

「余大將軍！」終於，齊王爺的耐心也用盡，直接冷下臉喝道。「你別給臉不要臉！那天本王和郡主之間發生了什麼，你們或許不清楚，本王心裡是最清楚的。本王已經數次給你機會了，但你要是還一意孤行的話，就別怪本王不客氣了！」

說著話，他緩緩從袖口裡抽出一方桃紅色的帕子，慢條斯理在臉上輕輕擦了幾下。

余大將軍一看，頓時本來就不怎麼好看的臉上血色褪盡！

那方帕子……那哪是什麼帕子？那根本就是一個少女用的肚兜！有著粉色荷花的肚兜下面繡著一叢精緻的蘭花，那是他女兒名字的代表，也就是說……

余大將軍氣得渾身發抖。「齊王爺，你別欺人太甚！我余朗也是有脾氣的人！」

「這件事，到底是誰欺負誰？」豈料齊王爺直接反咬一口。「令千金不守婦道，獨自出門買醉，幸虧本王搭救，才讓她免於被登徒子欺凌的境地。但因為我們有了肌膚之親，本王出於負責任上門來提親，結果卻遭你百般推諉，現在你竟然還對本王大吼大叫，你不就是看本王體弱好欺負嗎？但你可別忘了，本王不管怎麼說也是個王爺，是聖上血脈！要是給父皇知道你這樣凌辱他的親生兒子，你說父皇會如何？給皇室裡的人知道了你的所作所為，他們又會如何對你？如何對你的寶貝女兒？」

「你──」

余大將軍被他的無恥之詞氣得胸口氣血翻湧，忍不住又吐出一大口鮮血，本來就是強撐的身體終於再也扛不住，軟軟倒了下去。

「將軍！」左右伺候的人見狀，紛紛大聲叫著過去攙扶他到床上躺著，也有人趕緊出去請大夫。

因為坐得離余大將軍最近，兩人還是面對著面，所以余大將軍吐出來的血濺到齊王爺的衣襬上。

齊王爺眼中浮現一抹明顯的厭棄，他連忙站起身，涼涼道：「看來余大將軍是真老了，難怪要趕緊把郡主嫁人。只是余大將軍你可真要想好了，你一手提拔起來的那些人，除了已經和你斷絕關係的余言之，其他根本都不成氣候。你就算把女兒嫁給他，你就保證他能保住郡主嗎？本王勸你一句，如果真心疼愛這個女兒的話，你就乖乖把她交給本王吧，本王才是你最應該信任的人。」

「你給我閉嘴！我余品蘭就算嫁豬嫁狗，也絕對不可能嫁給你這個病秧子！」

他的話音才落，蕙蓉郡主尖利的嗓音就在門口響起，刺得人耳朵生疼。

齊王爺立即回轉頭，對她討好一笑。「郡主，妳來了。」

蕙蓉郡主狠狠瞪他一眼。「你給我滾！滾得遠遠的！永遠不要再進我家門！我們家不歡迎你！」

「郡主怎麼這麼說話呢？可真是冤枉死本王了。枉費本王對妳一片真心，這些天一直都關注著妳的狀況。還有岳父，聽說他生病了，本王真是急死了，都顧不上自己的身體，雙腳能下地就趕緊來看他了。」齊王爺輕輕柔柔地道。

蕙蓉郡主卻被他這些話給激得杏眸圓睜。「我叫你給我閉嘴，你聽到了沒有？你是個什麼東西，也配和我談真心？本郡主是你要得起的人嗎？你也別叫我爹岳父，你不配！你現在給我走，我可以當作什麼都沒發生過，不然的話，我一定給你好看！」

她罵得越凶，齊王爺就越笑得溫柔。「郡主妳這是惱羞成怒嗎？咱們之間該發生的、不該發生的都已經發生了，妳叫本王怎麼當作什麼都沒發生過？再說了，一夜夫妻百日恩，難道妳已經忘了咱們在一起溫柔繾綣的那一夜了嗎？」

「你閉嘴！」蕙蓉郡主真被刺激得不輕，美麗的雙眼裡甚至都已經冒出血絲。她大步跑到一旁，從牆上取下余大將軍的佩刀，唰的一聲拔出刀子指向齊王爺。「你再敢亂說，我就割了你的舌頭！」

「哦？不知郡主妳打算怎麼割本王的舌頭？妳長這麼大，應該連雞都沒殺過吧？妳會割舌頭嗎？而且這麼大一把刀，妳打算怎麼下手？」齊王爺笑咪咪地說著，一步一步朝她這邊走過來。

蕙蓉郡主被逼得連連後退。「你……你別再過來了！你再來，我就……我就殺了你！」

「是嗎？這麼看來，郡主果然有乃父之風，殺伐決斷得很啊！」齊王爺笑說著，根本不把她的話當一回事，腳下的步伐半刻不停。

蕙蓉郡主嚇得都快哭了。「我說真的，你再敢上前一步，我就殺了你！大不了……大不了我賠你一條命就是了，反正言之哥哥不要我，我活著也沒意思了！」

聽到這話，齊王爺腳步微微一頓，眼底卻已經有風暴在醞釀。「難道在郡主眼裡，本王就一點都比不上余小將軍嗎？」

「你當然比不上言之哥哥！你連他的一根汗毛都比不上！」蕙蓉郡主大聲道。

「這樣啊！」齊王爺點點頭，又上前一步，對她陰森森地笑道：「那麼，等妳嫁給本王後，本王會讓妳好好看看，妳這個言之哥哥是怎麼在本王腳下搖尾乞憐，然後被本王活活折磨死的！」

「你敢！你敢動言之哥哥一根汗毛，我、我現在就殺了你！」

「呵，都已經說這麼多次要殺了本王，妳倒是真動手啊！」齊王爺笑道，枯瘦的手指夾起刀鋒，放到脖子上。「就這樣，妳只要用點力往下一按，本王的命就是妳的了，動手啊！」

蕙蓉郡主雙手抖得不行，眼淚早不受控制地往下滾落。

齊王爺見狀又是一笑。「看吧，妳根本就下不了手，這樣妳還不承認對本王有情？其實妳也是想看到余言之倒楣的吧，誰讓他寧願要那個村婦也不要妳？妳放心，等本王坐上那個位置，本王一定會把那個村婦綁起來交給妳處置，就像上次的柳兒一般，好不好？」

蕙蓉郡主貝齒咬住微微發顫的唇瓣，淚眼矇矓地看著他，輕輕搖了搖頭。

「哎，妳怎地就這麼心善呢？」齊王爺無力地輕嘆。「妳可知道，這個世界弱肉強食，妳要是不狠下心，就會被人給反咬一口。就像現在，妳若是放他們一馬，誰知道以後等妳父親過世，他接手了妳父親的權勢，又會對妳做什麼？」

「你胡說八道！言之哥哥他不會對我做什麼的，他對我最好了！」不管怎麼樣，蕙蓉郡主都聽不得人說她的言之哥哥不好，即便到了這個時刻，她還不忘大聲反駁。

齊王爺聽了冷笑。「如果真是這樣，那為什麼上次妳被嚇昏了，他也沒來看過妳一次？還有現在，妳爹病成這樣，幾乎所有人都來探望過了，他也一樣沒來。這難道還表示得不夠明白嗎？他已經拋棄你們了，他已經被那個小寡婦給迷了心魂，心甘情願給別人的孩子做爹也不願意娶妳，他根本就不喜歡妳！」

「你胡說、胡說！言之哥哥他不會的！他曾經說過，會喜歡我一輩子的！」蕙蓉郡主的眼淚流得更凶了。

齊王爺卻還不肯放過她。「那是以前，現在他已經變了。他早已經和你們父女倆斷絕關係了，現在你們父女倆是獨木難支，妳爹又病成這樣，妳以為他還有幾天好活的？妳有沒有想過，妳爹死了，妳會怎麼樣？」

「我……」蕙蓉郡主一陣怔忡。

齊王爺便對她伸出手。「所以，蘭兒，跟我走吧！我是真心心疼妳，以後我也會對妳好，讓這世上任何女人都比不上妳尊貴。」

蕙蓉郡主傻傻看著他，像是受了蠱惑一般慢慢抬起手。

「蘭兒，不可以！妳給我過來！」就在這個時候，余大將軍的聲音陡然響起，驚醒了她的神志。

蕙蓉郡主連忙回頭，一路小跑到父親身邊，紅著眼睛低叫了聲。「爹……」

余大將軍卻不看她，只冷冷看著齊王爺。「齊王爺，您說來看微臣，看也看了，你可以走了！」

齊王爺慢步來到窗前，冰冷的眸子居高臨下地看著躺在床上、已然是出氣比進氣多的余大將軍，唇角泛開一抹冷笑。「都已經到了這個時候，余大將軍你還和本王逞什麼能？你信不信，本王現在就能把你給弄死，然後輕鬆走掉！到時候，你以為郡主又能去哪裡？她真能如你所願嫁給你安排好的人嗎？你信不信，不等你的棺材入土，本王就能讓她自願進到本王府裡，一輩子給本王做牛做馬，還親手奉上你的權杖！」

余大將軍被氣得不行，話沒出口，就又吐出一大口鮮血。到這個時候，他已然是面色如土，呼吸困難了。

「爹！」蕙蓉郡主見狀，小臉也嚇得慘白。再轉向笑得一臉自得的齊王爺，她像是想到了什麼，猛地沈下臉。「你敢欺負我爹？我和你拚了！」說罷，手裡的刀子往前一捅！

「蘭兒……蘭兒不要！」

一看情況不對，余大將軍連忙大喊。但已經遲了，蕙蓉郡主手裡的刀子已經直接捅進齊王爺的腹部。

齊王爺身體猛地一僵，隨即睜大眼，不可置信地看著蕙蓉郡主。張張嘴，鮮血從嘴角流了出來，他艱難地吐出幾個字。「妳竟然……真動手了。」

說罷，他眼睛一閉，倒地不起。

「啊！」

眼睜睜看著這個人就這樣倒在自己眼前，腹部鮮血汩汩流出，很快就聚成了小小的一灘，鮮豔的顏色格外刺目。蕙蓉郡主終於後知後覺知曉自己做錯了什麼，連忙鬆開手，後退好幾步，躲在角落裡扯著嗓子尖叫起來。

「蘭兒！」余大將軍見狀，也不知從哪來的力氣，竟是一個箭步從床上跳下來，雙手把女兒給摟進懷裡。

「爹！」蕙蓉郡主雙手緊抱住父親的脖子。「我……我殺人了！我好怕！」

「不怕不怕，有爹在呢！」余大將軍柔聲安撫著，大掌輕輕在她後背上拍撫著。

屋裡的動靜驚動了外面的人，不一會兒，外頭等待的人就全跑進來了。

一見到倒在血泊裡的齊王爺，所有人都臉色大變。

還不等他們有所反應，余大將軍就沈聲喝道：「把這些亂臣賊子都給我綁起來，我要帶他們去宮門口面聖！」

府裡的人都是跟隨余大將軍多年的人，將他的話奉為圭臬。雖然對眼前的情形還抱著疑惑，但既然余大將軍吩咐了，他們絲毫不敢懈怠，當即將齊王爺帶來的人都給捆得結結實實。

等所有人都被捆了起來，余大將軍才放開女兒，緩緩站了起來。

「爹！」蕙蓉郡主連忙低叫。

不知道怎麼一回事，她總覺得現在的父親似乎和過去不同了。在他的周身像是纏繞著一種蒼涼的氣勢，讓她不由自主地悲傷起來。一種不好的預感湧上心頭，她趕緊拉住父親的手。

余大將軍卻輕輕推開她。「蘭兒，妳回房去，不管發生什麼都不要出來，記住了嗎？」

蕙蓉郡主哭著搖頭。

「聽話！」余大將軍沈下臉低喝。

蕙蓉郡主被吼得一愣，終於乖乖轉身離開了。

余大將軍目送女兒離開，才輕輕吁了口氣。他目光一轉，一一掃過跟隨自己多年的屬下的面孔，緩緩開口。「剛才這裡只有我和齊王爺，郡主一直在她房間裡閉門思過，沒有出過門半步，你們都記住了嗎？」

「是，記住了！」

余大將軍點點頭，嘗試著往前邁出一步，身體便猛地一晃。離他最近的人伸手想去攙扶，卻被他推開了。「不用，我還沒這麼不中用。」

他慢慢走到五花大綁的齊王爺隨從跟前，看著這一張張驚恐的臉，閉上眼長吁口氣。

「按理說，你們只是奴才，不能左右主子的行蹤，而且你們也是我這幾十年南征北戰，拚命想要保住的國人，只是這一次，事關我的女兒，我不敢大意，所以……對不住了！你們不死，她的性命就保不住！」

話落，他隨手從侍衛腰間抽出一把大刀，用力一揮！

一抹抹鮮血飛濺出來，無聲浸染了整個房間，濃重的血腥味和滿屋子的藥香混合在一起，格外刺鼻。

一眾侍衛們見狀，卻都臉色不變，只一個人問道：「大將軍，這些屍體怎麼辦？」

「就放在這裡吧！很快就會有人來收拾了。」余大將軍低聲落寞地道，轉身拖著大刀慢慢往外走去。

侍衛們不敢多言，趕緊跟上。

余大將軍走出大將軍府，走上大街，一路往皇宮方向行去。

他身上只穿著一件單薄的寢衣，潔白的寢衣早被鮮血浸透，手裡的大刀上也鮮血淋漓，一路走過去，一滴滴的血珠從刀尖上落下，滴了一路。

再加上一路整齊跟在他身後的侍衛們，這樣一隊人馬很快就吸引不少人的注意力，等到抵達宮門口時，跟在他們身後的人已經有好幾百了。

「皇上！」

最終，在宮門口停下腳步，余大將軍丟開刀子，雙膝一矮跪在地上，放聲大喊：「微臣有罪！微臣殺了齊王爺！」

此言一出，後頭人群都驚愕不已。

然而余大將軍卻沒有心力去關注。他高昂起頭顱，用所有人都能聽到的聲音大喊：「但是，齊王他該死！他竟然敢玷污了微臣的女兒，還敢以此威脅微臣把女兒嫁給他，還想要借助微臣的勢力助他登上皇位，微臣保家衛國一輩子，怎能為這等勢利小人脅迫？只是微臣的女兒……為了微臣這輩子唯一的骨血，也為了我大歷朝的百年基業，微臣忍無可忍，只能殺了他。

「微臣自知罪孽深重，罪無可恕，所以微臣也不求皇上原諒。微臣今日當眾請罪，並非譁眾取寵，微臣只想求皇上看在微臣為我大歷朝拋頭顱灑熱血的分上，有什麼過錯都算在微臣身上，就不要去責怪微臣可憐的女兒了，她已經夠可憐了！」

頓一頓，他又抓住丟擲在身邊的鋼刀。「微臣現在願以死謝罪！」

話音剛落，他手裡的刀已然高高舉起，用力往脖子上一劃！

第三十六章

當皇帝聞訊趕來的時候，只看到血濺三尺，一片淒涼，連同跟隨余大將軍一道來宮門前請罪的大將軍府侍衛們，也全都跟著他一道自刎謝罪。

縱橫疆場幾十年、守護大歷朝平穩安定的戰神就這樣結束了他的一生。曾經多少次豪言壯語要戰死沙場、馬革裹屍，但到頭來卻以這樣屈辱的方式血濺宮門，最終死不瞑目。

原本還有心看熱鬧的人們全都沈默了，過了不知多久，忽然一個人撲通一聲跪地，大哭喊道：「余大將軍，您死得太不值得了啊！」

其他人也彷彿清醒過來。於是，一連串的撲通撲通聲過後，宮門口竟是黑壓壓跪滿了人，悲愴的哭喊聲此起彼伏，幾乎震破天際。

皇帝見狀，也不由得老淚縱橫，踉蹌幾步走過去，他也雙腿一軟跪在余大將軍屍身旁，仰天呼號。「余大將軍，是朕有負於你啊！」

原本聞訊趕來的齊王妃見狀，連忙命人勒馬，掉頭往秦王府上狂奔而去。然而這個時候，秦王爺和秦王妃也已經被嚇得六神無主。

「他死不足惜！」狠狠一掌拍在桌上，秦王爺咬牙切齒地道。

因為假鍾峰事件，皇帝雖然明面上把事情給遮掩過去，但私底下卻把他叫去狠狠敲打一番不說，甚至還將秦王妃的兄長給撤職了，這分明就是生生斷了他一臂！這些日子，他都老實地稱病在家閉門思過，誰知道又聽到了這個消息！

秦王妃也氣得不行。「枉他平時口口聲聲一切都以王爺你唯馬首是瞻，這次還自告奮勇要去幫你解決余大將軍，卻沒想到……搞了半天，他是在公器私用，幫自己謀福祉！現在丟了性命，那是他活該！」

前來報信的小廝見狀，半天才吶吶地小聲問：「王爺、王妃，那齊王妃那邊……」

「關上門，別理她！她的丈夫犯了大錯，和本王何干？本王現在正臥床養病，哪有心思理會他們？」秦王爺冷聲道。

小廝連忙轉身離開了。

那邊聽到宮門口傳來的消息，溪哥也直接嚇呆了，再也顧不得和余大將軍早已經恩斷義絕的事情，他當即拋下手頭的事情，匆忙趕往皇宮。

等到了那裡，只見無數人將幾具屍身團團圍住，悲慟的哭號聲響徹天際，令人心生悲涼，溪哥也不由身體一軟，差點從馬背上摔下。

趕緊跳下馬，他大步走到前頭。當看到余大將軍倒在血泊中的屍體，他再也控制不住，撲通一聲跪下，哽咽叫道：「義父！」

「小將軍！」謝三、齊四等人早先一步過來了。見到溪哥，他們都彷彿看到了主心骨，連忙往他身邊聚攏過來。

皇帝見了他，也抬起老淚縱橫的臉。「余小將軍，你來了。余大將軍他……」

「皇上！」豈料，溪哥當即抬起頭，用他最大的聲音高聲喊道：「義父他死得太冤枉了！末將懇請皇上徹查此事，還我義父一個清白！」

皇帝臉色一變，雙唇哆嗦了下沒有說話。

溪哥又道：「末將知道，余大將軍早已經和末將割袍斷義，按道理末將沒有資格說什麼。可是不管怎麼說，末將身受義父救命之恩，又被義父悉心栽培多年，父子之情早刻入骨血，這是怎麼也抹殺不掉的！如今義父含冤受辱，自盡於宮門前，末將不服！義父即便有罪，但也罪不至死！末將寧願捨棄這身官服，也誓要將此事追究到底，請皇上徹查！」

「請皇上徹查！」謝三、齊四等連忙也大聲道。

「請皇上徹查！」隨後，跪地的百姓們也跟著大叫起來。

聞訊趕來的百姓以及文武官員見狀，也紛紛跪地大叫。

「請皇上徹查！」

一聲接著一聲，一道聲音賽過一道聲音，幾乎響徹京城上空。

皇帝身形一晃，最終眼神慢慢變得堅定起來。「好！這件事，朕一定給余大將軍一個公道！」

「多謝皇上！」溪哥連忙叩首大叫。

其他人紛紛跟著叩首不提。

因為事關重大，皇帝也沒有迴避其他人，直接當場命刑部協同大理寺徹查此事，務必要公事公辦，不可偏頗任何人。

這就意味著，皇帝不會偏私，是真心要把這件事給查個一清二楚了！

事情暫時有了交代，溪哥也不再多話，只慢慢爬起來，脫下外衣給余大將軍圍住脖子，而後將他抱起放到馬背上，紅著眼哽咽道：「義父，不孝兒余言之來接您回家。」

謝三、齊四等人自動自發跟在後面。百姓見狀也紛紛列成兩隊，整整齊齊跟在後頭，一路護送他們回去。

進了大將軍府，溪哥將余大將軍屍身抱下，放在大將軍府正廳之中。

府裡的人早聽說此事，等溪哥領著余大將軍的屍體回來時，大將軍府上下都已經圍上了白布，所有人都腰纏白布，頭戴白帽，淚流不止。

隨後，大理寺就來人了，將齊王爺及其隨從的屍體領了回去。

再過不久，秀娘也來了。

此時的溪哥早已經沒了之前在宮門前率領眾人強逼皇帝的魄力，他坐在停放余大將軍屍身的門板邊上，後背佝僂，滿身蕭瑟，眼圈通紅卻遲遲沒有掉下一滴眼淚。

秀娘慢慢走過去，在他身邊站定。

溪哥抬起頭，一顆眼淚在眼眶裡轉了幾圈，終於掉了下來。

「秀娘。」他低低叫了一聲，又掉下一顆眼淚。「義父他……去了！」

「我知道。」秀娘頷首。

「義父……是我對不起義父！他把我從死人堆裡救出來，教我武藝，教我行軍布陣之法，我現在的一切都是他給的，可是到頭來，我卻……我甚至連他最後一面都沒有見！我……」

「我知道，我都知道。」秀娘慢慢在他身邊蹲下，一手輕輕在他後背上輕撫。「大將軍過世，所有人都悲痛欲絕。但是你悲傷歸悲傷，絕對不能任由自己沈浸在悲傷之中，畢竟，大將軍身上的冤屈還沒有洗刷，還有大將軍的身後事也需要你來操持。」

「我知道。可是只要一看到義父，我就忍不住……」溪哥轉頭看著靜靜躺在門板上的余大將軍，眼淚再次控制不住地往下掉。

看他就跟個失去親人的小男孩一般孤獨無助的模樣，秀娘鼻子也不由一酸，連忙一把擁住他，柔聲道：「好，我知道你傷心，那你哭吧！現在好好地哭一場，但哭完了，你就必須堅強起來，知不知道？」

溪哥終於忍不住，抱著她大哭起來。

早在秀娘進來之前，其他人就已經識相地退了出去。這裡只有他們兩個人，不管溪哥怎麼哭都不會有人看見。秀娘也放心地安撫著他、勸慰著他。

正在這個時候，忽聽一記響亮的鞭響從遠處襲來，伴著少女清脆的大叫。

「賤人，誰准許妳來我家的？妳給我滾！不許妳髒了我家的地！」

秀娘眼前一花，人已經被溪哥抱住往旁邊躲去。

鞭子落在地上，地面上立即出現一條長長的白色鞭痕，可見她用的力氣有多大。

溪哥一見，眼中立刻蒙上了一層陰影。「余品蘭，妳到底還有沒有一點良知？義父剛剛過世，妳不為他傷心也就罷了，竟然還來這裡作威作福？」

「言之哥哥我沒有！我……」蕙蓉郡主眼睛一紅，淚珠立即啪嗒啪嗒不停往下掉了下來。「爹過世了，我比誰都傷心！可是這個賤人，她……要不是因為她，你不會離開我們，爹也不會死！爹都是被她害死的，現在她還有什麼顏面來我家？我趕她出去不是理所應當嗎？」

啪！

她話音剛落，一個響亮的巴掌立即落到她臉頰，蕙蓉郡主臉都被打得偏到一邊去。

捂著臉，她不可置信地睜大眼。「賤人，妳敢打我？」

「就是打妳這等不忠不孝、無情無義的孽女！」秀娘冷聲道。「我相公因為什麼和義父割袍斷義、義父又為什麼會死，這些都是妳造成的！到現在，妳還不思悔過，反而還想把責任推到我頭上來？余大將軍一輩子光明磊落，怎麼會生下妳這樣的女兒？」

「妳還罵我？」蕙蓉郡主雙眼圓瞪，眼中火氣直往外冒。

她揚起手，鞭子眼看又要揮出，卻不承想，一隻大掌中途伸出，劈手給她奪去。

「言之哥哥——」

啪！

這一巴掌比秀娘剛才打得還狠，蕙蓉郡主半邊臉頰直接腫起，嘴角緩緩流下一抹血痕。

「言之哥哥……」於是，她又哭了。「你打我？我爹才剛過世，你就打我！我爹要是知道了，他肯定會傷心的！」

「妳以為義父現在還會為妳傷心嗎？他的心早就已經被妳給傷透了！」溪哥厲聲喝道。

「余品蘭，妳到底還要臉不要？義父已經被妳害死了，妳要是有點良心，現在就該老老實實給義父披麻戴孝才對。可是妳看看妳，竟然還有心思在這裡爭風吃醋？義父就算泉下有知，肯定也會被妳給氣死過去！」

「哇！」

蕙蓉郡主受不了了，張嘴大哭起來。「你欺負我！我爹才走，你們倆就聯手起來欺負我！果然他們說得沒錯，你已經被這個賤人給迷住了，就連對你恩重如山的義父都忘了！」

「妳！」溪哥一怒，差點又要揚手。

還是秀娘及時把他給按住了。「把她交給我吧，你別管了。」

溪哥看看她，果然點頭退到一邊。

眼看著秀娘朝自己走來，蕙蓉郡主立即又高昂起下巴。「妳別以為妳現在有言之哥哥撐腰就了不起。我告訴妳，除了言之哥哥外，我爹還給我留了不少人，他們加起來不比言之哥哥差！只要我開口說一聲，他們肯定就會——」

「來人呀，郡主被刺激得不輕，有些癔症了，你們趕緊把她扶回去，關在房裡不要放出來。」秀娘才懶得聽她說話，直接對外高聲道。

她話音剛落，立即走進來幾個丫頭。一個人上前道：「郡主，您請吧！」

蕙蓉郡主驚訝地怒視她。「賤婢，妳知不知道誰是妳的主子？妳信不信本郡主現在就叫人把妳提腳給賣了？」

丫鬟身體一晃，依然低頭道：「郡主請不要為難奴婢。現在全府上下都在忙著辦大將軍的喪事，實在不宜讓您無理取鬧，您還是隨奴婢回去吧！」

「妳說我無理取鬧？」蕙蓉郡主陡地拔高音調。

「妳不是無理取鬧是什麼？現在大將軍還屍骨未寒，妳就來吵鬧，妳是誠心想讓大將軍在地下都不安生嗎？妳別忘了大將軍是為了誰血濺宮門的！」又一道陰沈的聲音從外傳來。

謝三一行人也進來了。

蕙蓉郡主頓時呆愣在那裡。「謝三哥哥、齊四哥哥、孟誠哥哥，你們……你們竟然都幫那個賤人說話？我爹才剛走，你們就全都背叛他了嗎？」

「夠了！來人，捂住郡主的嘴，帶她走！她要是再敢罵一句髒話，你們就灌她啞藥！既然不會說話，她以後都不用再說話了！」溪哥忍無可忍，放聲指示。

蕙蓉郡主不禁一抖，眼淚又嘩啦啦往下滾落。

「余言之，我恨你！」丟下這句話，她轉身就跑。

秀娘連忙對丫頭們使個眼色，丫頭們趕緊追了上去。

他們這邊忙著準備喪事的時候，大理寺那邊也有了消息。

本來事情的前因後果就清晰無比。齊王爺居心叵測在先，咄咄逼人在後，雖然余大將軍大怒殺人是不對，但當他在宮門前自刎謝罪的時候，他欠齊王爺的那條命就已經還給他了。不得不說，余大將軍這最後一步走得異常悲壯，卻也十分正確。

不管怎麼說，齊王爺都是皇族血脈，尋常人即便是碰他傷他一下都是殺頭的大罪。余大將軍這般直接要了他的命，要是真怪罪下來，不管他有什麼原因，最終結果必定都是一個抄家滅族，但為了保住其他人，余大將軍愣是用自己一條命抵了齊王爺的命，也堵住天下悠悠眾口，再加上他那番自曝家醜，以及血濺當場，這一幕的震撼又豈是讓人白看了去？

如此悲壯的一幕，再加上他多年的汗馬功勞，就讓人絕對不能只用慣常的思維去考慮這件事了。再加上皇帝的那句話……這次齊王爺的死，必定只能當作一個普通宗室子弟的死一樣對待。

大理寺的人查清楚了前因後果，也忍不住感嘆一番，很快就有了主意。一群人合計一下，再將事情奏報給皇帝。

這事說簡單也簡單，說複雜也複雜。畢竟涉及到皇帝的親生兒子，他們無權宣判，也不敢去判他的刑。不然，要是哪天皇帝翻起舊帳，他們就是最好的替罪羊。這群在官場裡混跡多年的人心思很是油滑，自然不會把這麼沈重的擔子往自己肩上攬。

不過皇帝這次也是真的下了狠心，面對呈上來的罪狀，他當即御筆朱批：褫奪齊王爺親王爵位，貶為庶人。不允許齊王爺葬入皇陵，齊王妃連同齊王子女悉數貶為庶人，流放南疆，永世不得離開南疆半步。

除此之外，皇帝還又另外下了一道旨意，封余大將軍為鎮國公，蕙蓉郡主為蕙蓉公主，享食邑一千戶。

皇帝的旨意抵達，所有人都鬆了口氣。也就是說，皇帝把所有的責任都推到齊王爺身上。余大將軍不僅無罪，反而以無上的尊榮入土。蕙蓉郡主也被皇帝封為公主作為補償，有了這一千戶的食邑，以後不管她嫁不嫁人，至少可以保障衣食無憂，下半輩子不愁了。

如此，大家更放心地籌備起余大將軍的後事來。金絲楠木的棺木很快就做好了，陵墓也尋了高人給指在一個山清水秀的地方。

余大將軍的屍身在大將軍府停了七七四十九天，才被抬去下葬。一路走去，滿城百姓盡是全身重孝，撒紙錢，樹白幡。遠遠看去，夏日的京城彷彿被厚厚一層大雪覆蓋，一眼望不到盡頭。

蕙蓉郡主這幾日沒再亂鬧騰，到了出殯這日，她也乖乖穿上粗布麻衣，一步一頓走在隊伍最前面。

余大將軍沒有兒子，溪哥這個義子自然就擔任摔盆哭靈的任務。秀娘作為兒媳，一樣跟在他身後。三個人沒有任何眼神交流，一路慢慢朝前走去。

京城幾乎有點臉面的人家都紮了棚子在路邊送靈，秀娘和溪哥自然都一一謝過了。

在滿城的呼號聲中，他們卻不知道，在皇城深處，也有幾個全身素白重孝的人跪在皇帝跟前，嬌弱的身體因為傷心而瑟瑟發抖。

皇帝冷眼看著跪在下面的兒媳以及孫子孫女，老臉上滿是疲憊。

「還有什麼話，妳趕緊說吧！說完了，就上路。以後朕都不想再見到你們。」

「兒臣今日帶著孩子前來，主要是為了向父皇辭行。劉瑜作惡多端，罪該萬死，兒臣不敢為他分辯半分。只是可憐幾個孩子年幼，卻要跟隨兒臣遠走他鄉，兒臣於心不忍，便想以幾個消息換取父皇一個許諾。」齊王妃抬起頭，一臉平靜地道。末了，她又補充一句。「父皇應該知道，這些年我和劉瑜一直都是在幫秦王做事。父皇您或許以為對秦王的一舉一動都瞭若指掌，但是兒臣必須告訴您，秦王的野心比您想像的還要大得多，你們全都小瞧他了。」

皇帝當即面色陰沈。「妳什麼意思？」

「只要父皇您答應兒臣的要求，兒臣就將兒臣知道的全都告訴父皇，半點不敢隱瞞！」齊王妃朗聲道，一向怯懦的身姿今天竟是格外堅定。

余大將軍的喪事過後，溪哥也知道了齊王家眷已經啟程往南邊去的消息。

「我的人一路盯著他們，發現他們上車之前還悄悄搬了一個可以放下一個人的大箱子上去，足足四個人才抬得動，還走得歪歪倒倒的！不用說，那裡頭一定都裝滿了金銀珠寶！」謝三說起這個，還咬牙切齒。

對此，溪哥倒是可以理解。「畢竟是聖上的子孫，他怎麼可能眼睜睜看著他們去遠方吃苦受罪？而且主要生事的是齊王，既然他已經得到應有的懲罰，對病弱的婦孺，咱們就睜一隻眼閉一隻眼好了。」

謝三幾個雖然還有些不忿，但人都已經走了，他們也沒別的法子，只得點頭應了。

忙完這一切，時間已經過去將近兩個月。一直壓在溪哥肩上的重擔終於放下，他也終於再次踏進自家的家門。

「爹！」

前腳剛跨進門檻，後腳兩個小娃娃就爭先恐後跑了過來，一左一右抱著他的胳膊不放。

勞累這許久，回家就受到這麼熱情的接待，溪哥只覺得渾身的疲憊都散去了。他連忙大聲應了，彎腰把兩個小傢伙抱進懷裡。「靈兒、毓兒這是想爹了嗎？」

「想！天天都想！」靈兒嘴巴甜，立即就道。

毓兒落後姊姊一步，只能用力點頭。

溪哥聽在耳裡，心裡喜孜孜的，連忙在他們小臉上一人親了一口。「爹也想你們。」

兩個小傢伙頓時都笑逐顏開，兩雙藕一般白白胖胖的小胳膊死死摟著他的脖子不放。

當秀娘迎出來的時候，看到的就是這樣一幅畫面，她頓時也笑了。「靈兒、毓兒，你們兩個還不趕緊給我下來，也不看看你們都多大了，還纏著你們爹，當你們爹的胳膊是鐵鑄的嗎？」

「我們再大也是爹的孩子呀！」靈兒脆生生地道。「爹，你說是不是？」

「對！」溪哥笑嘻嘻地點頭，還特地把孩子給掂了掂。「他們也沒多重，我還抱得動。」

瞧他們三個自得其樂得很，秀娘無奈地搖頭，也沒有真心去阻止他們。

原本還不確定溪哥是孩子親爹的時候，她就沒有阻止過他們父子交流感情。現在既然都已經確定了，她就更不會阻止。

溪哥陪兩個小傢伙半天時間，直到吃完晚飯，秀娘叫人來帶他們下去洗澡睡覺，兩個孩子才噘著小嘴走了。

這些天一直在大將軍府奔波，溪哥的精神一直繃得極緊，好不容易回到家，在妻兒身邊，他不由自主就放鬆下來。現在在秀娘的侍奉沐浴過後，換了一身乾淨清爽的衣裳，眼看秀娘也穿著一身潔白的寢衣，正一面擦著頭髮一面朝這邊走來，他長臂一伸，把人給摟進懷裡。

「呀！」秀娘驚叫一聲，才發現人已經被他給拉到床上躺下。

「陪我躺一會兒，我很累。」緊緊抱著她，把頭埋在她頸窩中，溪哥小聲道。

秀娘頓一頓，稍稍調整了個姿勢，沒有出聲。

「我想向皇上再上書一次，請求去西北帶兵。」過了一會兒，溪哥突然小聲道。

秀娘抬起頭。「你想好了？」

溪哥點頭。「上次是咱們太操之過急了。但現在，義父過世，消息傳到邊關，肯定會引起人心動盪。我擔心鄰國會乘機來犯，我們必須提前做好準備，這是其一。其二，這次我帶著謝三他們在宮門口逼迫皇上徹查義父的事，其實已經冒犯皇上，我還害得皇上的一個兒子被奪去爵位，一家流放。皇上雖然嘴上沒說，但心裡對我還是有些膈應的。我想，他最近肯定也不想看到我。其三，秦王爺剛被皇上砍掉一臂，現在又失去齊王爺這一臂，最近肯定也沒心情來管咱們了，大好的機會擺在眼前，咱們要是還不走，以後就再難走掉了。」

「好。」聽他將方方面面都分析得這麼周全，秀娘不再多說，只將頭一點。

但只這一個字，就已經是對他最好的支持了。

溪哥連忙摟緊了她。「這一次，我一定會好生護得你們母子周全。從今以後，再也沒有人能欺負你們了。」

秀娘點點頭，柔順地依偎在他懷抱裡。

正當夫妻倆濃情密意的時候，外頭卻傳來一聲不合時宜的大喊——

「小將軍，不好了，公主她上吊了！您快去看看她吧！」

兩人立即臉色一變，卻都沒有動。

「你不去看看？」秀娘小聲問。

溪哥搖頭。「從小到大，這丫頭動不動就拿自己的性命來威脅人。一開始我們還當真，後來也都知道她只是隨口一說。而且，現在義父不在了，我們早商量好不再慣著她這個毛病。所以，一切都隨便她折騰吧！我現在只要在離開之前把她和齊四的婚事給辦了，就算是給義父有個交代了。」

余大將軍終究還是疼愛這個女兒的。在往宮門前赴死之前，他還不忘讓人給齊四帶去他隨身的一塊弧形玉珮，這便是託孤的意思。再加上之前余大將軍就已經和他商議過婚事，齊四看到玉珮的時候就明白了。

在余大將軍喪事完畢後，他就和溪哥提了，要在余大將軍的熱孝之內把婚事給辦了，這樣可以早點給地下的余大將軍一個交代。不然的話，蕙蓉公主為父守孝三年，三年之間，誰知道會發生什麼事？所以還是早早把事情給定下來好。

對此，溪哥自然是持贊同態度的。

只是，秀娘在聽完他的表述後卻輕輕皺了皺眉：這件事只怕沒這麼簡單。

第二天早上，事情果然如她所料，蕙蓉公主這次是真心實意尋死了！

得知這個消息，溪哥終於還是坐不住，連早飯都沒用就趕往大將軍府。

此時的蕙蓉公主正被人安在床上，卻還嘶啞著嗓子嚎叫著好去尋死。謝三、齊四幾個站在一旁，全都束手無策。

溪哥走進門，立即沈下臉。「余品蘭，妳鬧夠了沒？」

「言之哥哥！」見到他，蕙蓉公主就跟抓住救命稻草一般，忙不迭從床上跳下，死死抓住他的衣袖。「言之哥哥，我不嫁！除了你，我不嫁給任何人！」

溪哥冷冷看著她。「這門婚事是義父定下的，我們無權置喙。」

「爹當時是被我氣瘋了，所以才會亂下決定，如果是平時，他肯定不會這麼做的！他明明知道我不喜歡齊四哥，我只喜歡你啊！」蕙蓉公主哭叫道。

「余品蘭！」溪哥一聲厲喝。「以後這種話妳不許再說了！齊四是個厚道人，這些年也一直對妳照拂很多，義父既然選擇把妳嫁給他，肯定有他的考量。妳要聽義父的話，他不會害妳。」

「我不！言之哥哥，我只要嫁給你！你要是嫌棄我身子不乾淨了，那我給你做妾還不行嗎？我不和嫂嫂爭搶，我只想陪在你身邊，一輩子看著你就夠了。」

「不可能。」溪哥冷聲道。

蕙蓉公主眼中浮現一絲絕望。「言之哥哥，你是真要逼死我嗎？」

「妳是在自己逼死自己。」溪哥道。

蕙蓉公主眼淚大顆大顆地往外滾。「好。」最後，她似乎下定了決心，咬牙切齒地道。

「既然你們都不要我，那我還是死了算了！」

她不知道什麼時候在袖子裡藏了一把匕首，現在把話說完，她就直接抽出匕首往心口捅去。

但溪哥早在進門之初就防備著她的動作，現在她才剛有所行動，他就直接揚起手，一記手刀砍在她脖子上，蕙蓉公主眼前一黑，人就暈了過去。

溪哥劈手奪過匕首扔到一邊，對左右伺候的丫鬟道：「從今天開始，把公主的手腳全都綁起來，不管她說什麼都不許放開，吃飯喝水妳們來餵。要是再發生她尋短見的事，全都唯妳們是問！」

「是！」經過余大將軍的喪事，大將軍府裡的人早將溪哥看作新主子。溪哥的吩咐他們自然是老實遵從了。

快刀斬亂麻將這邊的事情辦完後，溪哥一刻都不肯在這裡多加逗留，當即轉身離開這個地方。

齊四連忙追上。「小將軍，我有些話想和你說。」

溪哥回頭在他肩膀上輕拍了拍。「你放心。你和蘭兒的婚事是義父定下的，我也就只認定你，回頭我就幫你們把親事辦了。」

「不是，小將軍，我……」齊四一臉慚愧。「我想，要不我和蘭兒的婚事就算了吧！」

溪哥眉梢一挑。「為什麼？」

「本來我們的身分就不怎麼般配。我人笨，在沙場就沒多少建樹，現在回京也只能跟在大將軍身後做事。蘭兒現在已經是公主了，我一個小小的校尉怎麼配得上？再說了，她也不喜歡我。」齊四結結巴巴地道。

「說實話。」溪哥道。

齊四一頓，還是抬起手，慢慢掀開衣袖。當看到手上幾乎深可見骨的抓痕時，溪哥眼神一凝。「這是她幹的？」

齊四點頭，苦笑一聲。「大將軍還是太高看我了。以蘭兒這樣的脾氣，以後就算嫁給我，我也壓不住。到時候，還不知道會惹出什麼事情來呢！她要是連累了我也沒什麼，大將軍對我有知遇之恩，我理當以命相報。可是我家中還有八十老母，我實在不忍心母親一把年紀了還跟著我擔驚受怕。」

「好，我明白了。」溪哥頷首。「既然你不想娶，那這門婚事就作罷吧！」

「真的？多謝小將軍！」齊四大喜，旋即他又忍不住問：「那這樣的話，蘭兒的婚事……」

「這個我自會安排。」溪哥沈聲道。

齊四連忙低頭不再多問。

其實，他有什麼安排？這個丫頭繼承了余大將軍的脾氣，卻沒有繼承他的才能和骨氣，卻偏偏又是義父唯一的骨血，他還不能給安置差了。

只要稍稍想一想給她的安排，溪哥就頭疼到不行。

這件事情，他回家就告訴了秀娘。

秀娘聽了，也只能嘆息一聲，心裡暗道造孽，以後不知道哪個人這麼命苦，會娶到這個丫頭回去做媳婦？

不過除了蕙蓉公主的親事，其他事情倒是都進展順利。溪哥的摺子遞上去，不過三天就批准下來，皇帝終於允了他的請求，並提拔他為鎮西將軍，接替余大將軍在西北的位置，繼續帶領軍隊守衛邊關。他們一行人馬半個月後就出發。

這麼說，他們就是要在半個月內解決掉蕙蓉公主的婚事，這可真是棘手了！

但就在這個時候，小將軍府門口又來了兩位貴客——晉王爺和晉王妃。

秀娘、溪哥連忙將這對夫妻引入府內。溪哥陪同晉王爺在前廳喝茶說話，秀娘則和晉王妃一道去後花園裡參觀秀娘侍弄小半年的花花草草。

「其實本王今天過來，只是為了一件事。」坐下後不久，晉王爺就開門見山地說了。

溪哥連忙點頭。「什麼事，還請王爺指教。」

「指教談不上，反而是本王要請小將軍你指教才是。」晉王爺一派謙和地道。

溪哥一聽，心裡隱隱覺得有些不對。「到底是什麼事？」

「本王想求娶蕙蓉公主。」

與此同時，秀娘和晉王妃也在後花園裡進行同樣的話題。

「什麼？」聽到晉王妃的說詞，秀娘手一抖，差點將一朵含苞待放的花兒給折下來。

晉王妃淺淺笑著將頭一點。「妳沒聽錯，我家王爺的確心儀蕙蓉公主，想要納她為側妃。」

「但是蕙蓉公主什麼性子你們是知道的吧？」秀娘問。

晉王妃頷首。「舉凡是京城人士，就沒有不知道她性子的。不過這個你們不用擔心，既然我家王爺決定要娶她了，那麼肯定就已經有所準備。而且……」說著，她對秀娘擠擠眼。「妳覺得以我的手段，難道連她一個小丫頭都壓不住嗎？」

能在氣勢洶洶的秦王爺壓制下存活到現在，而且姿態還這麼舒適，這兩夫妻的本事的確不容小覷。

秀娘頷首。「我當然相信你們。」

此時，前廳的溪哥又問：「但你們的目的是什麼？」

別和他說什麼被蕙蓉公主的美貌或是性格吸引，堂堂晉王爺，尤其現在秦王被打壓，齊王死了，他現在可謂是風頭無兩。只要他想，這天下年輕貌美、性情出挑的姑娘隨便他挑，蕙蓉公主和她們比起來實在是差太遠了！

晉王爺也不敷衍他，笑咪咪回道：「誠然，蕙蓉公主身上沒有多少亮點，但誰叫她是余大將軍唯一的骨血呢？本王此生最敬佩的人就是余大將軍，此生最大的願望就是能和他把盞言歡一回，但自從他回京之後，唯恐被人說同他勾結，本王卻是連話都不敢和他多說幾句，原本以為將來還有機會，可沒想到……既然余大將軍已經去了，那本王就只能將他的骨血留在身邊，聊以慰藉。」

「只是這麼簡單？」溪哥眉頭緊皺，顯然並不十分相信他的話。

晉王爺笑道：「誠然，本王也對那個位置有想法。不過小將軍你儘管放心，本王還不像大皇兄、二皇兄那樣不擇手段。本王從來都是信奉聖人之言的，也相信父皇心裡有桿秤，老百姓心裡也都通透明白得很。那個位置花落誰家，全靠本王自己的本事。本王既然說了至少因為余大將軍的緣故，那就是因為余大將軍。除此之外，別無其他。」

溪哥依然冷冷看著他不語。

晉王爺聳聳肩。「好吧！說起條件，本王是有那麼一條，那就是——既然你們現在選擇中立，那麼以後不管京城發生什麼事，也請你們謹記自己的立場，好生為我大歷朝守住邊關，其他別的就不要管了。」

「就這麼簡單？」聽完晉王妃的要求，秀娘幾乎不敢相信自己的耳朵。

晉王妃柔柔笑著。「就這些。如若不然，我們要是再提出別的要求，你們肯定也不會應的。」

她這話說得倒是沒錯。

秀娘抿抿唇。「這件事情，其實我是作不了主的。你們也都知道，蕙蓉公主對我一直敵視得很，她不會任由我擺布。」

「這個妳放心好了。既然是我家王爺瞧上她，自然該是我們去求父皇下旨才是。我們今天之所以過來和你們說這些，也是因為你們是長兄長嫂，你們若是不同意，我們也不會動手去做的。」

這對夫妻果然聰明，而且低調內斂，會說話會做事，和他們打交道，讓人心裡都暖洋洋舒服得很。

都已經說到這個地步了，秀娘本來就巴不得趕緊把蕙蓉公主給嫁出去，現在既然有人肯主動出面接收，她豈有不答應的道理？當即點頭。「這事我沒有意見。如果我家將軍也同意的話，你們就放心大膽去做吧！」

想當然，溪哥也沒有拒絕的餘地。

果然。那邊和晉王爺一番深入交談之後，溪哥也點頭了。

晉王爺和晉王妃大喜，雙雙道謝不提。

夫妻倆上門來時，晉王妃又帶來了幾盆名品菊花，秀娘爽快地接受了，在送晉王妃離開的時候，秀娘問道：「王妃很愛菊花嗎？」

晉王妃點頭。「沒錯。世人皆愛牡丹，但不知為何，我就是愛菊花。各種菊花，我都喜歡得不得了，反而是被人盛讚的牡丹我怎麼都喜歡不上。」

「沒辦法，人各有志，就如我，最喜歡的其實還是地裡那些小白菜。」秀娘笑道。

想到小將軍府後院裡那些綠油油、脆生生的小白菜，晉王妃也笑了。「的確，人各有志。不過說起來，咱們倆似乎都是不隨大潮流的人啊！如果不是身分束縛，我真想和妳交個朋友。」

「沒事。等風波過去，我們也還是有機會做朋友的。」秀娘頓一頓，又道。「等他日王府辦喜事，臣婦給王妃送一份大禮吧！」

晉王妃立即雙眼大亮。「什麼大禮？」

「要是現在說了，那還叫禮物嗎？」秀娘笑道。「不過，如果妳真想要禮物的話，我現在也能送妳一份。」

「哦？什麼？」晉王妃笑問。

秀娘便招招手。「春環、碧環，妳們過來。」

兩個丫頭一臉懵懂地上前來。秀娘隨手把她們推到晉王妃跟前。「王妃看我這兩個丫頭怎麼樣？」

「不錯。條靚盤順，恭謹有禮，一看就是清爽俐落的人，夫人妳真會調教人。」晉王妃點頭道。

「這兩個丫頭的確清爽俐落，但只可惜，不是我調教出來的。」秀娘道，抬頭對她一笑。「不過既然王妃這麼喜歡她們，我不如把她們送給妳好了！她們雖然笨了點，但端茶遞水的活兒還是做得不錯的。」

晉王妃一怔，旋即失笑。「好吧，被妳看出來了。沒錯，這兩個丫頭是我的人，只是既然人都已經送給妳了，哪裡還有再收回去的道理？夫人妳就放心大膽地用她們吧，她們早就是妳的人了，我以後都不會過問。」

春環、碧環一聽，雙雙臉色發白，連忙跪在秀娘腳邊，一個字都說不出來。

秀娘低頭看看兩個丫頭，也笑了。「既然王妃不要，那我就繼續用她們吧！說起來，我手頭能用的人的確沒有幾個。」

「多謝夫人！奴婢以後一定一心一意伺候夫人，再無二心！」春環、碧環聞言，頓時知道自己逃過一劫，連忙磕頭道謝。

晉王妃眼見事情已經辦完，也不多留，便起身上了馬車。

等晉王爺也上來了，她立即對晉王爺哀嘆一聲。「這位小將軍夫人還真是個玲瓏剔透的人物。以後，只怕她還會給我們不少驚喜吧！」

「那是自然。不然，妳會捨得把妳最寶貝的幾盆菊花都搬過來給她？」晉王爺笑著打趣道。

「王爺！」晉王妃用力跺跺腳，竟是難得露出幾分小女兒的嬌態。

晉王爺見狀，忍不住放聲大笑。

時間又過去幾天，皇帝果然下旨，給蕙蓉公主賜婚，嫁與晉王爺為側妃。雖說是側妃，但在下聘當日，晉王爺卻是親自騎馬前去，帶去的聘禮分量也和當初送給晉王妃的分毫不差。

其他人看到了，自然感慨蕙蓉公主真是命好，雖然沒了父親，卻依然得皇上寵愛。而且晉王爺現在擺出的姿態，分明就是把她和王妃一樣看待。等以後嫁入晉王府，她的日子一定不會差。

有人就此偷偷找晉王妃旁敲側擊問了幾句，晉王妃也都笑咪咪地應了，話裡話外都對蕙蓉公主進門十分期待。

晉王妃在閨中時就有一副軟善的心腸，嫁給晉王爺後也一直寬以待人，逢年過節更沒少去城門外給窮苦人家布施，在百姓眼裡，她就是大曆國的活菩薩。

和這位活菩薩做姊妹，蕙蓉公主以後的氣焰只怕會更囂張了呢，一時間，大家反倒都對晉王妃以後的日子擔心起來。

不管怎麼說，這門親事是皆大歡喜。

至於蕙蓉公主的反應，重要嗎？皇上都已經指婚了，嫁的還是人人稱頌的晉王爺，她還有什麼不滿意的？

只是畢竟是嫁入皇家，蕙蓉公主的婚事不能草草辦了，雖說是要趕在余大將軍的熱孝裡把事情給辦完，但光是一個六禮就要走上大半個月，所以溪哥終究沒有等到婚禮那一天，就和秀娘一道踏上前往西北的路途。

一路往西，車隊距離京城越來越遠、越來越遠，不多時，城門就已經看不見了。

秀娘坐在馬車裡，聽著兩個娃娃唱歌——

「長亭外，古道邊，芳草碧連天……」

溪哥騎馬在前面領路。聽著馬車裡妻兒的歌聲，他的心境也隨著慢慢飄揚，一種前所未有的幸福感湧上心頭，讓他不由自主地高揚起嘴角。

第三十七章

一陣狂風颳過，西北的天又變得灰濛濛的。

溪哥站在城門上，遠眺前方被黃沙覆蓋的大片天地，幽幽嘆了口氣。

轉眼，到這裡已經三個月了。剛回到自己曾經奮戰多年的地方時，他只覺得自己就像是一隻雄鷹終於回歸天空，渾身的血液都沸騰起來，恨不能現在就再展翅翱翔一番！

只是，翱翔了三個月，他卻突然覺得好生無力。

轉過身，他大步走下城樓，孟誠連忙迎上來。「將軍今天又是怎麼了？昨天咱們才把孟羅族的人給打得落花流水，短時間內他們肯定不敢再來犯。這麼大好的消息，你幹麼沒露出一絲笑意？」

溪哥淡淡看了他一眼，就把頭扭到一邊。

孟誠見狀，立即笑了。「該不會，嫂子到現在還沒理你吧？」

「她不是沒理我，她是有事忙。」溪哥立刻沈下臉解釋。

孟誠撇嘴。「再忙，她難道連理會你的時間都沒有？我看她根本就是懶得理你！不過想想也是，任誰被你從一個山清水秀的好地方給拖到京城那個大染缸，結果好不容在京城打出點名號了，卻又被你給拽來這個鳥不拉屎的地方，心情都不會好。要換作是我，我也沒心思理會你！」

溪哥無力地翻個白眼。「她不是那樣的人。」

「哦？那你倒是說說看，她是什麼樣的人？」

「她最近忙著尋找可以在這片沙地上養活的東西。」

孟誠真被嚇到了。「不是吧？這些年，咱們哪裡沒想過辦法？只是這裡風沙大，水源少，多少咱們從別處移栽來的花花草草全都活活乾死了。她還能找出什麼東西來？」

「她說能找，就一定能找出來。」溪哥沈聲道。

孟誠動動嘴，本想繼續打擊他。不過想想這傢伙護短的行徑，還有秀娘那小肚雞腸的德行，他還是聰明地把話嚥回肚子裡。

不過，就這麼服輸的話，自己又未免太窩囊了點，所以……

眼珠一轉，他笑嘻嘻地道：「小將軍，你看我孤家寡人的，一個人吃飯也沒滋沒味的，不然我再去你家蹭頓飯？你們家不會連給我一碗飯都拿不出來吧？」

「想去看熱鬧就直說。現在又不是在京城，至於這麼拐彎抹角的嗎？」溪哥冷聲道。

孟誠連忙搔著腦袋笑了。

兩個男人一起回到西北的將軍府——這裡原本是余大將軍以前的住處，現在余大將軍過世，溪哥繼承了他的位置，這座將軍府自然也歸他。將軍府裡伺候的人都是以前余大將軍用慣了的，和他們也熟悉得很。現在溪哥進駐進來，大家也都理所當然地接受了。

一進門，溪哥就問：「夫人在哪裡？」

「還在後花園。」丫鬟忙回答。

溪哥點點頭，就大步往後花園裡走去。

說是後花園，但在西北這麼乾旱的天氣下，這裡並沒有多少作物，只有一頂單獨搭起來的小小花棚孤零零地立在那裡。

見到正在花棚下忙碌的身影，溪哥連忙走過去。

聽到腳步聲，秀娘回過頭。看到溪哥，她立即展顏一笑，竟是三步併作兩步來到他跟前，雙手環上他的脖子，身體也隨之一躍，乾脆連雙腿都纏在他腰上。

溪哥頓時石化了。跟在他身後的孟誠也石化了。

秀娘卻沒有發覺，她興高采烈地抱著溪哥，大聲告訴他。「我把玉米培育出來了！以後咱們西北就能自己產糧了！」

「是嗎？」

一聽這話，溪哥也跟著興奮起來。

秀娘最近在忙著研究什麼，他是知道的。在來到這裡的那一天，當看到這裡的環境，秀娘的眉頭就緊緊皺了起來。他原本以為她是嫌棄這裡，卻沒想到，下一刻就聽到她問：「你們難道沒有想過在這裡種一些樹，把地方都利用起來嗎？」

「怎麼沒想過？只是不管我們弄來什麼種子，只要種下去，幾乎九成九都沒長出來，剩下的一點就算冒個芽，也沒等長多大就枯死了。時間長了，大家就都灰心了，不再弄了。」溪哥苦笑。

這裡算是他的第二故鄉，他對這裡的感情比月牙村還要深得多。如果能有把這裡發展起來的機會，他怎麼可能會放過？

「這樣嗎？」秀娘點點頭，表示知道了。

然後從第二天開始，當他開始四處遊走，查看邊防的時候，秀娘也沒閒著。她帶著人，也把營地附近都走了一遭，還往住在附近的百姓家裡去了幾趟，和他們聊了許多農事。

就在某天晚上，他從外頭回來，就聽到她說：「我想，我有辦法。」

「什麼辦法？」他問。

剛剛回來這邊，手頭事情繁多，他天天忙得暈頭轉向，根本都忘了剛來時和秀娘的對話。

秀娘也不生氣，只輕輕柔柔地道：「在過來這裡之前，我就查閱過關於西北地理狀況以及植被的文獻，也順便尋了幾樣適合在水源貧瘠之地栽種的植物。只是那些東西當時京城沒有，我就給我弟弟和我爹各去了一封信，問他們有沒有意見。今天剛接到我弟弟的回信，他說朱家有一個遠親，是經常在海上跑的，每次回來都會給他們帶來不少新奇的玩意兒，有時候還有不少稀奇古怪的花花草草，只是因為沒人會養，那些東西大都死了。這一次，他又帶了幾盆花回來，正愁怎麼處理呢，就聽謝三娘婦說起我為秦王妃、太后娘娘將病花治好，還培育出七色牡丹和七色菊花的事情，於是他就託晟哥兒來求我幫他料理這幾盆花。作為報答，他那裡也有不少從海外帶回來的耐旱種子，他把它們全都給我。」

「妳答應了？」溪哥立即就皺起眉。

「是啊！」秀娘溫柔地將頭一點。「幾盆花花草草而已，很好侍奉的。」

溪哥抿抿唇，但看她胸有成竹的模樣，終究沒有把打擊的話說出口。「既然妳都已經打定主意，那就隨妳吧！」

於是，一個多月後，一輛小小的馬車送來幾盆外形怪異的花兒，和花兒一起來的還有幾包看不出是什麼的種子。

不過看到那些種子後，秀娘卻是異常歡喜，從此就一頭鑽入這個臨時搭建起來的花棚，大清早就起床來這裡擺弄那些種子，一直弄到天黑才回去。那幾盆更珍貴的花卻被她給扔到一邊，偶爾想起來才給澆澆水、鬆鬆土。

如果遠在洛陽的朱老爺知道他寶貝似的捧回來的東西，在這裡受到的是這樣的待遇，不知道他會不會肉疼得跑來把東西給搶回去？

不過現在既然他不知道，那麼一切當然就隨他們為所欲為了。而且溪哥也不得不承認，秀娘這雙手實在是巧得很！那些被朱家僕從說的嬌貴不已的各種花兒，送到了秀娘手裡，也沒見她怎麼精心伺候，一朵朵卻都越長越精神，到現在還有幾株都結出花苞來了。

如此，他們自然放心大膽地把更多的精力都投入到培育種子這件事情上去。

來到這裡的頭一個月，溪哥要整頓內務，調整軍隊，還要和外頭時刻準備來打劫的遊牧民族打交道，忙得焦頭爛額。但他畢竟對這裡的一切都爛熟於心，所以不過一個月，一切都被整理得井井有條，那些蠢蠢欲動的孟羅族人也不敢再隨意來掠奪東西，然後，他才發現——自己被秀娘冷落了！

不，或者說，是秀娘比他還要忙得多。

夫妻倆只有在天黑之後，才能躺在一張床上說說話。他本來就不怎麼多話的人，秀娘性子也不怎麼活潑。兩個人的交流除了孩子，也就只有邊關的那些事，以及她現在天天圍著轉的種子。

從秀娘嘴裡得知，那些種子飄洋過海來到這裡，不知道是原本種子品質就有問題，還是受了海上的潮氣，抑或是不適應這裡的土質，幾乎七、八成都沒有發芽。秀娘急得團團轉，每天只能更精心侍弄這些東西，好多次連他回來了都顧不上去陪伴他。

知道她是一心為了他付出滿腔心血的西北好，溪哥並不抱怨，只靜靜地陪著她。本來他也沒對這個抱太大的希望，畢竟他們折騰了這麼多年都沒有成果，他又怎麼可能寄望她才來沒幾天就搞出成果來？現在放縱他，也不過是抱著試一試的希望罷了。

可沒想到，就是這試一試，居然就給她試出結果來了！

頓時，溪哥也高興得手足無措。「真的嗎？那個東西，真的能成？」

「當然了。你沒看到我連秧苗都已經培育到這麼高了嗎？都到這個地步了，如果它們還會死，那我就不叫李秀娘。」秀娘一臉驕傲地道。

溪哥聽到這話，跟吃了一顆定心丸似的，心裡格外舒坦。

「好！真好！」他連聲說著，也忍不住緊緊抱住秀娘。「不愧是我的好夫人，娶了妳真是我三生有幸！」

「呃……不好意思。請問你們夫妻倆濃情密意的時候能不能換個地方？至少也不能刺激到我這個孤家寡人啊！」

一個小心翼翼的聲音忽地從旁響起，夫妻倆這才後知後覺——孟誠還在！

溪哥立即一記眼刀飛過去。「沒看到我們倆有私密話聊嗎？你識趣點就該主動迴避才是。」

孟誠撇撇嘴。「我也想迴避啊！可是剛才不是聽大嫂說，她的東西養出來了嗎？我好奇得很，一直想看看這個能在咱們西北土地上生根發芽的東西長什麼樣再走。」

溪哥低哼一聲，懶得理他。

倒是秀娘撩撩頭髮，略有些羞澀地引他進來，將已經長得半人高的玉米指給他看。

「還真是！」孟誠圍著玉米來來回回走了好幾圈，嘴裡嘖嘖稱奇。「我在西北這麼久，我們種了那麼多作物，最多也就長到這麼高了吧？不過那些東西這麼高的時候都黃不拉幾的，很沒精神，哪像這個，一看就健康得很！大嫂果然厲害！」

秀娘並不居功自傲，只淺淺笑道：「現在這麼說還為時尚早。再等兩個月吧，到時候我請你吃水煮玉米。」

「好啊！」孟誠連忙點頭。

三個月後，京城，深宮之中，皇帝和太后同坐在飯桌前，兩人面前的碗裡都放著一根煮好的玉米。除此之外，清炒嫩玉米、玉米蛋花湯、杏仁玉米……一盤盤一碗碗，都和玉米脫不開干係。

母子二人一樣各嚐了一口，太后問道：「皇帝，你覺得如何？」

「不錯。」皇帝頷首。「入口嫩滑，清淡爽口，也能飽腹。兒臣聽說，這個……對了，玉米，曬乾後還可以磨粉做麵，容易儲存，實在是個好東西，以後大面積推廣種植，我大歷朝就不用年年都舟車勞頓往西北運軍糧了，西北百姓的日子也能得以改善！」

「你說得沒錯，哀家也是這麼想的。而且既然這個東西都能在西北長得好，想必往其他地方推廣也可以。今年哀家聽說是因為種子不夠，只種出十來顆，他們自己留了點種子，其他都給咱們送來了。等到來年，那邊就能有一大片地，再來年，西北軍的口糧至少就能解決一半了。」在後宮載浮載沈多年，早已經練就喜怒不形於色的太后娘娘說到這裡，也不禁激動得哽咽起來。

皇帝也是感慨萬千。「真沒想到，余愛卿這位夫人果真生得一雙巧手。當初她一盆七色牡丹名揚京城，兒臣本以為這就已經是她技藝的高峰了，卻沒承想，後來晉王納蕙蓉公主為側妃，她又拿出一盆七色菊花給她作為陪嫁，再次震驚京城！這一次……」

「她親手培育出能充作口糧的玉米，順便還將哀家當初給她的十幾盆牡丹全都齊集在一棵樹上，送還給哀家一株九色牡丹。」太后娘娘慢條斯理地道，雙眼慢慢瞇起。「這個女人絕非凡人！我大歷朝能出一個這樣的人，簡直就是匯集了祖祖輩輩多少年的日月精華才有今日！」

早知如此，如果自己狠下心，真把她留下來做了遠哥兒的媳婦，那麼遠哥兒是不是也就能和她一道名留青史了？

「還有她的弟弟和父親，那對父子也都做得極好，極得百姓愛戴，雖然還不到一年時間，但他們的政績已經開始顯露。」皇帝忙道。

太后白他一眼。「皇帝，你的心思哀家明白，他們一家人的確都才能卓著，不能虧待了。只是，你可要想好了，這一文一武，要是勾結在一起……」

「母后放心，兒臣曉得。兒臣心裡早已經有打算了。」皇帝連忙點頭。

太后這才點頭。「既然有打算了，那你就放手去做吧！」

與此同時，在晉王府的後院，晉王的一眾妃妾在晉王妃的帶領下圍坐在一起，看著眼前一道道從沒見過的菜色，個個面露疑慮。

蕙蓉公主脾氣最不好，坐了一會兒就站起身。「這是什麼鬼東西？能吃嗎？王妃妳就算再瞧不上我們，也不至於拿這等東西來侮辱我們！」

晉王妃目光淡淡地看著她，輕聲細語道：「余側妃不吃了嗎？那真是可惜了，這些東西都是余將軍特地命人從西北送回來的呢，一路上快馬加鞭，片刻不停，八百里加急送到京城，也就皇宮、秦王府和咱們府上有。」

蕙蓉公主一聽，果然又坐下了。

半年的王府生涯，她毛躁的性子早被晉王妃制伏不少。雖然心裡激動不已，但她並沒有如過去一般著急追問關於言之哥哥的一切，而是乖乖拿起一根玉米啃了起來。

看她將一根玉米吃得乾乾淨淨，就連其他菜色也嚐了不少，晉王妃才笑咪咪地問：「這個好吃嗎？這可是將軍夫人親手種出來的，從西北乾涸的土地裡長出來的，從今以後，西北的風沙有救了，西北的將士們也不用再眼巴巴盼著朝廷的糧食供給，這一切都是將軍夫人的功勞呢！」

蕙蓉公主聞言一愣，差點就想把剛剛吃下肚的東西全都給吐出來。

晉王妃欣賞夠了她的姿態，這才抹抹嘴。「我吃飽了，大家也都撤了吧！這玉米可是好東西，這一次吃完，下次只能等明年了，大家好好回味、回味吧！」說完，便站起身，施施然走了。

只留下蕙蓉公主站在原地，氣得雙眼發紅——這個女人好歹毒的心思！她分明就是故意的！自從嫁到這個地方，她就被晉王妃給囚禁在這一方小小的天地裡。在外人眼裡，晉王妃寬和大度，對她更是好得不得了，就連她對她大小聲，她都不生氣。可是誰又知道她的苦？那個女人分明就是個笑面虎！當面對她有求必應，但一轉身，背地裡就給她使絆子！半年下來，她吃的苦簡直比出嫁前加起來還多！就像今天，這個女人明知道她最恨秀娘，要是知道那些玉米是秀娘搞出來的，她肯定砸了這些東西都不會碰一下。可是那個女人偏偏就拿言之哥哥來誤導她，害得她以為……

「嗚，言之哥哥，我現在過得好苦啊！」眼角又流下兩滴淚，她傷心地嗚咽。

但是這裡裡外外的人早習慣她的喜怒無常，所以儘管她哭得傷心，大家依然進進出出，各做各的，理都不理會她。

蕙蓉公主哭了半天，也只能乖乖擦乾眼淚，默默回房傷心去。

到現在，晉王妃已經成功擠掉秀娘，成為她這輩子最恨的人！

但是，這個晉王妃根本睬都不睬，照例收拾完蕙蓉公主，她就來到書房，看到晉王爺也正在享受溪哥千里迢迢送來的玉米。

見到她來了，晉王爺抬頭對她一笑。「辛苦愛妃了。」

「沒事，妾身已經習慣了。」晉王妃笑笑，主動給他倒了杯茶。「王爺今天竟然忙成這樣？連晚膳都要在書房裡用？」

「是啊！大哥最近越發喜怒無常，指使手下的人做了不少惡事，我少不得要幫他收拾一下爛攤子。沒辦法，誰叫我們是親兄弟呢？父皇的身體也一日不如一日，總不能再讓他為這些小事操心。」晉王爺雲淡風輕地道。

晉王妃含笑點頭。「王爺說得對。大哥最近的舉動是有些……不過妾身也必須和王爺您說一句，您一心幫他做事，誰知道他心裡是不是在想您是故意惺惺作態給父皇看呢？大哥心胸一直不大，咱們還是多多注意些好。」

「愛妃說得是，本王記下了。」晉王爺直點頭，握住她的手柔聲道。

晉王妃臉頰一紅，慢慢垂下頭。

轉眼，兩年時間過去。

誠如秀娘所說，玉米種植在西北大獲成功，而且一經推出，就受到西北軍民們的歡迎。如今，玉米製品已經成為西北軍民餐桌上的主食，連帶秀娘這個玉米的培育者也成為西北百姓眼中的觀世音菩薩轉世。在西北軍眼裡，他們的將軍夫人更是下凡來的仙女，解救他們於苦難之中。

最近，已經有人悄悄在村子裡以秀娘的形象塑佛修廟，善男信女日日供奉，香火竟然比其他寺廟都要旺得多。

得知這件事的時候，秀娘簡直哭笑不得，但這是百姓們的好意，她也不好拒絕，就只能假裝不知道，睜一隻眼閉一隻眼了。

玉米的種植技術已經成熟，也正從她培養出來的人那裡傳遞到百姓之中，這方面她可以完全放下了，所以，秀娘又開始研究起防風林的種植來。

因為她那幾盆花種得好，還養出不少新鮮花苗，朱老爺對她感恩戴德，這次出海回來，特地帶回她需要的白楊樹苗，所以這些天，秀娘又在後花園裡嘗試著先自己種活這個。

正忙得滿頭大汗時，外面門口咋咋呼呼的，突然熱鬧得不行。

一聽，秀娘就知道是孟誠的新婚妻子鄭氏來了。

回頭一看，可不就是嗎？

鄭氏快步走進來，看到秀娘還在忙，頓時低叫。「大嫂，妳怎麼還忙得下去啊！妳知不知道，京城那邊都快翻天了！」

「怎麼了？」秀娘問。

「晉王和秦王啊，這兩位這兩年不是鬥得凶嗎？連咱們這裡都被波及到了。偏偏這兩年皇上身子越來越不好，今年更是纏綿病榻，就沒幾天上朝了，今天我剛聽說，皇上終於下旨，封晉王為太子，結果秦王不幹了啊，非說是晉王控制了皇上，逼他下的偽詔，帶著人打著清君側的旗號要闖入皇宮說要保護皇上。結果呢，人才剛進宮，就被晉王的人一舉拿下。現在好了，秦王爺被削去王爵，但好歹還是個郡王，只是終生圈禁在秦王府，這輩子也就這麼廢了！從今以後，晉王這個太子之位可就是穩穩當當的，再也沒人能和他搶了。」不用秀娘引導，鄭氏就哇啦哇啦把事情都說得一清二楚。

秀娘靜靜聽完了，點點頭。「果然如此。晉王爺的確是最適合那個位置的人。」

「喂，難道妳就不擔心嗎？那一位可是晉王側妃呢！現在晉王爺成了太子，她就是太子側妃了，日後晉王爺榮登大寶，她脫不了一個妃位。到時候，妳就不怕她以權壓人，借機報復？」鄭氏忙道，簡直比她還要著急。

「不會的。」秀娘卻是搖頭。「有晉王妃在，她翻不出什麼浪花來。」

這兩年，在晉王妃的壓制下，蕙蓉公主簡直乖得跟什麼似的。外頭的人都說她是被晉王妃的菩薩心腸感化了，但不管怎麼樣，只要她不作妖，他們就樂得自在，而且到現在，她也不過給晉王爺生了個女兒，日後最多封個公主，能有什麼大作為？再說了……

秀娘低低一笑。就算晉王妃真不在了，蕙蓉公主還真能爬到自己頭上作威作福？那她上輩子加這輩子這些年全都白活了！

鄭氏急急忙忙地上門來，又嘰嘰喳喳說了這麼多，本來是想來表示自己是站在秀娘這邊，時刻準備給她撐腰的，可沒想到，她居然比自己還鎮定。如果不知道的，還以為那個有危險的人是自己呢！

「哎，真是搞不懂你們。」她搖搖頭，好不高興地道。「一個個都這麼高深莫測的，沒意思！我走了，不和妳玩了，妳繼續忙妳的吧！」說完，就擺擺手走了。

這個孟夫人真是有趣得緊，都已經為人婦了，性子還這麼跳脫可愛，宛如不知世事的少女。

原來孟誠好的是這口啊！秀娘淺笑，無奈地搖頭。

被鄭氏這麼一鬧，她也靜不下心做事了，便洗淨雙手，換了身衣裳。看看時間還早，她親自下廚做了幾道小菜，裝進食盒裡送去給溪哥。

這兩年來，因為溪哥的存在，孟羅族一直沒從他們身上討得便宜，反而折損不少年輕力壯的勇士。眼看打不過，他們只能腆著臉來談合作。對此，溪哥還沒有什麼表示，可急壞了孟羅族的長老們。

這些天，他們正想方設法要勸他答應，卻不知道溪哥只是故意晾晾他們而已。要是真能睦鄰友好，他們何樂而不為？而且這孟羅族還真是有幾分本事，不然也不至於這些年一直沒被他們拿下。現在，他應該還在和部下討論應對孟羅族的策略吧！

秀娘想著，慢悠悠地來到溪哥的營帳附近，卻發現謝三、齊四幾個人的臉色都不大對。

「那個……大嫂妳來了啊！來給將軍送飯嗎？妳把東西給我們吧，將軍在忙呢，妳就不要去打攪他，回頭等他忙完了，我們再把飯給他送進去就行。」

看著兩個人笑得一臉古怪，秀娘立即將臉一沈。「他在裡面做什麼？」

「這個……」兩個人你看看我，我看看你，還在絞盡腦汁地想藉口。

秀娘已經提著籃子逕自往前走去。「算了，不用你們了，我自己給他送去！」

「大嫂……」

謝三、齊四還想說什麼，但最終只能老老實實縮到一角。

越往溪哥的營帳靠近，秀娘就越覺得情況不對。這外頭居然一個人影不見，就連平常給溪哥端茶送水的小兵都不在。

再往前走幾步，她就聽到溪哥冷然的聲音傳來。「妳出去！」

「哎呀，余將軍你這是何必呢？」隨即，少女嬌滴滴的聲音傳入耳中，清脆的聲音如銀鈴輕撞，聽在耳中令人心裡十分舒服。

秀娘腳步一頓，面色陰沈下來。而後，她又聽那少女道：「我知道你對你夫人用情頗深，可是她終究老了不是嗎？我可是孟羅族第一美人，你們大歷朝不是有句俗話說得很好嗎？自古美人配英雄，你就該我這樣的美人來配才對呀！至於你那個二嫁的夫人……她老了不是嗎？我願意和她一起侍奉你。對了，她嫁給你這麼多年，肚子一直沒有動靜，可見是不能生了。我還年輕，我願意給你生幾個和你一樣英勇的壯小孩，即便是像你們大歷朝那樣把孩子給她養也沒關係。我喜歡的只有你！」

「夠了！」

營帳裡的溪哥終於忍無可忍，把人給抓起來往外一扔。

秀娘嚇了一跳，定睛一看，只見一名異常美貌的孟羅族打扮的少女以不雅的姿勢趴在地上。身上衣服鬆鬆垮垮的，露出滑膩的肩膀。秀娘甚至都可以看到她大開的衣領下那繡著鳳凰的小肚兜……

「來人！」隨即，營帳裡又傳來一聲怒吼。

「將軍！」謝三、齊四聽到聲音，趕緊跑過來。

「這位小姐想嫁人想瘋了，你們把她帶出去，掛起來，告訴他們，只要出得起價，誰都能買走她。價高者得！」

「是。」這兩個人等著看好戲好久了。好不容易等到溪哥這句話，趕緊過來，把人架起就走。

少女還想叫喚，誰知謝三直接一把捂住她的嘴，根本就沒給她呼喊的機會！

當走到她跟前時，齊四還不忘對她擠擠眼。「大嫂，趕緊進去吧，將軍在等著妳呢！」

秀娘撇撇嘴，提著食盒施施然走進去。

溪哥正背對著她。聽到腳步聲，他厲聲喝道：「不是說了讓妳滾出去嗎？」

「你叫我滾？」秀娘淡聲問。

那背對著她的寬厚身影立時一頓，趕緊轉過身，立刻換了一張臉。「怎麼是妳？妳什麼時候來的？怎麼也沒叫人通報一聲？」

「我倒是想讓人通報呢！只可惜有人為了和美人私會，把一干人等全都遣走了。」秀娘涼涼地道。

溪哥面色頓時變得更尷尬了。「妳都看到了？」

「嗯，看到了，也聽到了。」秀娘點點頭，強忍著心頭的不適打開食盒，把裡面的小菜一碟碟拿出來。「看來是我這些天太冷落你了。沒事，你先吃飯吧，吃完了再和美人春宵一度也不遲。」

「妳說什麼呢！」溪哥哭笑不得，連忙上前來把她給按下去坐下。「妳為的是家國大事，我何曾因為這個怪過妳？而且既然妳都看到聽到了，那也該明白我的態度才對，怎麼好端端的還生起氣來了？」

誰知道呢？她莫名其妙就是想生氣啊。

秀娘抿抿唇，把筷子遞給他。

溪哥連忙接過，大口大口的往嘴裡扒飯，一面含糊地大叫。「好吃！還是妳最知道我的口味，誰做的都沒妳做的好吃。」

「你就故意這麼說吧！」秀娘冷聲道。「來，說一說，好端端的，把人掛出去賣做什麼？」

「換銀子啊！」溪哥道。

「換銀子做什麼？」

「買地。」

「嗯？買什麼地？」

「妳忘了嗎？當初妳和我說過的，我們要當地主公和地主婆，名下良田千頃，再開一間農產鋪子，一家子衣食無憂，一起過活的啊！」溪哥一本正經地道。「雖說之前在月牙村我沒有幫妳做到，但現在有空了，我當然要說話算話。」

呃……

秀娘嘴角抽抽。「我都已經忘了那些了。」

「可是我沒忘。」溪哥定定道，目光深深地看著她。頓一頓，又壓低了點聲音。「而且，我已經吩咐孟誠了，買下來的地，全都記在妳名下。」

秀娘一愣，旋即失笑。「可是方才那位，我記得是孟羅族的第一美人，你確定你能把她賣出價錢來？」

「賣不出去也無所謂，既然孟羅族的人在我手上，他們要把人給要回去，那就只有一個辦法——要麼拿錢，要麼拿地來換！然後，是地我就直接記在妳名下，錢的話……那就買地嘍。」溪哥吃下一碗飯，又給自己添了一碗。

秀娘被他這話說得嘆為觀止。「你變壞了。」

「有嗎？」溪哥眨眨眼，立即搖頭。「沒有，我一直都是這樣的。」

噗！秀娘再也忍不住，慢慢走到他身邊坐下。

面對她的主動親近，溪哥反而有些怕怕。「妳……怎麼了？」

「其實，我今天來找你，是有一件事要和你說。」秀娘小聲道。

「什、什麼？」

秀娘抓起他的大掌，按在自己小腹上，手下綿軟的觸感讓溪哥渾身一熱。

當然溪哥知道現在不是發情的時候，所以連忙深吸口氣。「怎麼了？」

秀娘嘴角輕扯。「那個女人不是說我生不出孩子嗎？你現在就可以去告訴她，我生得出來！」

「啊！」溪哥嚇得手裡碗筷一扔，人直接站起來了。

然後他才反應過來，指著秀娘結結巴巴。「妳是說，妳是說……妳……」

「沒錯。」秀娘點頭。「當初那位老大夫不是說了嗎？一年多的工夫，就能給我把身體調養得差不多。現在都快三年了，再沒有結果，咱們就該去砸了他的招牌才對。」

「沒錯，妳說得很對！」溪哥慢慢把這個消息和肚子裡的飯一起消化了，頓時喜不自禁。他連忙蹲下來，一手輕輕覆上她的小腹。「孩子……現在怎麼樣？乖不乖？」

「這才兩個月呢，還什麼感覺都沒有。」秀娘搖頭。

「哦，這樣啊！」溪哥點點頭，突然像是反應過來，趕緊一把抱住她。

「秀娘，秀娘……」把頭靠在她肩上，他低聲不斷叫著她的名字，一股濕意也漸漸開始在秀娘脖子上蔓延開來。

他哭了嗎？

秀娘被他這突來的舉動嚇了一跳。「你怎麼了？」

「沒什麼，就是覺得，這輩子我能再次遇到妳，再娶到妳，真是我這輩子最大的幸事。真的，有了妳，我滿足了，這輩子我都要和妳在一起，永遠不分開！」溪哥哽咽道，竟然哭得更厲害了。

秀娘好生無語，但也不得不承認，她的心被他這番表白弄得暖暖的，也軟軟的。

「我知道了。」她低聲道。

「就這樣？」溪哥抬起頭來，臉上帶著幾分不滿。

秀娘不解。「那我還該怎麼樣？」

「我都已經把我的心思告訴妳了，難道妳不該把妳心中的想法都完完全全地告訴我嗎？」

原來他是這個目的？秀娘了然。

「我……」好吧，都已經在一起這麼久了，兩個孩子也那麼大了，甚至馬上又要生養一個，她也沒什麼好害羞了

「我喜歡你。」她低聲道。

溪哥眉梢一挑。「只是這樣？」

「當然不止。你是我的丈夫，我孩子的父親，我這輩子要依靠的人。能遇到你，也是我這輩子最大的幸事。」

聽聞此言，溪哥眼中忽地浮現一抹亮光，連忙一把將她擁入懷中。

秀娘雙手環上他的脖子，將唇附在他耳邊，輕聲道：「我愛你。」

溪哥身體猛地一顫，慢慢也將薄唇貼著她的耳郭，灼熱的呼吸鑽入她耳中。「我也愛妳，我們這輩子要在一起，永遠不分開。」

秀娘柔聲道：「好，我們這輩子都要在一起，不離不棄。」

「這可是妳自己說的，妳要說話算話。」

「嗯，說話算話。」她緊握住他的掌心，一種扎實的幸福感湧上心頭，令她笑逐顏開。

回想起過往經歷那麼多的風風雨雨，夫妻倆至今仍緊握著彼此的雙手，許下不離不棄的

承諾，再多的千言萬語都比不上這份「執子之手，與子偕老」的感動。

前路漫漫，未來，還有更多美好日子等著他們攜手度過呢！

——全書完

2016年7月出版

丫鬟不好追

文創風 427～428

身為爺的丫鬟，煩心事一堆，好在好事也不少，
不僅能跟著遊山玩水，結識了位吃葷的美和尚，
還和分離多年的弟弟重逢，但……這其中不包括陪主子調情吧?!

大宅裡藏心計，風雨中現情深／青梅煮雪

顧媛媛怨嘆啊，上輩子是個小學老師，穿越後竟被賣到大戶人家當丫鬟，
說起這江南謝家，富貴無人比，連謝家大少也霸道得很徹底，
使喚她當他的專屬廚娘，把吃貨本色發揮得淋漓盡致。
不過她沒料到這只會吃的圓潤小子，長大後竟成了個英姿挺拔的美少年！
他身邊桃花不斷，他皆不屑一顧，只對她情有獨鍾，
她這模樣看在其他人眼中，無疑成了欲除之而後快的眼中釘，
大夫人和二小姐對她不喜，丫鬟使計爭寵，各家貴女虎視眈眈。
她努力置身事外，誰知卻換來他一句——以為忍氣吞聲就可以享一世安然？
身在異世，無枝可依，她一路戰戰兢兢，不就是為了保自己無虞？
但她其實也明白，早在不知何時，她便已交心於他，
以往都是他擋在她前頭，許是這回該換她賭一把……

2016年7月出版

追夫心切

文創風 424~426

當初老道長曾為他們倆看過面相，
說他們雖然各自有缺，卻是天作之合，
他命貴能護她一生，讓她享盡榮華富貴，
而她只要能度過今年死劫，便能讓他兒孫滿堂……

情意繾綣・真心無價／江邊晨露

她肖文卿原為官家貴女，卻遭逢意外淪為陪嫁丫鬟，
在一回夢境之中，她預見自己被小姐送給姑爺為妾，
懷孕生子之後，兒子被小姐奪走，而她在產子當夜悲慘死去……
夢醒之後，她努力改變自己悲慘命運──
她在御史府花園攔截一個陌生的侍衛表白，勇敢地主動求親；
失敗之後，為了逃避被姑爺收房，還主動劃傷了臉，寧死不願為妾！
就在絕望之際，命運兜兜轉轉地，她竟然嫁給了當初她主動求親的男人，
他待她體貼有禮，照顧有加，一切都很好，只除了他不願跟她圓房。
他說，他對她動心，但卻不能在這時要了她，
他要她等著，等著時機成熟，兩人將能有情人終成眷屬。
她知道他身懷巨大的秘密，卻仍滿心願意信任他……

文創風 444

夫婿找上門 3 完

國家圖書館出版品預行編目資料

夫婿找上門 / 微雨燕著. --
初版. -- 臺北市 : 狗屋, 2016.09
冊 ; 公分. --（文創風）
ISBN 978-986-328-633-2（第3冊：平裝）. --

857.7　　105013198

著作者	微雨燕
編輯	黃鈺菁
校對	黃薇霓　周貝桂
發行所	狗屋出版社有限公司
地址	台北市104中山區龍江路71巷15號1樓
電話	02-2776-5889～0
發行字號	局版台業字845號
法律顧問	蕭雄淋律師
總經銷	知遠文化事業有限公司
電話	02-2664-8800
初版	2016年9月
國際書碼	ISBN-13　978-986-328-633-2
原著書名	《贤夫抵良田》，由北京黑岩信息技術有限公司授權出版

定價250元

狗屋劃撥帳號：19001626

網址：love.doghouse.com.tw　E-mail：love@doghouse.com.tw